すみれ荘ファミリア

凪良ゆう

講談社
タイガ

イラスト――夜久かおり
デザイン――鈴木久美

目次

プロローグ　ファミリアⅠ

年に一度、和久井一悟《わくいいちご》はシャツのボタンを上まで留める。

普段は洗いっぱなしの髪にムースをつけて整える。

そのムースは買って二年は経《た》っている。

変質者に見られないよう和久井なりにきちんとした恰好《かっこう》を心がけているのだが、それでも三十三歳の男がひとりで女児用おもちゃコーナーに佇《たたず》んでいると微妙な視線を向けられる。びくびくしながらおもちゃ選びに苦心していると、通路の向こうからおかっぱの女の子が歩いてきた。四、五歳くらいか。和久井の前で女の子はふいに立ち止まり、

「これ」

と、いきなり棚を指さした。海外アニメのお姫さまの絵が描かれた箱。引き出し式になっていて、中に女児が好むアイテムがいろいろ入っているようだ。

「こういうの、好き?」

女の子はこくりとうなずいた。おもちゃの箱を見つめる瞳《ひとみ》は揺るぎなく、じゃあこれにしようと、和久井は師の教えを仰ぐ弟子のように箱を手に取った。

「エミちゃん」

若い母親が現れ、勝手にあちこち行かないのと女児の手を取った。にこやかだが、ちらりと和久井を見る目に警戒心が透けていた。誰かを守ろうとする愛情は、ときとして他人への排除になる。無実の罪を着せられた側として、正直、傷つく。しかし毎年半日はかかる行事が、おかっぱの女の子のおかげで早く終わった。

五月晴れの午後、駅前の駐輪場から自転車で帰る。角を曲がろうとしたとき、道の端《はし》を歩いていた男がふいに振り返り、ふらりとこちらに踏み出してきた。

視界がぐちゃぐちゃと交錯したあと、和久井は地面に尻餅《しりもち》をついていた。横倒しになった自転車と一緒に、倒れている男が目に入った。どきりと心臓が波打つ。

「だ、大丈夫ですか」

男が倒れたままこちらを向く。目が合った瞬間、視線の強さにたじろいだ。

「痛い」

地を這《は》うように低い声だった。

「首が」

と男は腕をさすった。

「腕ですか?」

「……腕も」

ちょっと怪しい。

「大丈夫ですか?」

「大丈夫じゃない。首も、腕も、足も、全身が痛い」

男は倒れ込んだまま、ぼそぼそとつぶやく。自転車は車両扱いなので、万が一のときの賠償は車と変わりない。和久井は自転車保険に入っていない。

「救急車を呼びます」

ポケットから携帯電話を取り出すと、いい、と男は立ち上がった。全身が痛いわりにはスムーズな動きだった。そして背が高い。しゃがんでいる和久井を見下ろす恰好で、救急車を呼ぶほどじゃないと言う。妙な威圧感に戸惑った。

和久井よりも年下か。二十代後半に見える。長めの髪をハーフアップにしていて、だらしないのかおしゃれなのか、判断する側のセンスを試すような見た目だ。右目の下に涙形のほくろがあり、無表情と相まって勤務外のピエロのような印象だった。

——珍しいほくろだ。

男が首をかしげる。自分が相手を凝視しているのに気づき、和久井は慌てて視線を下げた。細身だがしっかり筋肉のついた臑《すね》から血が出ているのが見えた。

「怪我《けが》をしてます」

焦る和久井とは逆に、男は気を遣うふうもなくひょいと膝《ひざ》を曲げた。

「タクシーを呼びます。病院に行きましょう」

「いい」

「そういうわけにはいきません」

「俺もぼんやりしてたから」

その言葉に違和感を覚えた。事故の寸前、彼は後ろを振り返った。明確に背後を確認する動作だった。ぼんやりしてはいなかったように思える。

「でも一応、連絡先くれる？」

もちろんですと、和久井は携帯電話を出して番号を交換した。

「ぼくは和久井一悟といいます。あの、そちらは」

「芥《あくた》」

「え？」

「芥一二三《ひふみ》」

「芥さん、ですか」

「なに？」

「いえ、あの、本当にすみませんでした。なにかあったら連絡を下さい」

「うん、じゃあね」

芥はそっけなく踵《きびす》を返した。だらっとした歩き方はどこか痛むのか。それとも元々ああいう歩き方なのか。衝突事故の直後だというのに、驚きや怒り、戸惑いなど感情の揺れがほとんど伝わってこなかった。奇妙な男の背中を和久井はじっと見送った。

芥の姿が見えなくなってから、横倒しになっている自転車を起こした。前かごに入れていたおもちゃの袋が道に飛び出している。中身は無事だった。包装も乱れていない。

——よかった。

ふうっと息を吐《は》き、自転車をのろのろと押して帰路を辿《たど》った。


ソファに横になっていると、ただいまあと玉城美寿々《たまきみすず》の声がした。重い瞼《まぶた》を無理やり持ち上げていると、居間兼食堂に入ってきた美寿々がうわあと眉《まゆ》をひそめた。

「和久井さん、すごい顔色。調子悪そう」

「ちょっとね」

「無理して夕飯作らなくてもいいのに」

美寿々は夕飯の準備が整っているダイニングテーブルを見た。

「食費ももらってるんだし、そういうわけにはいかないよ」

といっても、少し手抜きをした。和久井はのろのろと身体《からだ》を起こして夕飯の温め直しにかかった。ハンバーグは作り置き、つけあわせは冷凍のミックスベジタブル、冷や奴《ひやっこ》。手をかけたものはキャベツと揚げの味噌汁《みそしる》だけだ。

「無理しなくていいって。今は学生の下宿人いないし、みんな大人なんだから夕飯くらい適当に外ですませるわよ。和久井さんて、ほんとクソ真面目《まじめ》なんだから」

遠慮のない物言いに和久井は笑った。

和久井の実家はすみれ荘という下宿を経営していて、現在は三名の下宿人がいる。二十歳で入居し、今年で六年目を迎える美寿々はすみれ荘は実家同然と言い、和久井のことは年の離れたお兄ちゃん、もしくは親戚《しんせき》のおじさん扱いだ。

美寿々の食事の用意をしてしまうと、和久井はふたたびソファに横になった。いただきまーすと美寿々が手を合わせ、はい、どうぞと寝転がったまま応《こた》える。全身が熱っぽい。今日は久しぶりにきちんとした恰好で外出し、事故まで起こしたせいか。

和久井は幼《おさな》いころから身体が弱かった。幼稚園で張り切ってお遊戯《ゆうぎ》をしただけで、その夜には熱を出す。食が細く、すぐ腹を下す。季節の変わり目には風邪をひいて寝込み、なにもなくとも常に倦怠《けんたい》感が背中に貼《は》りついている。医者からは生まれつき免疫力が低いと言われている。はっきりとした病名はない、俗にいう虚弱体質というやつだ。

高二の終わりから高三に上がったあたりは調子がよかった。このまま健康を維持できるよう願ったが、高三の夏を前に大きく調子を崩し、それ以降は入退院の繰り返しで就職もできず、今はすみれ荘の大家代理という身分に落ち着いている。

くったりと目を閉じていると、ただいまーとふたり分の男女の声が聞こえた。ほどなく上郷青子《かみさとあおこ》と平光隼人《ひらみつはやと》が並んで居間兼食堂に入ってきた。

「おかえり。珍しいね。ふたりで帰ってくるなんて」

「たまたま玄関で一緒になったのよ」

穏《おだ》やかに微笑《ほほえ》む青子はすみれ荘一番の古株で、和久井よりも年上の三十六歳。しっかり者で、すみれ荘ではみんなの姉的存在として頼りにされている。

「俺と青子さんの帰りがかちあうなんて、年に一度あるかないかだな」

よっこらしょと椅子《いす》に座る隼人に、美寿々が眉をひそめた。

「隼人くんさあ、最近、急激にオッサン化してきたよね」

「そうなんですよー。俺より年下の美寿々ちゃんもお肌カサカサですねー」

「わたしはホルモンの影響なの」

「俺はブラックな職場の影響なの」

ふたりはぽんぽん言い合いをする。同じ時期にすみれ荘に入居し、年もひとつしか違わないので兄妹《きょうだい》のように遠慮がない。

「一悟くん、調子悪そうね」

味噌汁の温め直しをしていると青子がやってきた。和久井が高校生のころに入居してきた青子だけが、当時のまま和久井のことを「一悟くん」と呼ぶ。

「あとはわたしがするから、一悟くんは部屋で休んで」

「大丈夫だよ。これくらいいつものことだし、管理人代理くらいちゃんとしないと、ご近所さんからの『いい年してぶらぶらしてる人』疑惑に拍車がかかる」

「それ、もう手遅れだと思う」

隼人が割って入ってきた。

「こないだ回覧板持ってきた藤田《ふじた》のお爺《じい》ちゃんが、一悟くんはいつお勤めに出るんかねって言ってたよ。一応、大家代理ですって言ったら苦笑いして帰っていった」

「実家に住んでぶらぶらしてるどら息子の言い訳職みたいだもんね」

「子供部屋おじさんって最恐ワードも出てきたからな」

隼人と美寿々の会話を背中に、和久井は口元を引きつらせた。

——やっぱりご近所さんからも無職扱いされているのか。

薄々わかっていたが、ただでさえせまい肩身がさらにせまくなった。

「和久井さん、心配しなくていいって。大家さんがいつも言ってるよ。一悟が食べるに困らないよう、すみれ荘だけは残してあげなきゃって。親心万歳《ばんざい》だよな」

そうだろうか。今ですら老朽化しているすみれ荘がいつまで持つか。考えていると、ポケットの中で携帯電話が鳴った。画面に芥一二三と出ている。

「ごめん、青子さん、ちょっと台所お願いしてもいいですか?」

「はい、どうぞ」

和久井は食堂の隅《すみ》へ行って通話ボタンを押した。

「はい、和久井です」

『昼間あんたに轢《ひ》かれた者だけど』

脅しのような名乗り方だった。

『病院に行ったら、右手の甲にヒビが入ってた』

ええっと思わず大きな声が出た。みんながこちらを見る。

「す、すみませんでした。やっぱり病院まで送ればよかったです」

『そんなに痛くなかったから』

芥のぼそぼそとした低音は、電話だとさらに聞き取りづらい。

「治療費はこちらで責任持ってお支払いしますので」

『それより仕事が不便で困ってる』

「は、はい。利き腕が使えないんですから」

『俺は作家だ。〆切《しめきり》が迫ってるのにパソコンのキーが打てない』

さあっと血の気が引いていった。和久井の地味な人生の中で、作家などという華々しい人種と知り合ったのは初めてだ。どうしようと嫌な汗が浮かぶ。

「あ、あの、どう謝っていいか」

『謝らなくていいから、仕事を手伝ってほしい』

「小説なんて書けません」

『こっちもそんな期待はしてないよ。俺が口で言うことを、あんたがパソコンに打ち込んでいってくれればそれでいい。口述筆記ってやつ』

それならできるかもしれない。

『それと日常生活も不便だから、骨がくっつくまで同居してほしい』

「え？」

『俺はひとり暮らしで助けてくれる知り合いもいない。飯も風呂《ふろ》もひとりじゃできない。加害者のあんたが面倒を見るべきだ。そうだろう？』

「はい、あの、それは」

『俺の家に住み込んでよ』

「それはちょっと」

『駄目なの？』

「うちは下宿をやってます。管理人のぼくが家を空けるわけにはいかないので」

『ああ、じゃあ、俺があんたんとこに下宿すればいいんだ』

唐突な展開に戸惑う和久井に構わず、芥は住所を訊《き》いてくる。弱みがあるので問われるまま答えてしまい、じゃあ明日と通話を切られた。

「一悟くん、なにかあったの？」

青子が声をかけてきた。隼人と美寿々も集まってくる。

「明日、新しい入居者がくることになりました」

「ずいぶん急ね」

「今日、自転車で轢いた相手なんです」

全員からいぶかしげな顔をされ、ざっと事情を説明した。

「なんか胡散《うさん》くさいな。自称作家ってだけのゆすりたかりじゃない？」

隼人が眉をひそめる。

「何歳？　背は高い？　イケメン？」

美寿々は期待に満ちた目をしている。

「まずは怪我の診断書をもらったらどうかしら」

青子は現実的なアドバイスをしてくれた。

それぞれの個性が表れた反応だった。

「急でごめん。まさかこんなことになるとは思わなかった」

そう言うと、隼人がやれやれという顔をした。

「和久井さんて、ほんと押しに弱いことなかれ主義だよな。怪我させたのは自分だし、うちは下宿屋で部屋も余ってるし、まあいいかって流されちゃったんだろう」

「いや、まあ、そうなんだけど、今回はそれだけでもないというか」

もごもごつぶやいていると、困ったわねと青子が溜息をついた。

「おかしな人じゃないように祈るわ。いまさらよそに引っ越しなんて嫌だし」

不穏な発言に慌てる和久井を尻目《しりめ》に、隼人と美寿々もうなずいた。

「だよな。すみれ荘はぼろいけど居心地よかったのに」

「駅近でご飯つきの格安物件なんてそうそうないもんね」

みんな次に引っ越すならどこがいいかという話に花を咲かせ、和久井はすみれ荘の危機を感じた。胃がきりきりとねじれている。


翌日は出勤するみんなを見送ったあと、二階の空き室の掃除をした。以前の住人が出て行って半年ほどが経つ。掃除機をかけて窓を拭《ふ》く程度だったが、昨日からの調子の悪さを引きずったまま身体が重い。いつものことだと諦《あきら》めるしかない。

昼食は自分ひとりなのでパスし、居間兼食堂のソファで横になっているとチャイムが鳴った。午後三時。はいはいと玄関を開けると芥が立っていた。

「どうも」

ぼそりとした挨拶《あいさつ》に、どうもどうもとこちらも頭を下げた。よれたシャツに年季の入ったチノパンツ。長めの髪を今日はハーフアップにしていない。芥の右手には厚めに包帯が巻かれていて、その手では髪を結えないのだ。申し訳なさが倍増した。

「怪我の具合はどうですか。荷物をまとめるのも大変だったでしょう」

芥は左手でスーツケースを引いている。

「上がってください。古い建物ですけど」

「俺のアパートもたいがい古い」

常識程度のフォローもせず、芥はごく自然な動作で入ってきた。自分の家のように遠慮のない足取りで、ぐるっと無遠慮に食堂を見回し、いいんじゃない、と言った。恐ろしくマイペースだ。ノブのないドアのようで入り口がわからない。

「こちらが加害者なのに申し訳ないんですけど、一応入居の申込用紙に必要事項を書き込んでもらえますか。他《ほか》の住人さんの手前もあるので」

用紙を差し出すが、芥はじっと見つめるだけで受け取ってくれない。なぜだ。やはり不審人物なのか。緊張感が漂う中、芥が包帯でぐるぐる巻きにされた右手を上げた。

「書けない」

自分の迂闊《うかつ》さに顔が赤くなった。平謝りし、芥の言うがまま、和久井が必要事項を埋めていく。芥一二三、二十九歳、現住所は八王子、右中手骨骨折全治一ヵ月という病院の診断書ももらった。不審な点は特にない。つまり同居を断れなくなった。

二階の空き室に芥を案内し、ベランダに干しておいた布団を運び込んだ。

「布団、よかったらこれを使ってください」

左手でスーツケースを開けている芥に声をかけた。

「荷物ほどくの手伝いましょうか」

とはいえ芥の荷物は少なかった。衣服、歯ブラシ、パソコンと小説が数冊。

「それは芥さんの著書ですか？」

「読む？」

作家自ら手渡されたことに感激した。虚弱体質で学校を休みがちだった和久井は、昔から本が好きだった。密《ひそ》かに作家を目指したこともあったが、才能のあるなし以前に一作も書き上げることができなくて諦めた。受け取った芥の本のタイトルは『魔弾と神子の贄《にえ》』。ファンタジーだろうか。期待と共にページをめくった。

『義眼の将校は優雅な刺繍《ししゅう》が施されたハンカチで鼻を覆《おお》うと、捕虜の左目に焼けた鉄棒を突き入れた。じゅうと肉の焦《こ》げる音と共に異臭が室内に――』

ひっと内心で声を上げた。肉体的苦痛に弱い和久井の読書歴にはない作風だ。

「今度、ゆっくり読ませていただきます」

引きつりながら本を閉じると、「あ、そう」とどうでもよさそうに芥は答えた。

「じゃあ、家の中を案内しますね」

ごまかすように、ざっとすみれ荘の説明をした。共有スペースである台所、風呂、トイレ、居間兼食堂。下宿人は現在三人で、みな会社員なので昼間はいない。

「ただいまー。一悟、ちょっとー」

玄関から声がし、ほどなく母親が居間兼食堂に現れた。

「母さん、おかえり。どうしたの」

「どうしたのって、今日から入居される方がいるんでしょう。そういうことはメールじゃなくて電話してちょうだい。それに事故を起こしたって、あなたも病院に行ったほうがいいんじゃない。季節の変わり目は特に調子を崩すんだから」

「ぼくは大丈夫。怪我をしたのは相手の人だよ」

心配性の母親を遮《さえぎ》り、芥のほうへと視線を向けた。

「こちら、芥一二三さん」

母親はわずかに目を見開いた。

「芥さん？」

母親は芥を、厳密に言うと芥の右目の下にある涙形のほくろを見つめている。芥は母親の不自然な凝視を黙って受け止めている。和久井はひどく居心地が悪かった。

「そう、芥さんね。すみれ荘の大家の和久井です。このたびは息子がご迷惑をおかけしました。怪我が治るまで、ゆっくり養生していってください」

母親は丁寧に頭を下げ、和久井に向き直った。

「一悟、これ使ってちょうだい。三上《みかみ》さんの家庭菜園で穫れたんだけど、作るばっかりで食べやしないのよ。近所にも配り切っちゃって困ってるの」

野菜が詰まった袋を和久井に渡すと、じゃあまたと母親は帰っていった。

「下宿の大家なのに、あの人はここには住んでないの？」

「ああ、うん、母は遅い春の最中なんで」

どうせ他の住人から聞くだろうと、和久井は簡単に説明をした。

夫と離婚したあと、母親は幼かった和久井を連れて実家であるすみれ荘に戻った。ちゃきちゃきしていて面倒見もいい母親には再婚の話も多くあったようだが、

――結婚なんて一度すれば充分。わたしには一悟がいるしね。

親であることをなにより優先してきた母親だったが、還暦を越した数年前に運命の再会があった。奥さんに先立たれた隣町のご隠居さんで、母親とは中学の同級生だった。グループでのカラオケや温泉旅行で、ふたりは徐々に親交を深めていった。

――いい人だと思う。母さん、これからは自分のために時間を使いなよ。

――今までだって、わたしは自分のために時間を使ってたわよ。

――いいや、ぼくの面倒を見てばっかだった。

大黒柱としてすみれ荘を管理しながら、なにかあるとすぐ調子を崩し、ひどいときは入退院を繰り返す息子の世話に明け暮れた。しんどかったろうに疲れた顔は見せず、あなたは余計な心配しないでいいのよといつも笑っていた。

しぶる母親の背中を、和久井は何度も押した。もう三十も越した息子のことなど気にしなくていいと言っても母親は聞かないので、自分も一人前になりたい、しばらくひとりですみれ荘を管理させてくださいと頭を下げ、母親はようやく相手と生活を共にする決心をしたのだ。この年になってと照れながらも、ふたりで楽しく暮らしているようだ。

「ずっと苦労させたから、これからはのんびりしてほしいよ」

老いらくの恋ゆえの出奔などと誤解をされたくなかったのだが、芥は、へえ、と興味なさげに聞き流した。なんとなく気まずい沈黙が居間兼食堂に漂った。

「じゃあぼくは出かけるんで。芥さんは適当に自由にしててください」

「どこに行くの？」

「病院と夕飯の買い物に」

「俺も行こうかな」

「病院なんておもしろくないと思うけど？」

「おもしろくないとついていったら駄目なの？」

淡々と、しかし抗《あらが》いきれない圧を感じ、じゃあご一緒にとうなずいた。芥が口《くち》の端《は》をわずかに持ち上げる。笑ったのだろうか。ちょっと判別がつかなかった。

「和久井さんは、どこか悪いの？」

梅雨時期の重い空の下、病院へと歩きながら芥が訊いてくる。

「子供のころから身体があまり丈夫じゃなくて」

「病気なの？」

「医者からは虚弱体質って言われたけど、それは正式な病名じゃない。ちょっとしたことで寝込むから、ぐうたらとかサボり病とか言われることもあるね」

子供のころは学校が休めていいなと羨《うらや》ましがられ、大人になると甘えてるだけなんじゃないのと疑われ、そういう人たちに対して言い返しても、ますます白い目で見られるだけなので、和久井は曖昧《あいまい》な笑みでごまかすというやり方を覚えた。

「和久井さんは、ずっとにこにこしてるね」

「そう？」

「なにも楽しい話なんてしてないのに」

隣を歩きながら、芥は不思議そうに和久井を見る。

「おもしろくないのに笑えるなんて器用だ」

淡々と、マイペースに、はっきり言う男だ。

「ああ、まあねえ、笑う門には福きたるって言うし」

対する自分の曖昧さに気が引ける。けれどすべてに白黒をつけるのは無理で、自分は心とは逆なグレーの世界で生きてきた。寝込んでいる人間がいると家の中の空気が暗くなる。自分がつらそうにしていると母親に心配をかける。だからいつも口角を上げているのが習い性になった。

「ふうん」

芥は愛想《あいそう》なくうなずいただけだった。ずけずけ訊いてくるくせに、答えてもそこから会話を広げようとはしない。宙に放り出されたような気まずさが残る。

話が弾まないまま病院についた。子供のころから慣れている定期検診だ。顔なじみの老人たちの世間話につきあう和久井の隣で、芥は本棚に並んでいる子供向けの動物図鑑を読んでいる。得体の知れない印象だが、植物みたいにもの静かな男だ。

病院のあとはフラワーショップに寄った。

「一悟くん、いらっしゃい」

奥から青子が出てきた。青子はここで店長をしている。

「そちらが今日から入居の方？」

青子が芥に目を向ける。

「昨日は災難でしたね。上郷青子です。すみれ荘で暮らしています」

「芥です」

ぼそっと低い声での挨拶に青子はにこやかさを崩さず、しかしそれ以上の会話を諦めたようで、今日はなんにすると和久井に訊いてきた。

「お勧めは紫陽花《あじさい》と芍 薬《しゃくやく》だけど」

紫陽花は青紫と白、芍薬はフューシャピンク。静けさと華やかさ。

「曇りの日が続いてるから芍薬にしようかな」

「そうね。あの子は明るい花が好きだから」

青子が手早くセロファンに芍薬を包んでいく。その間、芥は植物でいっぱいの店内を見て回り、たまに顔を寄せて花の匂《にお》いをかいでいた。

「彼女にあげるの？」

店を出ると芥が訊いてきた。

「妻に」

「結婚してるの？」

「してた。三年前に事故でね。これは仏壇にあげる花」

芥はまた、ふうん、と聞き流した。

さっきまでと違い、それを気楽に感じた。子供のころからの定期検診と同じく、同情にも慣れている。同情はありがたく、重く、いただきすぎると疲れてしまう。

その夜、帰宅した美寿々と、青子にも改めて芥を紹介した。会話はやはり盛り上がらないまま、芥はさっさと夕飯を食べて風呂へ行った。髪を洗うのを手伝おうかと申し出たが断られた。芥が風呂へ消えたあと、美寿々と青子は早速協議に入った。

「なんか暗いっていうか、雰囲気ヤバくないです？」

「独特の存在感がある人よね」

ストレートな美寿々に比べ、青子は配慮した物言いをする。

「身元はちゃんとしてたんでしょう？」

青子に問われ、入居用紙に不審な点はなかったこと、病院の診断書ももらったことを伝えた。名刺代わりに芥の著書をもらったことも伝えると美寿々の目が光った。

「見せて見せて。生の作家って初めてだし興味ある」

一瞬ためらった。しかし芥がここにいたら、なんのためらいもなく「どうぞ」と言うだろう。なので和久井もそれに倣《なら》った。美寿々と青子が本を真ん中に置き、どれどれとページをめくっていく。引き潮のようにさあっとふたりの表情が変化していく。

「なにこれ。残酷すぎ。ちょっとちょっと和久井さん、この人ヤバくない？　ひとつ屋根の下にこんな危険人物放って猟奇殺人とか起きたらどうするの？」

職業差別はよくないよと言う前に、

「もう小説で表現してんだから実践しねえだろ」

ふいに隼人の声が割り込んできた。

「おかえり、早いね、隼人くん」

残業の多い職場で二日連続でこんなに早く帰ってくるのは珍しい。たまにはそういう日がないと死ぬ、と隼人はダイニングの椅子に「はー疲れた」と腰かけた。

「なに。新メンバー、グロ作家なの？」

隼人がテーブルから本を取り、どれどれとページをめくっていく。

「『町の中心にある広場では、毎日のように人が豚のように吊《つる》され炙《あぶ》られている。処刑に慣れきった民衆は異臭に眉を寄せ、どうせなら食えるもんを焼いてくれとつぶやいて通り過ぎる。中には食べた者もいるはずだ。この国の飢餓は慢性的な——』」

隼人が音読をはじめ、美寿々と青子は黙って耳をふさいだ。隼人はなるほどとすぐに本をテーブルに戻し、自分のタブレットを出してなにかを調べはじめた。

「芥一二三ね。芥…、お、ウィキ出るじゃん。ジャンルとしてはライトノベルになるんだな。『心理描写を排した作風が若年層から熱い支持を受けている』んだって」

「中学生や高校生がこんな残酷なの読むの？」

美寿々がぎょっとする。

「ライトノベル読んでるのはもう大人が多いし、今は小学生でもゲーム慣れしてるからこれくらいで残酷だなんて騒がねえだろ。漫画も刺激的なの増えてるし。へえ、結構数出してるな。うわ、十九歳でデビューしてんのか」

隼人のタブレットの画面には芥の著書がずらりと並んでいる。

「十代でデビューってすごいわね。人気作家さんなの？」

青子の問いに、隼人はいやいやと顔の前で手を振った。

「全然売れてなさそう。まあでも今は小説自体あんま売れない時代だから。生き残り競争が厳しい業界で十年続いてるのは単純にすごいよ」

「十年もグロのキャリアを積んでるってことじゃないの？」

「ばーか。グロでもエロでも提供する側は基本的に節度を知ってんだよ。線引きわかってねえと商品作れねえだろう。まあたまにわかってねえやつもいるけど、そういうやつは爆売れするか消えるかの二択だ。売れない作家十年やってるなら、良くも悪くもまともなやつだ。いまさら下宿の姉ちゃんなんか惨殺して人生終了させるかよ」

「『なんか』ってどういう意味？」

美寿々が隼人をにらみつける。

「あれえ？　先に職業差別しといて自分が蔑視《べっし》されたら怒るわけ？」

隼人はにやにやと言い返し、美寿々が言葉に詰まった。テレビ番組の制作会社に勤めている隼人は皮肉屋で露悪的なところがある。

「それより笑える名前だな」

「芥だものね」

青子が苦笑いをし、美寿々が首をかしげる。

「ゴミって意味だよ。この人、ゴミ一、二、三ってこと」

「自分はそれほどの者ではございません、って謙虚さの表れなのかしら」

「ペンネームでしょう?」

美寿々に問われ、和久井は曖昧に首を揺らした。

「もらった病院の診断書はその名前だった」

「え、じゃあ本名なの?」

「親も考えてつけろよ」

隼人が笑う。和久井はみんなの輪から抜け、隼人の夕飯を温め直した。

「まあ、いいわ。犯罪さえしでかさなきゃなんだって」

「そのやる気のない態度から察するに、美寿々好みのイケメンじゃないんだな」

「うーん、三割しか起動してないオダジョーみたいな感じ」

「どんだけまったりしてんだよ」

みんな好き好きに芥をこき下ろし、けれどなんとか受け入れてくれていることに安堵《あんど》した。センシティブさあふれる現代において、下宿住まいを続けるには良くも悪くも大雑把さが求められる。すみれ荘の住人も例に洩《も》れずということだ。

みんなが自室に引き上げたあと、和久井はようやく一息ついた。こめかみが深く疼《うず》いている。昨日からいろいろあって疲れがたまっている。自分の脆弱《ぜいじゃく》さに溜息をついた。だらだらと洗いものをしていると、母親から電話がかかってきた。

『芥さんのことなんだけど』

予想はしていたが、やはりそのことか。

『央二《おうじ》よね?』

こめかみの疼きが深度を増した。

芥一二三、本名斉藤《さいとう》央二は、二十四年前に別れた和久井の実の弟だ。

両親が離婚した際、和久井は母親に引き取られ、弟は父親に引き取られた。和久井は九歳で、弟は五歳。以来一度も会っていなかった。

古くかすれた記憶の中で、幼い弟の顔はおぼろげだ。それでも気づいたのは、右目の下にある涙形のほくろのおかげだった。あれがなければ正直わからなかった。

『急に同居なんて、あの子、今はなにをしてるの?』

「作家さんだよ。デビュー十年目だって」

すごいよねと勢い込んだが、

『そう、がんばってるのね』

母親の言葉はどこかうつろだった。

『それよりあなた、本当に央二を轢いたの? そんな偶然ってあるのかしら』

「轢いたのは確かだよ。けど向こうから突っ込んできたような気もする」

あのとき、芥は後ろを振り返った。和久井の自転車が接近してきているのをちゃんと確認した。そして次の瞬間、和久井の自転車に向かって一歩を踏み出してきた。

『……どうして』

どうしてそんなことをするの？

どうして弟だって言わないの？

どうして偽名なんかを使うの？

どうして他人のふりをするの？

母親の心に渦巻いているだろう疑問は、そのまま和久井の疑問に重なる。

答えはいろいろある。これは和久井たちの勘違いで、彼は赤の他人、もしくは事故は偶然で、彼は和久井たちが身内だと気づいていない。あるいはただ懐《なつ》かしくなって会いにきたけど名乗るつもりはない。あとは……なにか企《たくら》んでいるから偽名を使っている。

とりあえず勘違いという線はないだろう。芥は央二で確定だし、こちらは本名を名乗っているのだから、向こうが身内だと気づかないこともありえない。昼にもらった診断書の名前は本名ではなく芥一二三になっていて、ただ懐かしいという理由だけで書類偽造はしないだろう。そして向こうから自転車に突っ込んできた理由は——。

「詳しい事情はわからないけど、やっぱりぼくたちに会いたかったんじゃないかな。名乗るタイミングを外しただけかもしれないし、ぼくから水を向けてみるよ」

それでもごまかされたら、名乗りはしたくないということだ。

『待って。しばらく様子を見ましょう。あの子のほうにも、なにか事情があるのかもしれないし、無理に問い詰めておかしなことになったら……』

ずいぶん慎重だが、それもしかたないのかもと思い直した。二十四年ぶりに現れた実の息子、しかも母親にとっては置いてきた子供だ。負い目は確実にあるだろう。

「そうだね。怪我が治るくらいまでは様子を見ようか。それまでに向こうから名乗ってくれるかもしれないし、アクションがないときはこっちから訊こう。あ、それと父さんに連絡したほうがいいんじゃないかな」

『え?』

「ぼくと央二の父さんだよ。央二がこっちにきてるの、父さんは知ってるのかな。もしかしてなにか事情を聞けるかもしれないし、一度連絡しておいてよ」

『そうね。電話しておいたほうがいいわね』

乗り気でなさそうな声音だが、そりゃあ別れた夫にいまさら連絡したくないだろう。和久井自身は幼かったので嫌な思い出はないが、妻だった母親はいろいろあったはずだ。

『エッちゃん、お風呂お先』

電話の向こうからのんきな声が聞こえた。母親の恋人の三上だ。

『ごめん。電話中か』

『一悟よ。新しい入居者さんのことでちょっとね』

「あ、母さん、じゃあまた電話するよ」

そそくさと通話を切った。仲睦《むつ》まじくてなによりだが、自分の母親が彼氏からエッちゃんなどと呼ばれているのを聞くのは照れくさい。和久井は洗いものに戻った。

変化も希望もない毎日に突然現れた弟。

これは災難か、もしくは僥倖《ぎょうこう》か。

さっぱりわからないまま、謎の弟との生活がはじまった。

たゆたえども沈まず　美寿々の告白

「改行して括弧、美玲《みれい》さま、てん、お慈悲を、三点リーダー二回、括弧閉じる。改行して括弧、最後は命乞《いのちご》いをする羽目になることが、てん、なぜ最初にわからない、クエスチョンマーク、括弧閉じる。改行一字下げ、二重スパイがニュルンベルクの処女に——」

「待って。にゅ、にゅるん……？」

「『ニュルンベルク』はカタカナ。『処女』の説明もいる？」

「そこは結構です。ニュルンベルク、の、処女、と」

「中世ヨーロッパで作られたマリア像をかたどった拷問器具だよ。鉄の処女とも言う。中の空洞に人を入れて、内側に向けて長い釘《くぎ》がついた扉を閉めることによって——」

芥の説明をなるべく耳に入れないよう、無心でキーを打っていく。この数日で和久井のノートパソコンは飛躍的な語彙《ごい》の進化を遂げている。あまり知りたくない方面へと。

「続けるよ。処女に閉じ込められる、まる。悲鳴は細く長くたなびき続け——」

「本日の残虐朗読会はそこまでにしてください」

居間兼食堂のドアが開き、怖い顔の美寿々が入ってきた。

「美寿々ちゃん、おかえり。お疲れさま」

和久井は救世主を見る目で美寿々を見た。

「ほんと疲れた。朝から晩まで客のクレーム対応してへとへとで帰ってきたら、家では残虐朗読会が開かれてるって二十六歳の勤労女子にはヘビーすぎる」

美寿々はどさりと椅子に腰かける。ゆるいロングウェーブは心なしかパサつき、眉間《みけん》には縦皺《じわ》が寄っている。どこからどう見ても不機嫌だ。ああ、今月もまたこの時期がきてしまったか。触らぬ神に祟《たた》りなしと和久井が曖昧な笑みを浮かべていると、

「朗読会じゃなくて口述筆記」

芥がぼそっと訂正を入れた。美寿々の眉間の皺が一層深くなる。和久井はテーブルの下で芥の足をつついた。構うな、と小声で忠告した。

「なんでそんなに機嫌悪いの？」

芥はマイペースという砲弾で、和久井の気遣《きづか》いを吹っ飛ばした。

「ＰＭＳ」

向かいに座る芥と和久井を、美寿々はひとまとめににらみつけた。

「芥さん、女には月経があること知ってる？」

「知識としては。なったことはない」

「それは残念。一度なってこの苦しみを味わってほしい。あ、一度じゃわかんないから女

と同じように四十年ほど続けて味わってね。でもあたしのは月経がはじまる十日前くらいから発症するPMS、月経前症候群ってやつ」

「それは初めて聞く」

「でしょうね。女でも知らない人いるし。はじまる十日くらい前からやたら身体が重くなって、だるくなって、微熱が出て、頭が痛くて、集中できなくて、仕事の能率が落ちて、上司に怒られて、顔色はくすんで、肌はぼろぼろになって、水分が排出されないから全身がむくんで、体重が増えて、靴もきつくなって、なに着ても似合わなくなって、眼球が今にも飛び出そうな痛みに襲われて、目が乾いて涙が出て、いらいらして、落ち込んで、わたしなんかこの世にいないほうがいいんだろうなとか思って、愚痴《ぐち》っぽくなって、彼氏に八つ当たりしちゃって、こいつうぜーとか思われて、向こうも虫の居所が悪いと喧嘩《けんか》になって、そのときはもう死んでやるとか思うんだけど、それは女性ホルモンという名の調節機能がやってることで、PMS期が終わるとすうっと症状は消えてなくなっちゃって、あたしまたやっちゃった、ああっていう後悔に襲われるんだけど後の祭りで、そういうのが積み重なるうちに彼氏から『ごめん。なんか疲れた』って振られて、それがちょうど次のPMSに重なってたりすると死にたい感が倍増しになるっていう、一度はじまったら終わらない無間地獄に等しい肉体的苦痛と精神的疲弊、けっして逃げられない女の業と呼んでもいいもの、それがPMSってやつなの。生理痛と並んで、女であるというただそれだけの理由でふっかけられる長期発動型の呪《のろ》いなの。わかった？」

一気に説明した美寿々に、

「へえ」

と芥は相変わらずの無表情で答えた。聞き流したのはあきらかだ。

「わかるわけないわよね」

美寿々は力尽きてテーブルに突っ伏した。

「あー、もうやだ。もういい。あたしもうすぐ頭割れて死んじゃう気がする。割れないって知ってるけど、もうお願いだから割れて死なせてって思うくらいつらい」

物騒《ぶっそう》なことを言い出した美寿々に、和久井は慌てて立ち上がった。

「美寿々ちゃん、ご飯にしようか。今日は冷やし梅しゃぶしゃぶだよ」

「食べたくない」

「え、しゃぶしゃぶ好きだろ？」

「今はチョコレートと生クリームが山盛りのったパンケーキが食べたい」

美寿々はのろのろと顔を上げた。怯《おび》える和久井を無視し、トリプトファンのサプリを飲んだあと、コンビニの袋から大量のスイーツを取り出した。シュークリーム、バスク風チーズケーキ、どら焼きプリンサンド、みたらし団子、マカロン。見ているこっちが胸焼けしそうな量の菓子が、次々と美寿々の胃の中に消えていく。

「そんなに食べて太らないの?」

芥が火に油を注ぐような質問をする。

「太るに決まってるでしょう。でも死ぬわけにはいかないから、セロトニン出して脳を騙《だま》さなきゃならないの。セロトニンっていうのは、えーっとなんだっけ」

「トリプトファンとブドウ糖で合成される、別名幸せホルモン」

芥が続きを引き取った。

「よく知ってるわね」

「神経伝達物質を調べていたときに本で読んだことがある」

「ふうん、なんか作家っぽい。そう、その幸せホルモンを出すことで絶え間ない自殺願望と闘ってるの。そんでPMS終わったら今度は死ぬ気でダイエットよ」

「ずっと死の気配を纏《まと》って生きてるんだね。殺し屋みたいだ」

「そうね。今だったら神さまだって撃ち殺せそうよ」

美寿々は唇《くちびる》についているクリームをぺろりと舐《な》める。すごい。あの状態の美寿々とまともに会話が続いている。愛想も気遣いも笑顔もまったくない芥だが、その気の遣わなさが逆にコミュニケーションを円滑にしているのだ。

玉城美寿々、二十六歳、すみれ荘歴六年。大学卒業後、子供用品を扱う会社に勤めていて、普段はイケメン好きの明るい女の子だが、月に一度、PMS期に入ると人格が豹変《ひょうへん》する。この時期、すみれ荘の住人は美寿々には近寄らない。

美寿々と知り合うまで、和久井はPMSという病気を知らなかった。月経中の女子はつらいのでいたわるべし、という知識はかろうじてあったが、PMSは月経がはじまる前段階のしんどさらしい。症状には個人差があり、美寿々の場合は薬や漢方も効果がなく、中学のころから重度のPMSに苦しみ続けている。さらに月経がはじまると入れ替わり今度は腹痛、腰痛、頭痛、発熱、だるさという本来の月経痛がはじまるそうで、つまり美寿々は一ヵ月のうち約半分を苦痛と共に過ごしていることになる。

「はー、ごちそうさまでした。お風呂入ってもう寝よ」

スイーツを完食すると、美寿々はよろめきながら二階へと上がっていった。

「男でよかった」

芥がつぶやいた。身も蓋《ふた》もない。しかし正直な感想だった。

「でも、まだそうひどくないんだよ」

「あれで？」

「そう、まだ前哨戦《ぜんしょうせん》。明日から坂道を転がり落ちていくから」

やれやれと和久井は立ち上がった。美寿々の分の夕飯は明日の弁当にしてあげよう。弁当ならしゃぶしゃぶよりショウガ焼きがいい。冷蔵庫からタレを取り出した。

「ここは弁当サービスまでするの？」

「これはただの厚意。この時期は外にランチ食べにいく元気もなくなるそうだから。まあ作っても無駄になることが多いけど、気が向いたら食べてくれるかもしれないし」

ショウガをすりおろして市販のタレに混ぜていく。

「面倒見がいいね」

「似たもの同士だから、放っておけないだけだよ」

自分の身体なのに思いどおりに動かせない歯がゆさ。肉体的苦痛が長く続くと精神もやられてくる。あがくほどダメージは増し、諦めて現状を受け入れることが一番楽だと気づく。それがたとえじわじわと未来をも殺していく遅効性の毒だとしても。

「みんなそうならまだ耐えられるけど、なんで自分ばっかりって思っちゃうのがまたしんどいんだよ。自分だけで呑《の》み込《こ》むしかないのはきつい」

「まあ、そうだね」

まったく気持ちがこもってないなあと思いながら、タレに漬けた豚肉にラップをかけて冷蔵庫にしまった。自分の弟は昔からあんなふうだったろうか。

――にいたん、にいたん。

記憶を探ると、舌っ足らずなチビが浮かぶ。おぼろげな記憶の中の弟は愛くるしく、無《ぶ》愛想《あいそう》な今とのギャップがすごい。別れの日、弟はかあたん、にいたん、いってらっしゃいと笑顔で手を振っていた。すぐに帰ってくると思っていたのだろう。

あれから二十四年が経った。ちらりと見る芥は、食堂のソファに寝転んで薬学事典を読んでいる。仕事の資料だろうか。寝ているのかと思うほどの静けさだ。

——央二、おまえ、なんで急に現れたんだよ。

身元を隠しているということは、なにか事情があるのだろう。待っていれば打ち明けてくれるのだろうか。それとも、やはりこちらから訊いたほうがいいのだろうか。


すみれ荘では朝食と夕食が出る。当日の昼までに、夕飯をいるかいらないか申告するシステムになっているが、今夜は芥以外みないらないということだった。

「それはすでに人の姿をしていなかった、まる。男は吐き気《はけ》をこらえて奥へと——」

口述の語尾に重なって、芥の腹がぐるっと鳴った。

「もう七時だし、そろそろ夕飯にしようか」

芥の調子がよく、つきあっているうちに遅くなってしまった。今日の分をプリンターで打ち出したものを渡す。手が触れたとき、熱い、と芥が言った。

「熱あるんじゃない？」

「いつものことだから平気だよ」

芥が現れてからというもの、目的がわからない緊張感で普段とは別の疲れがたまっている。しかしこの身体ともつきあいが長い。悪いときなりの動かし方も知っている。

「夕飯は外ですまそう。どうせ今日は俺だけなんだろう？」

「いや、でも」

「病人に飯を作らせるのは俺が嫌だから」

あ、はい、すみませんとおとなしく近所の居酒屋に向かった。住宅街にあるせいで飯系も充実している使い勝手のいい店だ。

「よう、すみれ荘。珍しいね」

カウンターに座ると、町内会で顔なじみの二代目が挨拶をしてくれた。和久井よりいくつか上で、先代の親父《おやじ》さんが引退してからも売り上げは落としていないやり手だ。

「おばさんの新婚生活はどう？」

「うまくいってるみたいです。結婚してないから新婚じゃないけど」

カウンター越しにおしぼりを受け取った。

「うちの親父が悔《くや》しがってたぞ。おばさんと中学が同じで、ちょっといいなって思ってたんだってさ。昔でいう学園のマドンナってやつだったらしい」

小さな古い町では、いにしえのマドンナの恋はちょっとした噂《うわさ》になっている。

「あんたのお母さん、もうすみれ荘には帰ってこないの？」

芥に問われ、先のことはわからないけど、と和久井は壁のメニューを眺《なが》めた。

「このまま三上さんと暮らしてくれると嬉《うれ》しいね。三上さんは家庭菜園が趣味の気のいい人だし、土地持ちだから金の苦労をさせられることもないだろうし」

「三十越して、新しくお父さんができるのか」

乾杯をすることもなく、芥は左手でジョッキを持ち上げて呑んだ。

「いや、そうはならないよ。三上さんは籍を入れたがってるけど、向こうの家族から財産目当てとか思われるのを母親は嫌がってるし、実際揉《も》めるだろうしね」

和久井はウーロン茶で喉《のど》を湿らせ、お通しの白和《しらあ》えをつまんだ。

「芥くんは、母のことどう思う？」

問うと、芥は怪訝《けげん》そうな顔をした。身元を隠してまで近づいてきたのだ。母親の再婚話は気にかかるだろう。探りを入れつつ、打ち明けるきっかけになれば――。

「特になにも思わないけど？」

不思議そうな表情。口調にもなんの含みも気負いも感じられなかった。

「はい、お待ち。アジフライね」

芥の興味は一瞬できつね色に揚がったアジフライに向いてしまった。卓上に置かれたソースをかけ、左手で箸《はし》を持ち、アジフライを持ち上げようとして、落とした。

「ああ、ごめん。気がつかなくて」

飛び散ったパン粉をおしぼりで払い落とし、はいどうぞとアジフライを芥の口へと運んだ。芥はごく当然のように口を開け、サクサクと咀嚼《そしゃく》していく。

「うまい？」

兄貴の気分で訊いてみた。芥は無言でうなずく。

「すみれ荘、やっと二度目の春か」

カウンターの向こうで、二代目がしみじみとつぶやいた。

「春？」

「俺には理解できない形だけど、すみれ荘が幸せなら祝福してやるよ」

妙な誤解をされていることにようやく気づいた。これは弟だと言いたいが言えないので、自転車事故で怪我をさせた詫《わ》びにすみれ荘にきてもらい、身の回りの世話をしているだけだと説明した。二代目はちっとも聞かずに座敷《ざしき》のほうをちらちら見ている。

「美寿々ちゃん、また新しい彼氏できたんだなあ」

二代目の視線を追うと、座敷席に若い男と呑んでいる美寿々の姿があった。本格的なPMSに突入する前の最後の晩餐《ばんさん》というところか。

「合コンで知り合った男の子らしいですよ。確かまだ二十歳とか」

「六つも年下か」

二代目が難しい顔をする。二代目は以前から美寿々を気に入っている。しかし美寿々の好みは年下のかわいいアイドル系なので、角刈りマッチョの二代目は範疇《はんちゅう》外だ。

「彼氏、大学生？」

「いや、なんでもバンドマンで、今はカラオケボックスの店員とバーテンのバイトをしながらメジャーデビューを目指してるみたいです」

「ヤバいな。３Ｂのうちのふたつじゃないか」

なんですかそれと首をかしげると、隣で芥も同じ動作をしていた。

「金ない・時間合わない・女癖《おんなぐせ》悪い。彼氏にしちゃいけない三大職種、バーテンダー、美容師、頭文字取って３Ｂ。しかも美寿々ちゃんは二十六。四捨五入したら三十だ。ここからの時間の早さはＦ１並みだぞ。今が勝負のアラサー女子がおつきあいしていい物件じゃない。下手したら周回遅れにされちまう」

「そこは四捨五入しなくてもいいんじゃない？」

芥が無表情に突っ込み、和久井も同意した。

「好きな人といるんだし、それでいいじゃないですか」

二代目はやれやれと首を横に振った。

「すみれ荘と彼氏は甘いよ」

「彼氏じゃありません」

「あ、美寿々ちゃんたち帰るみたいだな」

「二代目、聞いてください。芥くんは事故の――」

「すみれ荘、彼氏、あれを見ろ」

二代目に急《せ》かされ、和久井と芥は振り返った。レジで支払いをする美寿々の後ろで年下彼氏はのんきにスマートフォンをいじり、支払いをすませた美寿々に無邪気な笑顔でありがとうねと言い、そのあとは男らしく肩を抱き寄せて店を出て行った。

「見たか。今のナチュラルなホストっぷり。あれが３Ｂだ」

「いいんじゃない？　楽しそうだったし」

「彼氏、それは違うよ」

「二代目、だから芥くんは彼氏じゃなくて──」

と説明をしようとした和久井の隣で、芥が今度は左手で刺身を食べようとし、醤油《しょうゆ》の皿に落下させた。びちゃっと醤油が飛び散り、あーあーあーと和久井は慌てておしぼりでテーブルを拭き、取りづらかったら言ってねと芥に刺身を食べさせた。

「すみれ荘、イチャついてないで美寿々ちゃんを助けてやれよ」

「誰もイチャついてません」

「店子《たなこ》がカモられるのを黙って見てるって、大家代理として無責任なんじゃないか。自分と彼氏さえ幸せならそれでいいのか。そこに男気はあるのか」

「だから彼氏じゃ……もういいです」

途中で諦めた。和久井は常に省エネで生きている。一方、芥はというと、最初から誤解を解こうという努力すらしない。芥のマイペースぶりは揺るぎない。

「美寿々ちゃん、昔はあんなんじゃなかったよな」

二代目が鮭《さけ》の焼きおにぎりをこちらに提供しながら言う。

「二十歳くらいですみれ荘に入ってきたとき、ここで歓迎会やったじゃないか。あのときの美寿々ちゃんは結婚を約束してる彼氏がいるってニコニコしててさあ、こんな若いのにもう売約済みかって俺は切なくなっちゃったよ」

「あのとき二代目も彼女いたじゃないですか。すごい派手……綺麗《きれい》な」

「あれなあ。あれは金かかるし嫁には向いてない。結婚するなら美寿々ちゃんみたいな子だよ。明るくて、元気で、3Bとつきあうくらいだから尽くし型だろう」

「尽くし型？　呪われた殺し屋じゃなくて？」

芥が焼きおにぎりを食べながら首をかしげる。

「呪い？」

二代目が怪訝な顔をする。

「美寿々ちゃん、元気そうに見えるけど身体弱いんですよ」

身体的事情なので適当にぼかすと、そうなの？　と二代目が顔をしかめた。

「うちは居酒屋だし、身体弱いと女将《おかみ》は任せられないなあ」

——なぜいきなり結婚前提？

——さらに店を手伝う前提？

――その上ダメ出し？

「あんたとは結婚しないからいいんじゃない？」

芥が簡潔に和久井の疑問を口にしてくれた。しかし二代目にはまったく通じず、そんなのわかんないだろうとカウンターに身を乗り出してくる。

「まあ女の子って、いつもどっか痛いとか悲しいとか言う生き物だしな」

「そうですか？」

和久井は亡くなった妻を思い出した。人の話を楽しそうに聞き、自分のことも楽しそうに話し、屈託のない笑顔がまぶしい朗《ほが》らかな女性だった。

「そうだよ」

二代目の言い切りが、妻との淡い思い出を脇《わき》へ押しやった。

「女の子って、いつも熱あるっぽいとか食欲ないとか言うじゃないか。あれはもっとわたしに優しくしてほしい、構ってほしいっていうアピールだから、男の包容力次第で女の子は変わるんだよ。不調の原因はあのヒモ男なんじゃないか？」

「美寿々ちゃんの場合は本当にしんどいんだと思います」

「だとしても、ちょっとした体調の悪さなんて気合いでなんとかなるんだよ。そういうのはね、甘えなの、甘え。まあ女の子だしかわいいけどね」

モヤモヤが胸に広がっていく。少々のしんどさなんて気合いでなんとかなる。学生時代、和久井も体育教師からよく言われた。気合いだの根性だので元気になれたらどれだけいいかと、涙を我慢して三角座りで体育の授業を見学したことを思い出す。

「身体が弱いなら、美寿々ちゃんはなおさらあんなヒモとは別れたほうがいいな。俺ならもっと大事にしてあげるし、家庭に入らせてあげるのに」

「女将やらせるんじゃないの？」

芥が問う。

「元気なときは店に出てほしいよね」

二代目は笑い、入ってきた客にいらっしゃいと威勢よく声をかけた。常連客なので挨拶に行ってしまい、和久井と芥はようやく落ち着いて食事をすることができた。長居することなく店を出ると、夜空がどんよりと重かった。明日は雨のようだ。

「あの人、自分のこと優しい男だと思ってるんだね」

芥がつぶやき、和久井は苦笑いを返した。

「大将の持論はともかく、美寿々ちゃんには幸せになってほしいよ」

二代目が言っていたように、すみれ荘に入居してきたころの美寿々には、高校時代からつきあっている彼氏がいた。けれど大学卒業後、会社に勤めはじめたあたりからすれ違いが多くなっていった。母親を相手に、美寿々はたまに恋愛相談をしていた。

「体調悪くても、そうそう会社って休めないからね」

男性の上司には訴えづらく、それも毎月となると同僚の目も冷たくなる。疲れとストレスで、つい彼氏に八つ当たりをして喧嘩になると言っていた。そのうちふつりと彼氏の話をしなくなり、気づくと、男は顔がよければそれでＯＫ、という年下のイケメン大好きな軽い感じの女の子になっていた。

「３Ｂって初めて聞いたけど、そういえば前の彼氏はバーテンだったな」

待てよ。その前は美容師だったし、その前は確か俳優志望だった。みんな三ヵ月か、長くても半年持たなかった。気づいた途端、なんだか心配になってきた。

「いいんじゃない。３Ｂとか言ってるのは、恋愛の目的を世間一般の幸せに箱詰めしてる人たちだろう。でもなにが幸せかなんて、人によって違うじゃないか」

「美寿々ちゃんの幸せってなんだろう」

「さっき幸せそうに見えたよ」

「じゃあ、あれでいいのかな」

「ひとつ確かなのは、真冬にコートなしで凍《こご》えるより、間に合わせでもなにか羽織《はお》ってたほうが暖かいってこと。嫌ならシャツ一枚で震えていればいいだけだ」

芥は灰色と小豆色を混ぜたような澱《よど》んだ夜空を見上げた。すべての愛や恋が輝いていたり、美しくある必要はない。すごく好きでなくとも、恋人がいれば楽しめることは多い。そんなのは空《むな》しい、だったらひとりでいるほうがいいという人はそうすればいい。みな、それぞれのやり方で日々を送ればいい。

「芥くんも、そういうつきあい方をするの？」

「俺は誰ともつきあったことがない」

えっと驚いてから、失礼だったと気づいて慌てた。

「たまに飯や遊びに誘ってくる女がいるけど、何度か会うと、思ってたのと違うと言われてもう誘われなくなる。だいたいいつもそうだ」

返事に困る告白だった。

「でもぼくも奥さんしかつきあったことがないから、似たようなものかな」

「ゼロと一は違う」

確かに、と和久井は黙った。知ってしまえば、知らなかったころには戻れない。記憶は消せない。確かにあった幸せが、ぽろぽろと手のひらからこぼれていく無力感はたまらない。じゃあ最初から手に入れないほうがよかったかと問われると、それは絶対に嫌だ。

妻と出会わなかった人生なんて考えたくもない。


梅雨が明けた途端、夏が襲いかかってきた。

暑さと湿気《しっけ》で体力を奪われるので、和久井にはつらい季節のはじまりだ。

「改行一字下げ。じりじりと間合いを詰めていくふたりの間で、てん、緊張感が極限まで高まっていく、まる。次の瞬間――和久井さん、大丈夫?」

「きょくげん……まで、たかまって……いく。つぎの……しゅんかん…」

ぽちぽちキーを打つ手をつかまれた。

「休憩しよう」

ソファにいた芥が、いつの間にかすぐ横にきていた。

「まだできるよ?」

「今すでにできてない」

指さされた画面を見ると、『じりじりtp間合いをつえておくうたりのあいだえ緊張感阿が極限までやぁまっいぇ』と崩壊した日本語が並んでいた。

「暑すぎるんだ。エアコンを入れよう」

「それはそれでしんどいんだ」

暑さで体力を奪われて集中できない。エアコンを入れると骨まで冷えて全身がだるくなる。どうせ夕方からは住人のために居間兼食堂はエアコンを入れざるを得なくなる。だからせめて昼の間はつけないで過ごすようにしている。毎年のことだ。

「……和久井さん、お願い。ここを明け渡して」

美寿々がよろよろと二階から降りてきた。今日は日曜日で休みなのだが、ついにPMSが最高潮に達して朝から死んでいる。冷蔵庫から水を出し、ラムネのようにざらざらと鎮痛剤を飲み、ソファに転がる。薄いキャミソールにショートパンツという目に毒な姿。しかし血の気の失《う》せた女の子に対して邪《よこしま》な気持ちは起きない。

「……和久井さん、エアコンつけて」

はいはいと立ち上がると、芥がリモコンを取ってくれた。

「いいの？　エアコン苦手なんだろう？」

「いいよ。ぼくはつけてもつけなくてもしんどいから」

「……温度うんと下げて。窓も開けて」

美寿々が訴える。エアコンは涼しい。しかし自然の風も感じたいという最高に贅沢《ぜいたく》な要求だ。大家代理として光熱費のことを憂慮してしまうが、死体のようにソファにうつ伏せている美寿々を前にしては叶《かな》えてやるしかない。

「和久井さん、ごめんね。代わりにプールで涼んできて」

「プール？」

「子供用のやつ。だいぶ前の住人が物置に忘れていったのがある」

せっかくの提案だが、わざわざ出すのが面倒くさい。

「入りたい」

芥がつぶやいた。ぼくは入りたくないという目を向けると、包帯を巻かれた右手を小さく振ってくる。和久井はすごすごと掃き出し窓からサンダルで庭に下りた。

「うう、暑い」

外に出た瞬間、突き刺してくる熱と光に目を眇《すが》めた。寒いのもつらいが、暑いのもつらい。ひ弱な身体を恨めしく思いながら、裏の物置へと向かった。

魔窟《まくつ》のような物置を探っていると、埃《ほこり》まみれの黄色いビニールの塊《かたまり》を発見した。おそらくこれだろう。一緒にあった空気ポンプを持って庭に戻り、くちゃくちゃの黄色い塊にポンプのチューブを接続した。頭皮から汗が垂れてくる。ああ、暑い。ついでに見つけた麦わら帽子を深くかぶると、芥がきて「やる」と押しのけられた。

「いいよ。怪我人《けがにん》なんだから」

「足は折れてない」

そう言い、芥は空気ポンプを力強く踏みつけた。不健康を代表するような仕事に就き、暇なときはいつも読書をしている芥だが、まあまあいい身体をしている。

「アヒルだったのか」

ぼうっと眺めている間に見事にふくらんだ黄色いプールには、アヒルの顔と首がついていた。あるものを想起させるデザインに複雑な気分になってしまう。

「おまるみたいだね」

「人がはばかって口に出さないことを芥くんはぺろんと言うよね」

「なんではばかるの?」

じゃあよく見ててよと言い、和久井は散水栓につないだホースから黄色いおまる、もといプールへとじゃぼじゃぼ水を注いだ。

「ああ、おしっこ」

「しかもぼくたちはこれからここに入る」

「なるほど」

芥は口の端を引きつらせた。笑ったようにも見える、判断に迷う反応だった。

「じゃ、入ろうか」

「今の流れから即断なの？」

芥は器用に片手で服を脱いでいき、ボクサーパンツ一枚になった。待ったとストップをかけ、和久井は台所からビニール袋を持ってきて芥の右手を包んだ。

「和久井さんはよく気がつくね」

「下宿屋の息子だから」

「あんたに轢かれてよかった」

返答に困ることを言いながら、芥がプールに足を浸《つ》ける。冷たそうに顔をしかめ、しかし入ってしまうと気持ちよさそうだった。あんたは入らないのかと訊いてくる。

「ぼくはいいよ」

「これはおまるじゃないし、液体もおしっこじゃないよ」

「わかってるけど、絵面的にどうも」

二十九歳と三十三歳の男ふたりが、黄色いアヒルの子供用プールに入っている図を想像してほしい。シャワーに切り替えて頭から水をかけてやると、芥は目を閉じた。アヒルのプールの中で胡座《あぐら》で目を閉じる姿は修行僧のようなシュールさに満ちている。

「和久井さん、シャンプーしてよ」

「今？」

「ついでだから」

作家とはもっと繊細な人種なのかと——いや、それも勝手なイメージだ。あらゆる物事は本人がよければそれでいい。はいはいと和久井は風呂場からシャンプーを取ってきた。

「かゆいところはございませんか？」

おとなしくうつむいている芥の髪を泡立《あわだ》て、わしゃわしゃと洗っていく。もう水遊びでもなんでもない。大型犬を洗っている気分だ。

——にいたーん。

水音に紛《まぎ》れ、記憶の深い地層から鈴が鳴るような声が聞こえた。

——にいたん、つべたーい。

記憶の中で、細くて高い声がタイル張りの風呂場に響いている。そういえば弟と水風呂《みずぶろ》で遊んだことがあった。小窓から夏の光が差し込み、ステンレスの浴槽には黄色いアヒルのおもちゃが浮かんでいたっけ。スナック菓子とジュースまで持ち込み、あとでふやけた菓子を見つけた母親に叱《しか》られ、その夜、和久井は熱を出した。

——ちっさくて、かわいかったよなあ。

すっかり忘れていた記憶が鮮やかに思い出された。そうして目を開けると、泡まみれの細マッチョが目に映り、懐かしさは霧散した。

「時の流れは無情だなあ」

「うん？」

「なんでもない」

泡を洗い流してからリンスを忘れたことに気づいた。取りに行こうとしたが、いらないと言われた。リンスしないと髪がバサバサになるよと言うと、

「今はコンディショナーって言うんだよ」

と返された。

「どっちでもいいじゃないか」

「いいんだよ。俺もリンス派だし。でも前に校正入ったから」

「校正？」

「作家の原稿にプロの間違い探しがチェックを入れるんだ」

「じゃあリンスは間違った言葉なの？」

「間違ってない。リンスのとこに『コンディショナー?』って『?』がついてたから。修正なしで返したらそのまま本になって、どこからも苦情はなかった」

「間違いじゃないなら、どうしてチェックが入るんだろう」

「今は大多数がコンディショナー派ですよ、本当にリンスでいいですか?　世間一般に合わせますか?　っていうアドバイスだったのかもしれないね」

なるほどと納得しつつ、しかしと思う。今は若者よりも中年や老人が多い時代で、老人は大半がリンス派だろうし、老人とまではいかずとも気を抜くとうっかりリンスと言ってしまう自分のようなおじさんもいる。若い読者がターゲットだからしかたないのか。

「ライトノベルを読むのは主に大人だよ」

「え、そうなの?　大人ってどれくらい?　お兄さん?　おじさん?」

「おじさんになりかけのお兄さん。ちょうど和久井さんあたりがメインかな」

だったらぼくはリンスを推す——と心の中でつぶやいた。

「まあ、そんなのどうでもいいんだよ」

芥は和久井からシャワーを取り上げ、宙にかざして虹《にじ》を作った。

「大多数の意見なんて、ユメマボロシでしかないんだから」

和久井は七色に揺らぐ小さな虹を見つめた。光の屈折で現れる大気光学現象。そこにはないものなのに、自分と芥の視界に等しく美しい夢幻を映している。

――にいたん、つべたーい。

二十四年も前に過ぎ去ってしまった夢幻も、芥と自分の脳の中に等しく眠っているのだろうか。形もなく、証明することもできないものだけれど。

「芥くん」

「うん？」

――子供のころ、ふたりで風呂で遊んで菓子を食べたよな？

それを訊いて、うんと言われたらどうする？　会いたかったと言われたら、ぼくもだと迷わず抱きしめる。恨んでいると言われたら？　自分は心のどこかで弟に申し訳なさを感じている。母親を独《ひと》り占《じ》めし、自分より幼かった弟を置き去りにさせたことを。

ひどく気になっているのに、母親の意見に合わせて様子を見ようなんて消極的な策を取っているのは、弟の気持ちを慮《おもんぱか》っているのではなく、自分自身の罪悪感が理由なのかもしれない。母親もあれからふっつり連絡をしてこない。

「あ」

ふいに芥がうつむいた。視線の先を追ってプールを覗《のぞ》くと、水が減っていた。プールの周囲に大きな水溜《みずた》まりができている。よく見るとプール自体もしぼみ、アヒルの首も折れてぐだぐだなことになっていた。頸椎《けいつい》骨折アヒル。

「埃かぶってたからな。穴が空いてたか」

「このアヒルはもう駄目だな」

芥はアヒルの折れた首を撫《な》でた。

「人間も物も同じだ。知らないうちに穴が空いてて、最後はしぼんで使い物にならなくなる。偉人も、凡人も、善人も、悪人も、行き着く先だけは平等だ」

だらんと首が折れたアヒルを芥は無表情に撫でている。

「やっぱり作家さんだ。アヒルのプールからそんな言葉が出てくるなんて」

「ただの事実だよ。空気を入れられてしぼむまでの間も嫌になるくらいいろいろあるし、それをクリアしないとしぼめないなんて、人生は罰ゲームと同じだ」

「それは悲観的すぎるよ」

「俺にとっては、ってことだよ。もちろん違う意見の人もいる。試練は苦しいものだけれど、迷い、苦しみ、悩み、乗り越えることで人生の真理を学ぶことができる、とか」

「それはそれですごい。神さまみたいな人だ」

半分正解、と芥がこちらを見た。

「旧約聖書、詩篇《しへん》百十九篇七十一節、『苦しみにあったことは、わたしに良《よ》いことです。これによってわたしはあなたのおきてを学ぶことができました』」

おしゃれと胡散臭《うさんくさ》さの狭間《はざま》に位置するような風体の男の口から、まさか聖書の言葉が紡がれるとは驚いた。しかも全篇暗記しているような言い方だった。

「そういうのも仕事の資料かなにかで読むの？」

「聖書は身近にあった」

「芥くんはキリスト教徒なの？」

「特定の宗教には入ってない」

ではなぜ身近にあったのだ。父親がキリスト教徒だったという記憶はない。

「金を貸せ？　え、なに？　いくら？」

聖書とは相容《あい》れない、不穏な言葉が聞こえた。半開きの掃き出し窓の向こう、ソファのアームに置いた足を死体のように投げ出して美寿々がスマートフォンで話している。

「九万五千円。アパートの更新と火災保険ね」

金を無心されているようだ。相手は３Ｂ彼氏だろうか。

「ボーナス前だからきついなあ」

ボーナス後でもきついよ、と和久井は内心で反論した。二十歳の彼氏から見れば年上でも、二十六歳の中小企業社員である美寿々にとって九万五千円は大金だ。しかもつきあってまだ日も浅い相手に金の無心なんて。まあ美寿々も貸さないだろうが——。

「しょうがないなあ。じゃあ明日おろしとくね」

「貸すの？」

思わず声に出てしまった。太っ腹だねと芥もつぶやいている。呆気《あっけ》に取られている間に美寿々は通話を終わらせ、のろのろとこちらにやってきた。

「盗み聞きしないでくれる？」

気づいていたようだ。

「聞いたんじゃなくて、聞こえたんだよ」

芥の言葉を無視し、美寿々は掃き出し窓の桟に腰かけた。お陽さまあったかーいと目を閉じて光を浴びる。その顔色はくすんで生気がない。ＰＭＳにやられ、エアコンで冷やされ、夏に火照《ほて》らされ、もう体内コントロールがめちゃくちゃなのだろう。

「美寿々ちゃん、余計なことかもしれないけど」

「余計なことなら言わないで」

ぴしゃりとさえぎられた。

「ごめん。でも言うね。お金は貸さないほうがいい」

美寿々はむっとし、子供みたいに頬《ほお》をふくらませた。

「わかってるけど、あのかわいい顔でお願いされちゃあね」

「電話だから顔は見えないんじゃない？」

芥の冷静な突っ込みに、瞼の裏に思い浮かべてんのよと美寿々は言った。

「好きなら、なおさら貸さないほうがいいよ」

和久井が言うと、美寿々はますますぶうたれた。

「そうね。恋愛を腐らせる秘訣《ひけつ》はお金を介在させることだもんね。そんなわかりきったこと、いまさら知った顔で言わないでよ。自分だけが賢いとでも思ってる?」

ぐさりと突き刺さった。PMS期の美寿々は容赦がない。返答に困っていると、美寿々はふいに表情を破綻《はたん》させた。うううううと唸《うな》りながら膝に顔を伏せる。

「和久井さん、ごめん、ほんとごめんなさい。そんなつもりじゃないの」

「わかってる。しんどいときはしかたない」

身体的苦痛だけが病気のつらさではない。制御できないものに自分を荒らされる歯がゆさ。八つ当たりした相手への申し訳なさ。嫌というほど知っている。伏せられた頭をよしよしと撫でていると、芥もやってきて左手で美寿々の髪を撫ではじめた。

「なんでダブルなの?」

美寿々は顔を上げ、ふたりとも変なの、と痛々しい笑顔を見せた。

「プール、穴空いてたんだね」

美寿々は立ち上がり、しぼんだプールの前にしゃがみ込んだ。

「なんだか、あたしみたい」

かわいそうにと、ぺこんと折れたアヒルの首を撫でる。

「和久井さん、芥さん、慰めてくれてありがとね。でもあたし、今の彼氏と長続きしたいなんて思ってないの。だからもてあそばれてるとか、愛が壊れるとかいう心配はしてくれなくていい。あたし、恋愛含めた人生に期待とか全然してないし」

台詞《せりふ》のわりに悲壮さはない。美寿々の口調はふてくされた子供のようだ。

「PMSだから特に悲観的になってるけど、元気なときでも別に期待とかしないで生きてるの。高低差がひどいのが一番こたえるって長年の経験でわかったんだよね」

中学生のころから重度のPMSで月の半分を苦痛と憂鬱《ゆううつ》で過ごしながら、美寿々は自分の人生から期待や希望といったものを少しずつ断捨離していった。自分から進んで捨てたもの。捨てたくはないが捨てざるを得なかったもの。

「一生一緒にいようって約束した彼氏にもふられちゃったし」

長くつきあっていた恋人も、美寿々の手からこぼれ落ちていった。

「あれはほんとにきつかったあ……」

恋人からの別れの言葉は隅々《すみずみ》まで納得できるもので、美寿々は滅多打《めったう》ちにされた。


美寿々が嫌になったわけじゃないんだ。身体しんどいのもわかってる。けど俺も就職して大変なんだよ。愚痴りたいときもある。けどおまえのほうがしんどそうだし、我慢しようってなるんだ。モヤモヤがどんどん溜《た》まって、俺はおまえに優しくするばっかりで、この先もずっとこうなのかな、俺は支えるばっかなのかって思ったら、なんかどっと疲れたんだよ。それに寂《さび》しくもなった。おまえ、今、俺がどんな仕事してるか知ってる？　知らないよな。おまえは自分のことで精一杯だし、負担かけないように、俺もおまえには言わなかったんだよ。そのうち楽しいことも言わなくなって、大事なことなんにも伝えなくなって、俺ら、つきあってる意味あるの？　恋人同士ってなんだろうって疑問が大きくなった。ほんとごめん、おまえのこと守れなくて、男として情けないよ。

「あたし、甘えすぎてたんだなあってわかった。すごく優しい人でね、この人なら大丈夫って甘く見て、全部預けて、もたれかかって、挙句、こんな優しい人にこんなこと言わせちゃったんだなあって、自分がほとほと嫌になった」

なのに次のＰＭＳ期には鬱《うつ》が爆発し、別れた恋人に真夜中に電話をして、弱ってる人間を見捨てた、最低男と罵《のの》った。電話を切ったあとは自己嫌悪で死にたくなった。

「だから、もう死んでも弱音は洩らさないって決めたの」

その決意はうまくいくときもあったし、うまくいかないこともあった。同じ失敗はけっしてしまいと、そのあとつきあった恋人相手にはけっして愚痴らず、ついにになっちもさっちもいかなくなってしまい、こらえきれずにしんどいと口にしたら、俺も疲れてんだよと怒られた。これじゃあ以前と同じじゃないかと、また落ち込んだ。

「そのときの彼氏に、おまえ、おかしいよって言われたの」

普通の女の子は生理でそんなふうにならない。みんなしんどいけど普通にしてる。おまえはちょっと大袈裟《おおげさ》なんじゃないか。もしくは他の病気なんじゃないか、もっと病院を回ってみろと言われた。美寿々は中学のころから飽きるほど繰り返した婦人科巡りに再度挑み、あの台の上に何度も乗った。診察自体が精神的苦痛なあの台に。

「それでもやっぱりＰＭＳって診断で、でも、そのときの彼氏はＰＭＳを病気だって信じてくれなかった。どの女の子にも生理があるんだから、おまえだけがしんどいんじゃないって言われて、なんか、もうほんと、あたし、嫌んなっちゃった」

自分にばかりかまけて、学生時代からつきあっていた優しい恋人を傷つけた。あのときと同じ失敗はけっしてしまいと、ぎりぎりで踏ん張っていたものがぷつんと切れた。もういいやと愛されることを手放した。はい、わたしは欠陥品です。修理不可能なので捨ててください。そう開き直ると、いくぶんかは楽になった。

「生理って呪いなんだよねえ」

不穏な言葉とは裏腹に、美寿々は晴れ渡る空をまぶしげに見上げた。

「みんながみんなそうならまだ我慢できる。でもそうじゃない。同じ呪いでも軽い人と重い人がいる。だから女同士でも連帯できない。孤独になる。昔から薬も漢方も片《かた》っ端《ぱし》から試したのに効かないし、低用量ピルも駄目だった。一日中吐き気が続いて、血栓症で足が象みたいにパンパンになった。女を下りるしか解呪《かいじゅ》の方法はない」

言い切って、ふっと息を吐く。

「別にかわいそうとかじゃないよ。無駄な努力はしない、あたしはあたしのままで生きてくしかないってだけだから。高望みさえしなきゃ楽になる。それがわかった」

「わかるよ」

和久井は自分の麦わら帽子を美寿々の頭にかぶせた。実家の下宿屋を手伝うだけの、限りなく無職に近い、妻に先立たれた虚弱体質の三十三歳の男。夢もない。希望もない。きみの痛みがわかる、わかりたくないけれどわかってしまうのだ、と。

「諦めれば、少しは楽になるね」

美寿々はのろのろと立ち上がった。

「和久井さんみたいな枯れたおじさんにはわかんないと思う」

「ひどいな」

苦く笑うと、美寿々は顔をしかめた。

「和久井さん、優しすぎ。あたしがすごい意地悪みたいで嫌になっちゃう」

美寿々は部屋に戻ってしまい、和久井はアヒルのプールをかたづけた。芥とふたりでしぼんだプールを踏みつけ、さらにぺしゃんこにしていく。

「あっちもこっちも、ここは首の折れたアヒルだらけだ」

芥が無残《むざん》な最期を迎えたアヒルを見下ろして言う。美寿々だけでなく和久井も骨折アヒル類に入っているのだろう。自覚があるので腹も立たない。

「芥くん」

「なに」

「神さまは乗り越えられない試練は与えないってよく聞くけど、本当？」

「なんで俺に訊くの」

「詳しそうだから」

「知らないよ。上から見下ろしてる人の考えなんてわからない」

芥は神さまの住処《すみか》を見上げた。真夏の空は目に痛いほど輝く青だ。

神のおきてを学ぶこともなく、ただ日々をたゆたうように過ごしている。首の折れたアヒルは怠惰の罰を受けたかのような姿になり、なんとも言えない気持ちになった。


翌日の口述筆記もふるわなかった。昨日プール遊びにつきあって身体を濡《ぬ》らしたせいか微熱もあり、悪化させないようあらかじめ飲んだ風邪薬のせいで眠い。

「ちょっと休憩しよう。それか今日はもうやめよう」

「もう少しがんばれるよ。昨日もあんまり進まなかったし」

「少しくらい遅れても平気だから」

「〆切は守らないといけないよ」

と諭《さと》す和久井自身は食堂のソファに寝転び、額に冷却シートを張り、腹にノートパソコンを置くという、ぐうたら極まれりな姿なので説得力がない。

「家にも編集がいるみたいだ」

芥が眉をひそめ、和久井は笑った。

「じゃあ続ける。改行一字下げ。疾風の名に恥じない速度で踏み込み、てん、美玲は男の喉笛《のどぶえ》を真横に切り裂いた、まる。哀《あわ》れにも半歩退いたことで、男の首は中途半端《ちゅうとはんぱ》につながり、即死したほうが遥《はる》かにマシだったという結果に――」

――やっぱり休憩すればよかった。

意識にじゃぶじゃぶと水を注ぎ、薄め、言葉の意味を噛《か》み砕《くだ》かず、ただただ入力するマシーンと化すことで仕事をこなしていく。

げっそりとして迎えた午後、夕飯の買い物に出た。和久井が出かけると、もれなく芥もついてくる。そうでないと引きこもりがちになるからと言っている。スーパーとドラッグストアに寄った帰り、「すみれ荘」と声をかけられた。

「ふたりそろって買い物か。ラブラブでいいなあ」

居酒屋の二代目だった。パチンコに行っていたらしく景品の袋を持っている。甘いおふたりさんにと板チョコを二枚くれた。まったく嬉しくない。

「今日はいいタコとイカが入ってるから、彼氏とこいよ」

「この時期のタコはいいですね。辛子酢味噌《からしすみそ》で食べたいなあ」

和久井が近所づきあいをしている横で、芥が板チョコをむきながら「殺し屋」とつぶやいた。視線を追うと、すぐそこのATMから美寿々が出てくるところだった。

「美寿々ちゃーん、今日はずいぶん早いね」

二代目が声をかけると、苦しそうな前屈《まえかが》みの背中が振り向いた。

「ああ、どうも。今月は特にひどくて早引けしてきたんです」

顔が土気色をしている。PMSがピークに達しているのだ。早くこの時期が終わればいいのにと願うが、PMSが終わると今度は腹痛、腰痛、貧血による目眩《めまい》という一般的な月経痛がはじまる。美寿々の安息は遥か先だ。

「顔色悪いね。病院行ったほうがいいんじゃない?」

二代目が心配そうに美寿々を覗き込む。

「ありがとうございます。いつものことなんで」

「いつも? ただごとじゃない顔色だけど、あ、そういえば身体弱いんだってね。どこが悪いの。俺でよかったら力になるよ。なんでも言って」

さりげなくアピールする二代目に、美寿々は精一杯の愛想笑いを返した。

「ありがとうございます。でもほんと、いつものことなんで」

「遠慮しなくていいって。うちのお客さんに評判のいい医者がいるんだ」

そういう問題ではなく、男性には言いづらい病名なのだ。

「あの、二代目、プライベートなことだからあんまり」

和久井は遠慮がちに割って入った。

「こんなに顔色悪いのに。すみれ荘は意外と冷たいなあ」

「いや、冷たいっていうか……」

「ＰＭＳなんです」

もういい、と開き直ったように美寿々が言った。

「ぴーえむ？」

「月経前症候群です」

二代目は首をかしげたあと、ああ、と合点《がてん》がいったようにうなずいた。

「生理痛か。はいはい、生理ね。よくある、よくある」

大きくうなずく二代目に、美寿々は目を吊り上《つあ》げた。ＰＭＳと月経痛は違うし、『よくある』もない。一般的な病気であっても痛みはパーソナルなものだ。毎月美寿々が苦しむ姿を見ている和久井には、口が裂けても言えない言葉だった。

「うちのお客さんでもいるけど、栄養が足りないんだよ。最近の女の子はダイエットダイエットでろくに食べないだろう。血が足りないならレバーだね。でも美寿々ちゃんはダイエットなんて必要ないだろう。出るとこ出てて締まるとこ締まってるし」

的外れのアドバイスと、褒めているつもりのセクハラ大爆発に美寿々の顔が般若《はんにゃ》のようになっていく。これは非常にまずい。

「美寿々ちゃん、早く帰ったほうがいいよ。バッグ持とうか？」

とりあえずふたりを引き離そうとしたが――。

「彼氏と待ち合わせしてるから」

「体調悪いのにデート？　まさかサボり？」

二代目が冗談ぽく突っ込むが、美寿々はもう返事もしない。ハラハラしながらも、和久井は美寿々が出てきたのが銀行のＡＴＭだったことに思い至った。もしやと嫌な予感にかられたとき、みいちゃーんと向こうから若い男が駆けてきた。

「アンディ」

美寿々が力なく手を振る。

「彼氏、外国人？」

芥が無表情に問う。アンディはどう見ても日本人だ。

「急に時間早めるから焦ったよ。バイト早上がりさせてもらった」

「体調悪くて早引けしたの」

「そうなんだ。大丈夫？　お金下ろしてくれた？」

体調を気遣う言葉はたった一言だった。なんだこいつと言いたげに二代目が眉根《まゆね》を寄せる。美寿々はバッグから銀行の封筒を取り出してアンディに渡した。

「みいちゃん、本当にありがとう。持つべきはお姉さんな彼女だよね。俺、友達からみいちゃんみたいな彼女ほしいって羨ましがられるんだよ」

みいちゃんみたいな彼女――というのが、美寿々自身にかかっているのか、美寿々が用立てる金にかかっているのか、激しくモヤモヤする発言だった。

「ちょっと待て。おまえ、美寿々ちゃんに金借りてるのか」

二代目の問いに、アンディは首をかしげた。

「飯をおごられるだけでも情けないのに、体調が悪い女の子から金をむしり取るってどういう了見だ。体調を気遣う言葉もなかったし、そこに愛はあるのか」

二代目は意外に真っ当な男気を見せた。しかし美寿々は迷惑そうで、アンディは首をかしげ続け、芥はもらった板チョコを食べながら興味深そうに事態を眺めている。

「まあまあ二代目、ふたりのことはふたりのことですし」

「すみれ荘には関係ない。引っ込んでろ」

二代目にも関係ないと思います、と喉まで出かかった。

「みいちゃん、このおじさん誰？　怖いんだけど」

アンディが美寿々に問いかける。答えたのは二代目だった。

「俺は同じ町内で居酒屋をやってる者だ。美寿々ちゃんとも古い顔見知りだ」

「ああ、他人」

アンディは笑顔で二代目を斬《き》って捨てた。シャイニーズ事務所の若手アイドルのような顔をしているが、なかなか剛の者なのかもしれない。

「みぃちゃんのこと、俺はちゃんと好きですよ。みぃちゃんも俺のこと好きだから俺の夢を応援してくれてるんです。ミュージシャン系の恋愛っていうのかな」

「なんだそりゃ。夢を持つのはおおいに結構。けど女の子に金を借りなきゃ見られん夢なんて捨ててしまえ。美寿々ちゃんがかわいそうじゃないか」

「おじさん、そんな簡単に人のことをかわいそうなんて言っちゃ駄目だよ。それは優しさの皮をかぶった傲慢《ごうまん》だよ。俺ならよく知らない人に哀れまれたらむっとするな」

のほほんとした口調で、アンディもなかなか鋭いことを言った。

「それに昭和脳すぎて、女の子のこと全然わかってない。彼氏の夢を応援したい女の子って結構多いよ？　アイドルの強火オタってまさしくそれだし、ミュージシャン系恋愛の基本っていうか、他のバンド仲間もそう。生活は彼女が支えてたり、ライブのチケット買って配ってくれたり、苦労させてるけど彼氏の夢が自分の夢になってて、一緒に駆け上がっていく幸せを味わえる。ようするに愛でしかできてない世界なんだ」

世の中の大多数の恋愛からは外れている。しかし大多数の意見などユメマボロシであるという芥の言葉を思い出すと、他人が口を出すことでもないのだろう。とはいえ美寿々が心配だという気持ちもある。気遣いとお節介《せっかい》の境界で和久井は揺れた。

「これだから3Bは……」

二代目は溜息まじりにぼやき、今度は美寿々に向き直った。

「美寿々ちゃん、悪いことは言わない。この彼氏とは別れな。夢とか愛とか言ってるけど、身体の弱い女の子を金蔓《かねづる》にしてる時点で愛なんて一ミリもないぞ」

美寿々はだるそうに目を逸《そ》らす。顔色はもう真っ青だ。

「若いうちはしょうがないとは思うけど、顔なんて年取ったらみんな一緒。まあ女の子は見た目も大事だけど男は中身。特に美寿々ちゃんなんか身体弱いんだから」

「わたしなんか？」

ぴくりと美寿々が眉を動かした。

「一般的な話をすると、結婚するなら俺みたいなタイプがオススメなんだよ。小なりとも一国一城の主《あるじ》だし、身体が弱いなら会社も辞めて家庭に入れてあげられる。まあ少しは店を手伝ってほしいけど、体調が悪いときは家事と俺の世話だけしてくれればいい」

調子が上がってきたのか、あからさまな自己アピールに美寿々の目がどんどん冷たくなっていく。和久井もモヤモヤする。これは『優しさ』なのだろうか。うまく言葉にできないが、自分なら二代目とは結婚したくない。アンディとは別方向のヤバさを感じる。

「美寿々ちゃん、もっと自分を大事にしてくれよ」

美寿々はどうするのか。固唾《かたず》を呑んで見守っていると、美寿々はアンディに向かって手を伸ばした。どっちもどっちの勝負なら、やはりイケメンに軍配が上がるのか。

「返して」

美寿々はアンディから金の入った封筒を取り返した。二代目はよしっと拳《こぶし》をにぎり込み、アンディはちょっと待ってと慌てた。

「みいちゃん、こんなおじさんの言うこと信じないでよ。俺、みいちゃんのこと金蔓だなんて思ってないよ。ちゃんと好きだし愛してるよ」

「あたしは愛してない」

美寿々は死んだ魚の目で、しかしはっきりと言い切った。

「え？」

アンディは瞬きを繰り返す。

「あたしにとってアンディは楽しいコンテンツだもん。漫画でもゲームでもホストクラブでもなんでもいいんだけど、とりあえず娯楽の一種なの」

「娯楽？」

「そう。映画を二時間楽しむために千八百円のチケットを買うみたいに、アンディとのデート代を払ってたの。ゲームに課金する感覚で、できる範囲でお金も貸すよ」

「それは俺を好きっていうことじゃないの？」

「わたしを楽しませてくれるコンテンツとして好き。わたしはお金を払って楽しむ。アンディはお金をもらってわたしを楽しませる。完璧《かんぺき》なギブアンドテイク。アンディもそうだと思ってた。だって本気であたしのこと愛してたら、つきあって二ヵ月でお金なんか借りないでしょう。あたしも本気で愛してたら貸すのためらうもん」

最後の案件については、アンディ以外の全員がうなずいた。

「俺は普通につきあってると思ってた」

ぽかんとするアンディに、美寿々は初めて困った顔になった。

「ごめん。あたしPMSで月の半分を食い尽くされちゃってんの。だから残りは楽しいことしかしないって決めてるの。あたしにとって本気の恋愛って楽しいことじゃないし、自分が毎日生きるだけで精一杯だし、誰かの夢の応援する余力はないし、逆にあたしが応援されたいくらい。だからアンディのさっきの言葉聞いてドッと疲れた。なんか夢から覚めたというか、強火オタって言ってたけど、担下りしたくなった感じ。もうアンディで萌《も》えられない。楽しめないコンテンツにお金は払えない」

「みいちゃん、これ別れ話なの？　俺たち終わりなの？」

「うん。だってあたし、アンディが思ってるような尽くし型じゃないもん。自分が生きる力をもらうことが最優先のわがままな人間なの。ほんとごめん。でもあたしがいる世界はあたしに全然優しくないし、これ以上つきあったら、嫌なあたしをいっぱい見せることになる。そうなる前にお別れしたい。今回は予想より早かったけど」

美寿々は口をへの字に曲げた。痛いのを我慢している子供のように見える。

「アンディはちょっと馬鹿《ばか》だけど、いつも楽しそうにギター弾《ひ》いて歌ってて、そういうの見てかわいいなあってすごく癒《い》やされた。短い間だったけど、ありがとうね」

「……みいちゃん」

アンディは今にも泣きそうに顔を歪《ゆが》めた。美寿々をただの金蔓だとは思っていなかったことが伝わってくる。だとすると、好きな女の子に金を無心したということで、それはそれでやはり和久井の理解を超えている。愛の形は人それぞれすぎる。

「美寿々ちゃん、偉いよ」

二代目が感極まったようにつぶやいた。

「俺のアドバイスを聞き入れてくれたんだね」

二代目以外の全員が首をかしげた。俺のアドバイスとは？

「やっぱり女の子は素直が一番だ。美寿々ちゃんは賢い。このままこんな3Bとつきあってたら、女の子が一番綺麗な二十代を棒に振って、あっという間に三十路《みそじ》のおばさんになるとこだった。そのとき後悔しても手遅れだからね」

美寿々の眉間に深い皺が寄った。

「あ、今はまだおばさんじゃないよ。かわいいから安心しなね。でもそうなる前に手を打つのが賢い女ってもんだ。そうだ、今から店においで。レバニラ作ってあげる。生理痛なんて一発で治してあげるよ。彼氏にするなら俺みたいなのがおすすめよ。なんちゃって」

最後の『なんちゃって』で美寿々の目はさらに冷たくなった。

「へえ、いろいろしてくれるんですね」

口調から氷点下の怒りが伝わってきて、他人事《ひとごと》ながら恐ろしくなってきた。

「自分で言うのもなんだけど、優しいってよく言われるね」

「そのわりに体調悪いあたしに家事と自分の世話させるんでしょう?」

美寿々の目つきと口調ががらりと変わった。

「うん?」

「さっき言いましたよね。『体調が悪いときは家事と俺の世話だけしてくれればいい』とかなんとか。それで『俺は優しい』と思ってるんですか?」

二代目は問いの意味がわからないと言いたげに目を見開いた。

「自分は優しいつもりの、実際は支配欲の塊なあなたみたいな男、今までにもたくさん出会ってきました。あたしは月の半分ボロ布みたいになるんですよ。おしゃれどころか、土気色のスッピンでくたばってるし、体調も機嫌も最悪で、そりゃあもうひどいもんです。会社行くのに精一杯で、食欲も落ちて、見かねた和久井さんがお弁当作ってくれるレベルなんですよ。自分の世話すらできないのに、家のこと、ましてやあなたのお世話なんてできるわけないでしょう。そんな結婚、想像するだけでゾッとするわ」

そこからはマシンガンを撃ちまくるような勢いだった。

自分の世話くらい自分でできないんですか？　なんで当然みたいに女にやらせる気でいるんですか？　レバニラってなんですか？　その程度のもので治るならとっくに治ってるってどうして想像できないんですか？　苦しんでる本人がその程度のこと試してない、なんの努力もしてないってどうして思えるんですか？　想像力の欠如って、あらゆるところで無神経の形になって表れるんですよね。あなたみたいな人って最初はかわいそうだねって優しくしても、改善の兆《きざ》しが見えないとだんだん文句言い出すんですよ。俺がこんなにしてやってるのになんで治んないんだって、甘えてるだけなんじゃないか、最終的には誰のおかげで飯食えてると思ってんだって怒り出す未来が見えちゃうんです。

「そんな文句言われるくらいなら、毎月痛み止め飲んで働いて、自分で稼いだお金で楽しいコンテンツ買って、幸せ補給して、あとは好きにぶっ倒れていられる今の暮らしのほうが千倍マシなんです。わかったら人の領域にずかずか入ってこないで」

ぽかんとしていた二代目の表情が徐々に怒りに変わっていく。

「あのさ、そういう態度はどうなのかな。俺の言い方が悪かったのかもしれないけど、そこまで偉そうに言うおまえはなんなわけ。人の厚意をなんだと思ってんの」

「いきなり、おまえ呼びになった」

芥がつぶやいた。女がしおらしくしている間は紳士だけれど、思った反応を得られないと途端に手のひらを返す男ってたまにいるね、と独《ひと》り言《ごと》のようにつぶやいている。二代目がぐっと黙り込み、美寿々は大きく息を吐いた。

「じゃあ、これで失礼します」

美寿々は踵を返し、その拍子《ひょうし》にかくりとくずおれた。とっさに芥が左手一本で支え、和久井も慌てて手を貸した。力尽きている美寿々を、芥とふたりで両側から支える。

「……ごめん、ちょっともう無理かも」

「いいよいいよ、美寿々ちゃん、寄りかかって」

「あ、あ、荷物持ちます」

アンディが和久井の買い物袋と、美寿々のバッグを持ってくれた。二代目は黙って去って行く。倒れている女の子がいるのに手ひとつ貸さないなんて、とんだ優しい男もいたものだ。対比としてアンディがいい男に見えてしまったではないか。

「アンディ、ありがとね」

すみれ荘の玄関に荷物を置いたアンディに、美寿々が礼を言う。アンディは首を横に振り、それからなんとか笑みを作り、じゃあね、お大事にねと背中を向けた。

「あ、待って」

美寿々が呼び止めた。芥に支えられたまま、バッグから金の入った封筒を取り出してアンディに差し出す。アンディと和久井は目を見開いた。

「お金ないとアパート更新できないんでしょう？」

「でも、みいちゃんにとって俺はもうオワコンなんだろう」

「これは娯楽代じゃなくてお詫《わ》び。自分の勝手で、痛み止めみたいにアンディのこと使ってごめんね。恋愛じゃないけどすっごく楽しかったよ。本当にありがとう」

真っ青な顔で美寿々は頭を下げる。アンディは泣きそうな顔をした。

「俺、みいちゃんの痛み止めになれてた？」

「うん、すごくよく効いた」

「じゃあ、またギター弾かせてよ。彼氏じゃなくてもいいから、みいちゃんが楽になるためだけに弾《ひ》き語《がた》りさせて。なんでもリクエストしてよ。練習する」

「……アンディ」

見つめ合うふたりの横で、和久井と芥は完全なその他大勢と化していた。これは雨降って地固まる式なのだろうか。ぼさっとした三十三歳と二十九歳には若干照れくさい甘酸っぱい展開にそわそわしていると、そっとアンディが美寿々に手を伸ばした。

「ありがとう。大家さんに払ってくる」

アンディは封筒を受け取り、ごく自然に尻《しり》ポケットに入れた。

「金はちゃんと受け取るんだ」

芥がぼそりとつぶやいた。さっきまでの甘酸っぱい空気は霧散し、美寿々は苦笑いをしている。アンディの愛はやはりよくわからない形をしている。

アンディが帰ったあと、芥とふたりで美寿々を二階の自室に担ぎ上げた。着替えも化粧落としも後回しで、美寿々はベッドに倒れ込んだ。

「美寿々ちゃん、夕飯、お粥《かゆ》くらいなら食べられるかい？」

「……無理。甘いものが食べたい」

呻《うめ》く美寿々の枕元《まくらもと》に、芥が二代目からもらった板チョコを置いた。美寿々はのろのろと銀紙をむき、仰向けに寝たまま板チョコをひとかけ囓《かじ》る。

「ゆっくり休みなね」

部屋を出ようとすると、和久井さん、と呼び止められた。

「あたし、最低な人間だね」

振り返ると、美寿々は板チョコをもぐもぐと食べていた。

「そんなことないよ」

「ありがとう。和久井さんならそう言ってくれると思って訊いたの。あたしは自分の痛みをごまかすために他人を利用するような人間で、これからも、ずっと、ずっと、女として干上がるまでそうして生きていくの」

「美寿々ちゃん」

「でもあたし、かわいそうじゃないからね」

美寿々が体勢を横向きにし、和久井と目を合わせた。

「あたしは最低な人間で、こんな自分が嫌いだけど、自己憐憫《れんびん》はしないから」

ここがもう最後の砦《とりで》だと言うように、目の奥だけが弱く光っている。

「だから、哀れむくらいなら軽蔑《けいべつ》してね」

美寿々はぱきんと音を立てて板チョコを歯で割った。


台所に下りて粥を作った。美寿々がいらないなら自分が食べよう。美寿々ほどではないが和久井も体調が悪い。本当はソファにひっくり返りたいところだが、みんなの夕飯を作らねばならない。よっこらしょと棚から鍋《なべ》を取り出した。

「もう今日はインスタントラーメンでいいんじゃない?」

芥が声をかけてくる。

「そうしたいけど、面倒なことってのは実は大事なことだから」

「世の中のたいがいのことは面倒くさいよ?」

そのとおり。世界は面倒ごとであふれている。けれどあらゆる面倒な仕事や面倒な人間関係のしがらみこそが、自分を支えていたりもする。それらがなければ、しんどい思いをして面倒ごとに立ち向かう理由がどこにあるだろう。そうして手間をかけるほど、ますますそれらは大事なことになっていく。卵が先か、鶏《にわとり》が先かのようだけど。

——哀れむくらいなら軽蔑してね。

青い顔で美寿々は言った。人生の半分を食いあらす病、その病への無理解、一般的な女の幸せという正体のない圧力。自分を哀れんだら、誰かに哀れまれたら、もう立ち上がれないから、明日もなんとか生きていけるようにと、祈りのような懇願《こんがん》だった。

わたしの人生には夢も希望もないと美寿々は言う。そんな美寿々と自分は似ていると和久井は思っていた。妻を亡くしたあと、いろいろなことがあった。ほとほと疲れ、いろんなことを諦め、「高望みさえしなきゃ楽になる」という美寿々の言葉にわかるよと深くうなずいた。けれど違った。自分は少しも彼女をわかってなどいなかった。

——和久井さんみたいな枯れたおじさんにはわかんないと思う。

あのやり取りを思い出すと恥ずかしくなる。ひとつ屋根の下で何年も暮らしながら、美寿々の闘いを見過ごしていた。それが好みのイケメンをそばに置いて日々を生き延びるという、大多数の人から侮られるような非建設的なやり方であろうとも。

そもそも闘うための武器が武器の形をしているとは限らない。人によっては甘い菓子だったり、宝石だったり、ぬいぐるみの形をしている。美寿々の闘いを自分の抱《かか》える諦観《ていかん》と同じに捉《とら》え、簡単に同調した自分がひどく底の浅い人間に思えた。

ふつふつと煮える粥を見ていると、チャイムが鳴った。芥が玄関に向かう。ほどなくして戻ってきた芥の左手には、おもちゃ屋のロゴが入った紙袋があった。

「和久井さん宛《あて》だよ」

それは和久井を支えることと折ることを同時にできる、この世で一番の面倒ごとだった。


深夜、食堂でぼんやりしていると芥が下りてきた。

「まだ起きてたの。珍しいね」

「ちょっと眠れなくて」

芥は向かいに腰を下ろし、テーブルに置かれている箱に目を向けた。昼間に届いた荷物だ。海外アニメのプリンセスの絵が描かれた箱は引き出し式になっていて、中には女児の好むアイテムが入っている。ふうんと芥が箱と和久井を見比べる。

「和久井さんは意外な趣味があるんだね」

あのねえと顔をしかめた。

「娘への誕生日プレゼントだよ」

「子供がいるの?」

わずかに目を見開く。芥には珍しい反応だったが、

「お父さんらしい頼りがいがないね」

いつもどおり淡々と辛辣《しんらつ》なことを言われた。自分でもそう思う。

亡くなった妻との間に生まれた娘は、今は妻の両親の下で育てられ、今年で五歳になる。誕生日は先週終わり、和久井のプレゼントは送り返されてきた。

「毎年のことだけど、きついなあ」

「好みのうるさい娘なんだね」

「送り返してきたのはお義父《とう》さんだよ」

「玩具《がんぐ》に一家言あるのかな」

「妻が死んだのは、ぼくのせいだからだろう」

芥がぴくりと片方の眉を動かした。

「いろいろあったけど、一言でまとめるとそうなるんだ」

「すごく面倒くさそうな感じだね」

「そうだね。でも面倒なことってのは」

「実は大事なこと、だっけ」

そうなんだよ、と萎《しお》れてうなだれるしかなかった。

世界は面倒ごとであふれ、そのおかげで自分は立ち続けていられる。

——あたしは最低な人間で、こんな自分が嫌いだけど、自己憐憫はしないから。

美寿々の言葉を思い出し、そうだ、そのとおりだと和久井は立ち上がった。

「平気さ。お父さんはまた来年チャレンジするよ」

おもちゃの箱を大事に抱え、じゃあおやすみ、と和久井は自室に戻った。

アンダーカレント　隼人の告白

目が覚めると、部屋中が海の底のような青に染まっていた。褪《あ》せた藍色《あいいろ》のカーテン越しに朝の光が満ちている。目覚めた瞬間から、もう背中全体が痛い。首の周りは固まっているし、のろのろと身体を起こすと、耐久年数が近づいている機械が軋《きし》むような感覚に襲われる。和久井は目覚めの一秒後から疲れている。

着古してパジャマにしたTシャツを脱ぎ、新しいTシャツに着替える。それももう首がよれていて、はたして着替える意味があるのかどうかと少し考えた。

八畳の自室の棚には、A４サイズのコンパクトな仏壇がある。白木とガラスでできていて、軽やかな見た目が妻らしいと選んだ。笑顔の遺影の横には、娘も一緒の家族写真と紫のスカビオサが飾られている。やわらかな野草のようなこの花を彼女は好んだ。

棚の下には、娘への誕生日プレゼントが置いてある。

今年で五歳になる娘に、妻の両親は自分のことをどう説明しているんだろう。それともなにも話してはいないのか。話さないのはまだ幼いからか、この先もずっと話さないつもりなのか。答えを探すように妻の遺影を見た。

――なあ桜子《さくらこ》、ぼくはどうすればいい。

妻が亡くなったあと、妻の両親は奪うように娘を引き取っていった。返してほしいと何度も頼んだが、ろくに働けもしない男がどうやって子供を育てていくつもりかと問われると答えようがなかった。当時娘はまだ二歳で、和久井は調子を崩して入院中だった。

そのまま三年が経った。妻の遺影と少しの間見つめ合い、ふっと息を吐き、のろのろと今日という日常に取りかかるのがいつもの朝だった。居間兼食堂に顔を出すと、芥がダイニングの椅子に座って新聞を読んでいた。

「おはよう、早いね」

芥はたまに早起きをする。町内を散歩したり庭で筋トレをしたりして、気が向くとゴミを捨ててくれる。今日はどうだろうとゴミ箱を開けると空だった。ありがとうと濃いめのコーヒーを淹《い》れると、芥はどうもとコーヒー片手に新聞に戻った。

次に起きてくるのはフラワーショップ勤務の青子だ。配達される花を受け取るために出勤は早い。花屋は意外と重労働なのよとハムエッグにトースト、サラダをしっかり食べて出勤していく。このあたりで芥が新聞から顔を上げる。

「和久井さん、ご飯」

はいはいと答え、芥の朝食にかかる。次は美寿々が起きてくるのだが、今朝は順番が違った。芥と美寿々のハムエッグを焼いている最中、ただいまーとよれた声で平光隼人が居間兼食堂に入ってきた。

「おかえり。お疲れさま」

「めっちゃ疲れた。二徹はさすがにきついわ」

「ご飯食べる?」

「食う」

「朝食メニューと昨日の残りの夕飯メニュー、どっちにする?」

「両方。腹へった」

隼人は疲労困憊《ひろうこんぱい》の様子でダイニングの椅子に腰を下ろした。

テレビ番組の制作会社に勤める隼人には、定時というものがない。朝でも深夜でも仕事の予定に合わせて出かけ、数日帰宅しないこともあるし、こうしていきなり朝に帰ってきたりする。夕飯の有無を当日昼までに申告するというすみれ荘ルールも守れないが、隼人だけは大目に見るしかない。

「久しぶりに普通の飯だわ。いただきまーす」

鮭のムニエルに小松菜のおひたし、枝豆豆腐に茄子《なす》の味噌汁という変哲もない食事に隼人は嬉しそうに手を合わせる。揚げ物だらけのロケ弁が続いていたらしい。

「このおひたし、実家の飯思い出すわ」

「ありがとう。麵《めん》つゆだけど」

「まさしくそれ。最近の家庭の味って、もうほぼ麺つゆの味なんじゃねえかな」

そう言いながら、味がついているムニエルにさらに市販のタルタルソースを絞り出す隼人を見て、起きてきた美寿々が気持ち悪そうに目を背けた。

「和久井さん、あたしほうじ茶ラテだけでいい。豆乳で作って」

ＰＭＳが終わり、今度は月経中の美寿々がカフェインの少ない、かつ痛みをやわらげる飲み物をオーダーする。和久井は濃いめのほうじ茶を淹れ、そこにレンジで温めた豆乳と蜂蜜《はちみつ》を足した。毎月のことなので手際もよくなる。フライパンでは端っこがちりちりとフリル状になった目玉焼きと、焦げ目のついたハムがじゅうじゅうと音を立てている。

「じゃあ美寿々ちゃんの分のハムエッグ食べる人」

問うと、隼人と芥が手を上げた。

「芥さん、ここは若くて食べ盛りの俺に譲ってよ」

「隼人くん、いくつだっけ」

「二十七」

「俺とふたつしか違わない」

「二十代のふたつ差はでかいよ。それに俺は現場を駆け回る肉体労働。日がなソファで寝っ転がって単語を生成してるだけの作家と違ってカロリーがいる」

「人間は寝てても腹がへる生き物だ」

ハムエッグを争うふたりを無視し、美寿々がテレビのリモコンを手に取る。若い俳優が出ているところで止め、かわいい……癒やされる……と画面に見入った。

「そいつ、もうすぐ三股《また》不倫で週刊誌に抜かれるぞ」

隼人が言い、えっと美寿々が目を見開く。

「ひとりはじわじわ人気出てきてる地下アイドル、ふたりめはミュージカル畑で大御所俳優の奥さん、最後はこないだ結婚したばっかのサッカー選手の奥さん」

「ひどい」

「三股で不倫はさすがに引くわな」

美寿々は隼人をにらみつけた。

「ひどいのは隼人くんよ。知っててもネタバレしないでって前から言ってるのに」

「どうせ来週にはトップニュースになる」

「なんでよ。誰と恋愛しようが三股しようが不倫しようが個人の自由でしょう」

「立派立派、じゃあこれからも変わらずそいつを応援してやれよな」

「それは無理。知っちゃったら、もう夢を見られない」

「勝手な女だな」

「どっちが。恋愛なんて究極の個人情報を暴《あば》いてさらすってマスコミの暴力じゃない。見ぬもの清しって言葉もあるじゃない。日本中の女の子の夢をつぶさないでよ」

「しかたないだろ。それがマスコミの飯のタネなんだから」

「ゲスい」

「ゲスくてごめーんね。まあ俺はしがないテレビマンだけど、求められない情報には一銭の価値もないってことは言っとくよ。マスコミがそれで飯食えるってのは、ゲスい情報を求めてる一般人がいるって証拠なわけ。自分の欲望は満たしつつ、汚れ仕事してるやつを蔑《さげす》むって、それはそれでなかなかのゲスっぷりですよね、お姉さん？　まあ誰しも己の醜《みにく》さには目をつぶりたいもんだけど。芥さん、はい、ジャンケンポン」

立て板に水のごとく話しながら、隼人は芥にジャンケンをしかける。芥はグーで隼人はパー。勝負ありということで、和久井はハムエッグを隼人の皿に盛った。

「ああ、もうほんと業界の男ってやだ。ああ言えばこう言う」

美寿々はいらいらと髪をかき回した。

「しょうがねえだろ。口八丁手八丁でタレント回さなきゃいけないんだから」

「隼人くん、大学生のときはもう少しピュアだったじゃない」

「ピュアな社会人なんて馬鹿か腹黒いかの二択だっつうの」

「それは同意する。職場で純粋ぶりっ子する女は滅んでほしい」

美寿々はうなずいた。最終的には仲のいいふたりだ。

隼人は弁が立ち、押しが強く、人の心をつかむのがうまい。大学時代は映画サークルを主宰していて、脚本を書いたり監督をしたりしていた。

そのころの隼人は壁の薄いすみれ荘で夜通し映画サークルの仲間と大声で議論をする大迷惑な、しかし若さ煌《きら》めく住人だった。就職は映画関係や大手メディアを狙《ねら》ったがすべて落ち、今の制作会社に就職した。当時は希望に満ちていた隼人だったが、想像を超える激務に、少しずつ学生時代のまばゆい純粋さは削《そ》ぎ落とされていった。

「この子も露出増えてきてるな。運営への営業さまさまですねえ」

テーブルに頬杖《ほおづえ》をついてハムエッグを食べながら、隼人は徹夜明けの濁《にご》った目でテレビを見ている。画面には若い女性アイドルが映っている。

「身体張るくらいの根性と賢さがないとアイドルはやれないよな。立派だよ。うちの連中ももっと気合い入れてほしいよな。たいしてかわいくもねえんだから、ぽろりするくらいのサービスしてくれっての。それでなくても視聴率低いのに」

現在、隼人は深夜にやっているアイドル番組の制作をメインに任されている。うちの連中とは、それに出演しているアイドルたちのことだろう。あーだる、あーしんど、仕事辞めてえと隼人は猫背でぼやき続ける。

「芥さん、なんかおもしろいネタない？」

唐突な質問に、ない、と芥は即座に答えた。

「作家なんだし、なんか隠しネタとか持ってないんですか」

「隠しているから隠しネタと言う」

「じゃあ、最近見ておもしろいと思った番組は？」

「深海生物についてのドキュメンタリーと暗黒物質についての検証番組」

「小難しい。バラエティは？」

「見ない」

「なんで」

「どこで笑っていいのかわからない」

それを生業《なりわい》としている人間に向かって、芥はあっさりと告げた。

「んー、まあでも最近のバラはつまんないよね。過激にしたら苦情くるし、スポンサー絡むから制作側はつらいけど、事情知らない視聴者にはそんなの関係ないし」

隼人はいなして笑うことでプライドを守った。

「じゃあ、おもしろかった本は？」

「辞書」

「辞書って読んでおもしろいの？」

「すべて理解できる言葉で書かれている」

芥は左手で目玉焼きをすくい上げて食べた。少し前はぼたぼた落としていたが、最近はずいぶんと食べ方が上達したので和久井は助かっている。

「そんなんでよく作家やってるよなあ」

「そんなん？」

「情感に乏《とぼ》しい。趣味とかあるの？」

「特には」

「じゃあ好きな食いもんとか」

「あるものを食う」

「服は？」

「あるものを着る」

「じゃあ好きなタイプ。女でも男でもいいよ。かわいい系とか美人系とかマッチョとか」

「それぞれ女だな、男だなと思う」

隼人はとほほと肩を落とす真似《まね》をし、和久井はなるほどと納得した。

女性とつきあったことがないと以前に芥は言っていた。誘われても何度か会うと誘われなくなると。さもありなん。どんなタイプもみな同じということは、ろくに相手を見ていないということだ。興味がないものに人は注意を払わないし、どうでもいい扱いをされた相手も芥に対して興味を失う。経緯に矛盾はない。

とはいえ芥は人相手だけでなく、なににつけても強く好みを主張しないということに気づいた。不満も満足も口にせず、目の前の出来事に淡々と対応する。

「芥さんて、なにが楽しくて生きてるの?」

隼人がとんでもなく失礼な質問をぶつけた。が、和久井も知りたい。

「楽しくないと生きてたら駄目なのか?」

芥が絶望的な問いを返す。

「駄目じゃないわよ」

隼人よりも先に美寿々が反応した。

「楽しくないと生きてちゃ駄目なんて言われたら、あたしなんてどうなるの。月の半分は棺桶《かんおけ》入りなのよ。隼人くんだって楽しさとはほど遠い生活してるくせに」

「まあテレビ番組の制作なんてブラックの代表みたいなもんだしな。残業っていうか、そもそも定時がないし、徹夜は当たり前だし、せめて十日に一日は休みたい」

隼人はだるそうに味噌汁をすすった。

「なのにインスタでは幸せマン装ってるのがせこいのよ。ほら見て」

美寿々はスマートフォンを操作し、画面を見せてくれた。活《い》き活《い》きとした仕事中の隼人や、大勢での打ち上げの写真が並んでいる。楽しさが爆発しているように見える。

「これ、なに?」

「写真を投稿できるSNS。和久井さん、インスタも知らないの?」

知っているが、実際の画面を見るのは初めてだ。しかし写真の隼人と、目の前の隼人には埋めがたいギャップがある。この差はなんだろうと考えていると、美寿々がふっと鼻で笑った。ああ、これはヤバいぞ。月経中の美寿々はいつもの十倍きつくなる。

「実情はよれよれの会社の奴隷のくせに、ぼくちゃん充実した毎日を送ってまーす的なキラキラ写真ばっか載せてさ。隼人くんて、ほんっとプライド高いよね。神田のそば屋の写真は載せるのに、なんで和久井さんのオトン飯は載せないの？」

「こんなエンタメ性の欠片《かけら》もない飯載せてもつまんないだろ」

つまんないオトン飯ですみません――和久井の肩は少し落ちた。

「つうかインスタ映えのなにが悪いんだよ。やたら上から目線で嗤《わら》うやついるけど、そんなん言い出したら化粧も服も根っこは一緒だろ。裸で外に出るやつなんていないだろ。出るなら一応服や髪を整えるだろ。インスタ映えを嗤うやつって、結局は自分のコンプレックスの裏返しなんだよ。なんか昔あったよな。スタバでマック使ってるやつを意識高い系とか嗤ってたのと同じ。馬鹿なのか。あのころすでにスタバなんか全国そこらじゅうにあるだせえチェーンだったし、和久井さんですらマックブック使ってんだぞ」

ぼくですら使っててすみません――和久井の肩はさらに落ちた。

「総括すると、インスタ映えが非難される主な理由は、つまんない自分の人生を認めたくない連中による論点すり替えのマウンティングってこと」

「あーはいはい、どうせあたしの人生はつまんないです。ごめんなさい」

美寿々はうんざり顔で耳をふさぎ、洗面所へと避難していった。隼人は満足そうに食事を終えて自室へと戻っていき、芥とふたりで残された。

「ここは朝からにぎやかだね」

「あのふたりがそろうとねえ。年も近いし兄妹みたいな感覚なんだよ。芥くんはひとり暮らしからいきなり下宿なんて、特にうるさく感じるだろう？」

「別に。昔は朝から晩までここ以上ににぎやかだった」

えっとそちらを見たと同時に、ごちそうさまと芥が立ち上がった。

「にぎやかだったって、どういうこと？」

「兄弟がいたから」

芥は汚れた皿をシンクに浸け、さっさと二階へ上がっていった。兄弟？　自分のことだろうか。しかし、ここ以上ににぎやかという言葉に引っかかる。子供時代の記憶はおぼろげだが、自分たちはそれほどやんちゃではなかったはずだ。

後かたづけを終え、自室に戻ってから和久井は母親に電話をした。

『どうしたの。こんな朝から』

「母さん、うちはふたり兄弟？」

『いきなりなんなの』

「ぼくと央二以外に誰か産んだ？」

なに言ってるの、と母親は悲鳴のような声を上げた。

『産むまでは米俵《こめだわら》をお腹《なか》にくくりつけられてるみたいに重くて、産むときは死ぬかと思うほど痛くて、生まれたらミルクとオムツと夜泣きで睡眠不足でふらふらになるのよ。あなたのときと央二のときと、二回も経験したらもう充分です』

迷惑かけてすみません――和久井の肩はまたもや落ちた。なんて朝だ。

「じゃあ義理の兄弟もいない？」

『なあに、それ』

「父さん、離婚してから何年後かに再婚したよね。その人との間に子供いた？」

短い沈黙がはさまれた。

『央二がなにか言ったの？』

「いや、兄弟がいたって言うから」

『あなたのことでしょう？』

「ニュアンス的に、もっと大勢な感じだった」

ふたたび沈黙がはさまれた。

『お父さんと新しい人の間に子供がいたかどうかなんて知らないわ。いたとしても、わたしたちには関係のない子よ。気にする必要はないでしょう』

固い声音に、ようやく自分が無神経な質問をしていることに気づいた。とうの昔に別れたとはいえ、過去に愛した男が別の女性と子供を作ったかどうかなんて訊くべきではなかった。自分は男女間のことに昔から疎《うと》すぎる。芥のことをどうこう言えない。

『央二の怪我の具合はどう?』

気まずい空気を払うように、母親が訊いてきた。

「順調に回復してると思うよ。少なくとも悪化はしてない」

『治ったら出て行くんでしょう?』

「どうかな。怪我が治るまでに央二からなにも言ってこなかったら、こっちから話をしようって言ってたろう。話し合い次第じゃどうなるかわからないよ」

『わからないって?』

「成り行き次第で、一緒に暮らすことになるかもしれないし」

『どういうこと?』

母親の声音がわずかに鋭くなり、和久井は戸惑った。

「だって実の弟じゃないか。そりゃあぼくも最初は驚いたよ。目的もわからないし無愛想だし胡散臭いし。けど毎日真面目に仕事してる。住人ともうまくやってる。だからもし央二さえよければ、このまますみれ荘で一緒に暮らしたいと思ってる」

『馬鹿言わないで。二十四年も離れてたのにいまさら』

思いも寄らない反応に驚かされた。

「その言い方はあんまりじゃないかな」

『ああ、違うの。ごめんなさい。急だからびっくりしちゃって』

動揺が伝わってくる。それはわかるけどと言う間もなく、用事があるからとそそくさと通話を切られてしまった。和久井は解《げ》せない気分でベッドに腰かけた。

二十四年も前に別れたとはいえ、母親にとっては実の息子だろう。母親の愛情深さは和久井自身が身に沁《し》みて知っている。離婚の際に和久井は母親に、芥は父親に引き取られ、そのことに胸を痛めこそすれ、なぜあんな拒絶に近い反応になるのか。

一方で、二十四年も前に別れた父親のことを、いまだに割り切れていないことも意外だった。穏やかだが芯《しん》は強く、終わったことは振り返らない人だと思っていた。とはいえ夫婦のことは第三者にはわからない。自分の知らない様々なことがあったのだろう。

——ぼくが少しも桜子を忘れられないように。

ガラスと白木でできた小さな仏壇。その横で微笑む妻の遺影を見つめた。結婚して二年で逝ってしまったせいで、幸せだった記憶しか残っていない。時間が経つほど思い出は磨《みが》かれ、美しさを増し、逆に現実の暮らしが色褪せていく。失った人は二度と還《かえ》らない。頭ではわかっているが、心だけがいつまでも納得してくれない。

心というものは、どこまでも扱いが厄介だ。

午前中はいろいろと考えてしまい、家事や用事がはかどらなかった。

「手抜きでごめん」

昼は冷やしうどんと昨日の残りの煮物とおにぎりを出した。

「やっぱり細麵なんだね」

芥がうどんの皿に顔を近づける。

「やっぱりって？」

問うと、芥は視線をなにもない宙に向けた。

「納得できるってことは、気持ちがいいってことだよ」

芥は箸を取り、いただきますとうどんを食べはじめた。やはり変わった男だ。ふたりで冷やしうどんをすする音だけが居間兼食堂に響く。自分たちはお互い無口だ。どちらも話しかけられれば答えるが、あまり自分から口を開かないところは似ている。

「芥くん、兄弟がいるって言ってたね」

「うん」

「何人兄弟？」

芥が皿から顔を上げる。ストレートすぎただろうか。

「十五人くらいかな」

ぎょっとした。再婚相手との間に子供ができたとしても多すぎないか。

「キリストの家では、みんな神の子で兄弟だった」

意味がわからない。キリストの家？　神の子？　怖いぞ。そういえば前に芥は聖書を引用していた。試練を乗り越えることで人生の真理を学ぶことができるとか――。

「芥くんはキリスト教徒なの？」

「違うって前に言わなかった？」

「じゃあ、キリストの家ってなに？」

自然と前のめりになった。おまえはぼくの弟なんだろう？　離れている間、おまえはどんな人生を送ってたんだ？　言葉は出てこず、精一杯、目で語りかける。芥はじっと和久井を見つめている。右目の下にある涙ぼくろが今日は際立って見える。

「食べ終わったら、原稿にかかっていい？」

問いを無視された。答えたくないということなのだろう。

和久井はしおしおと引き下がり、ふたたび冷やしうどんをすすった。こちらは芥を弟だと知っているし、芥もこちらを兄だと認識している。その上で、芥は他人のふりをしている。なにか事情があり、それを今は語りたくないのだとわかった。

今は待つしかない。けれど芥が語りたくなったときは、しっかりと話を聞こう。自分にできることがあるのなら手を貸そう。自分たちは兄弟なのだから。

昼食のあと、和久井はかたづけたダイニングテーブルの上でパソコンを開いた。芥はいつものようにソファに寝転がり、目を閉じて胸の上で手を組んでいる。

「じゃあ昨日の続きから。改行一字下げ、美玲は失った眼球の代わりにはめ込まれた朱《あか》いスコープにあの夜の月を映した、まる。美玲と血を分ける者はとうの昔に消えた、まる」

物語はクライマックスに向け、いよいよ事件の核心に近づいていく。

舞台はとある架空の国。幼いころに一族を皆殺しにされたヒロインは、自身も右目と右腕、左足の膝から下を失った。天涯孤独となったヒロインは慈善家に引き取られ、同じ境遇の子供たちと共同生活を送るようになるが、そこは国家公認の殺し屋養成所だった。欠けた身体に特殊金属製の武器をはめ込み、美しき殺し屋へと成長したヒロインは、父と母を含め一族を殺したのが姉であり、その姉が生きていることを知る。なにを犠牲にしても姉の情報を追うヒロイン。そして再会。復讐《ふくしゅう》の最終章が幕を開ける。

――とまあ、王道といえば王道なんだけど。

読書好きならどこかで読んだ覚えがあるあらすじ。しかし印象は独特だ。壮絶な過去を背負うヒロインの心理描写が薄すぎる。悪く言えば共感性に欠け、良く言えばぎりぎりまで情緒を省いてるせいで湿り気が排され、ヒロインの冷徹さが際立っている。

このヒロインが、どことなく芥自身に重なる。芥は月の光を溶かしたような銀髪の美少女ではないし、全身に暗器を仕込んでいる人間兵器でもない。が、体温の低そうな感情の読めない描写が似ている。自らの中から生み出すのだから、作家自身が小説内に見え隠れするのは特に珍しいことではないのだろうけれど。

「改行して括弧、ずっと貴女《あなた》のことばかり考えていた、まる。お父さまのように裂けた腹から腸《はらわた》を引きずり出してあげる、まる。それともお母さまのように手足を引きちぎられたい、クエスチョンマーク、一マス空ける。大丈夫、てん。すぐ再生できる、まる。手も足も目も義体のわたしのようにね、括弧閉じる」

唯一の身内である仇《かたき》を前に高揚《こうよう》するヒロインと、迎え撃つ姉。

「金の姉と銀の妹、まる。姉妹の殺し合いがはじまった、まる」

キーを打つごとに尻の据わりが悪くなる。これは小説だ。わかっているのに、家族を皆殺しにし、ヒロインを悲惨な身の上に落としたのが実の姉というのが引っかかる。ヒロインと芥がシンクロしているとするなら、この姉は和久井のことではないのか。

とすると、自分は芥に恨まれていることになる。自分たちが別れたとき、母親が連れていったのは兄である自分だけで、まだ五歳だった弟の芥は置き去りにされた。もしも恨まれているとすれば、心当たりはそれだけだ。

――それだけ？

自分で自分に問いかけて、違うだろうと首を横に振った。子供が母親に置いていかれたのだ。『それだけ』などでは断じてない。

「和久井さんて器用だね」

ワクイサンテキヨウダネ、とキーを打ち、「ん？」とソファを振り返った。芥はソファに寝転がって口の端を引きつらせている。最初は判断に迷ったが、最近、あれが芥の笑い方なのだとわかってきた。

「キー打ちながら、ひとりで百面相してたよ」

「そうだった？」

「休憩しよう」

それがいい。少し冷静になろう。確かに自分は芥に負い目を感じている。けれどそれが理由で恨まれているなんて思い過ごしだ。芥からそんな不穏な雰囲気は感じない。茶を淹れながら、ちらりと芥を盗み見た。ソファに寝転び、ぼうっとなにもない宙を見ている。大きな猫みたいだ。お待たせとテーブルにふたり分の飲み物を置いた。

「和久井さんのはハーブティー？」

「そう」

連日の酷暑に痛めつけられている胃に負担をかけたくない。芥にはアイスコーヒーを淹れ、自分には整腸作用のある温かいカモミールティーを淹れた。

「飲む？」

芥は素直にカップに口をつけ、むっと顔をしかめた。和久井は笑った。

「男はハーブティー苦手な人が多いね。ぼくはもう慣れたけど」

「そうじゃない。前に小説で使うからハーブティーはいろいろ試したことがある。カモミールティーも飲んだ。でもこれは違う。こんな味じゃなかった」

「青子さんのオリジナルブレンドだからじゃないかな」

フラワーショップ勤務の青子は元々植物が好きでハーブにも詳しい。お茶マニアでもあり、今では和久井の調子に合わせてブレンドしてくれるまでになった。

「棚に並んでる『青子』って書いてあるお茶缶は全部そうだよ。胃が痛いときはこれ、頭痛がするときはこれって。もうそれで舌が慣れちゃってるんだよ」

「青子さんって四十くらい？」

「三十六だよ」

「老《ふ》けてるね」

それについてのコメントは避けた。

「あの人が一番古い住人？」

「そう。ぼくが高二のころに入居してるから、すみれ荘歴十六年。美寿々ちゃんと隼人くんは六年目。下宿は人気ないけど、居着く人は長いんだよ」

「だからここは家族的な雰囲気なのか。何年もひとつ屋根の下で暮らしてたら家族同然になるのかな。俺にはわからないけど、血のつながりなんかよりもずっと濃い」

なんかより――という言葉が小さな針のように胸に刺さった。

その夜、美寿々、青子、芥の四人で夕飯を食べていると、玄関からいきなりダミ声が響いた。なにごとかと出てみれば、泥酔状態の隼人が上《あ》がり框《がまち》にへばりつく恰好で、わけのわからないことを喚《わめ》いていた。一緒にいる友人が大丈夫かと声をかけている。

「前野《まえの》くん？」

「あ、和久井さん、ご無沙汰《ぶさた》してます。突然すみません」

べろべろに酔っている隼人を介抱しているのは、隼人の大学時代の映画サークル仲間の前野だった。学生時代は頻繁に遊びにきていたが、卒業後はご無沙汰だった。

「久しぶり。元気だったかい」

「はい。和久井さんもお変わりないようで。あ、美寿々ちゃんも青子さんもまだここにいたんですね。懐かしいなあ。なんだか昔に戻ったみたいだ」

前野は嬉しそうに微笑んだ。部長の隼人と並んでサークルを仕切っていたが、隼人とは逆にもの静かなタイプで和久井は好感を持っていた。とにかく前野とふたりがかりで隼人を居間兼食堂まで引きずっていき、水を飲ませてソファに寝かせた。

「すみません。久しぶりに会ったから、つい飲みすぎちゃって」

「まだ七時だよ？」

「昼からはしご酒してたんです」

うわあ……と美寿々は嫌な顔をした。

「前野くん、今日は仕事休みだったの？」

「休みというか、今はフリーでいろいろ仕事してるんです」

雑誌やウェブに記事を書いたり、映画やドラマのエキストラをやったり、企業や町おこしなどのイメージフィルム制作をしながら、自分でも映画を撮っているらしい。

「じゃあ監督さんなのね。学生のころの夢を叶えたなんてすごいわ」

青子が目を見開き、いやあと前野が照れる。

「就職することも考えたんですけど、やっぱり諦めきれなかったんです。夢を見るのは二十二歳までなんて寂しいじゃないですか。俺はまだまだやれるんだって」

「余裕でチャレンジできる年齢よ」

「はい。自分が納得できるまでやってみようと思って」

「……つっても、やってることは大学んときと変わってねえんだよな」

ふいに隼人が割り込んできた。よろよろと身体を起こしている。

「ライターだのエキストラだの、バイト程度の仕事で食いつなぎながら二十万三十万の制作費で映画撮り続けるって、学生時代とどこが変わったんだよ」

「そう言われると困るけど、少しは前進したと思うよ。去年のフィルム・フェスに出した作品が評判よかったし、今年撮ったやつもかなり自信あるんだ」

「その程度で前進って、相変わらずおまえは甘ちゃんだな」

隼人はだるそうに首を横に振った。アルコールで目が濁っている。

「クリエイティブで食ってくって、そんな甘いもんじゃねえんだよ。たとえばの話、テレビはもう終わったとかほざく連中がいるけど、それでも何百万もの人間が観《み》てる媒体なんだ。そこで露出しても全然認知されない芸能人が山ほどいるわけで、それ考えたらフィルム・フェスで評判よかったくらいで前進とか自分に甘すぎんだよ」

「俺の目指してるものとテレビはフィールドが違うよ」

「メジャーとマイナーってか？　まあ同じだとは言えないな」

「だろう？」

「けど、本業で食っていけるかどうかはひとつの目安だ。マイナーでもそれで食ってるやつは大勢いる、おまえは監督業だけでは食えてない。つまり目指してるフィールドの中でも勝ててないってこと。違う？」

「どうして基準を勝ち負けにするのかなあ」

前野が困ったように笑って頭をかく。

「ほら、そこがもう逃げだ。勝負すること避けて、せまい世界の中で自分のプライド守って、そこで王様やってりゃ、そりゃあいい気分でいられるだろうよ」

「隼人くん、お水飲もうか」

さりげなく和久井が割って入ったが、隼人の耳には届かなかった。

「俺なんかひどいもんだ。制作つっても外注だし、局行ったらぺっこぺこのコメツキバッタだよ。局の連中、なにかっちゃ『おまえらのクビなんかいつでも切れる』って態度でかかってきやがって。そういうクソみたいな毎日に首まで浸かって俺は生きてんの。その分、世の中見てるって思うよ。だから言う。おまえは甘い」

「そう言われるとなにも言い返せないけど、俺は自分が好きだよ」

酒の勢いもあり遠慮なしの隼人に対して、笑みを浮かべつつもけっして迎合しない前野。学生だったときからふたりはこうだ。いつか前野が爆発するんじゃないかと最初はひやひやしていたが、これが彼らなりのスタイルなのだろう。

「おまえ、少し芥さんを見習えよ」

隼人がいきなり話を振り、黙々と夕飯を食べていた芥が視線を上げた。

「前野、あの人はプロの作家だ。十九でデビューして十年選手。売れ線無視の残虐描写で全然売れてないけど、それでも本業一本でなんとかぎりぎり食ってんだ。おまえもいつまでもマイナージャンルでちゃぷちゃぷ遊んでんなよ」

「芥さんって、え、まさか芥一二三さんですか」

問われ、芥は漬け物を囓りながらうなずいた。

「ファンです」

「え、芥さんにファンっているの？」

美寿々が目を見開いた。プロなんだから当然いるわよと青子がフォローし、ひでぇ女だなと隼人は舌打ちし、芥は意に介さず、前野は興奮に目を輝かせた。

「知り合いから芥さんのデビュー作がすごくいいって勧められたんです。『光の葬送』、本当にすごくよかったです。二作目から美少女要素が入ったのは驚いたけど」

「新人賞は獲《と》ったけど、デビュー作は全然売れなかった。だからみんな大好き美少女要素を足しましょうと担当編集から提案された。そうしたら次の本は少し売れた」

「そんなこと言われたんですか？」

前野は眉をひそめ、プロの世界ってのはそういうもんだと隼人はうなずいた。対照的な反応に考え方の差が表れている。

「残念です。デビュー作には作家のすべてが詰まってるって言うじゃないですか。勧めてくれた知り合いも俺も、『光の葬送』には本当に心を持っていかれました」

「プロは数字出してなんぼなんだよ。俺は編集のアドバイスに拍手を送るね」

「芥さんのデビュー作を勧めてくれたの、おまえの好きな鹿内《しかうち》監督だぞ」

それまでだらっとしていた隼人がぴくりと眉を跳ねさせた。

「え、おまえ、鹿内監督としゃべるの？」

「去年のフィルム・フェスで鹿内さんが審査員やってて、そっからなにかあると声かけてくれるようになったんだよ。言いそびれてたけど、今年のシネマアワードでも鹿内さん推薦で俺が監督賞に入って、全国のミニシアターで上映が決まってるんだ」

　ぽかんとする隼人に、前野が情報遅いぞと笑った。

「シネマアワードは学生時代からお互い目指してたもんな。隼人も他のやつもどんどん就職してって正直寂しかったけど、ほんとがんばってよかったよ」

「……へえ、よかったな」

「ありがとう。けどもう知ってると思ってたよ。映画やるやつにとってはでかいコンペだし、隼人も学生時代は隅から隅までチェックしてたろう」

　隼人は鼻で嗤った。

「俺は毎日クソ忙しいんだ。現場出てプロばっか相手にして、アマチュアのコンペまでチェックする時間ねえよ。そこはもう卒業したって感じだな」

「隼人くん、なんかいつもよりやな感じ」

　美寿々が遠慮なしに眉をひそめる。和久井も実はひやひやしている。前野は苦笑いで聞いているが、ちょっと今夜は言いすぎではないだろうか。

「ごちそうさま」

　芥が席を立とうとし、あ、と前野も立ち上がった。

「芥さん、これ俺の名刺です。今度時間があるときにでも俺の撮った映画を観てください。フェイスブックにいくつか作品を上げてます」

芥は名刺を受け取り、無造作にパンツの尻ポケットに突っ込んだ。

「絶対観ないわよ」

美寿々がまたもや正直すぎる感想を述べた。


連日最高気温を更新する猛暑にやられ、和久井の生体機能は下降の一途を辿っている。しかし原稿の〆切は待ってくれない。だるい身体に鞭《むち》を打ち、連日芥と二人三脚で口述筆記に励《はげ》んでいる。作家に抱いていた怠惰なイメージはとうに崩れ去った。

「まる。改行一字下げ。互いに間合いを見切っていた、まる。わずか数ミリ先を刃先がかすめ、切り裂かれた豪奢《ごうしゃ》なフリルが淡雪のように夜に舞う、まる」

緊迫の戦闘シーンの最中、姉妹の服がどんどん破れて色っぽい姿になっていく。一見無駄な描写だが、挿絵が入るのを見越した視覚サービスだと芥は言う。

「小説ってそんなことまで気にして書くの？」

「使えるものはフル活用してくださいって編集から言われた」

「編集さんのこと、すごく信用してるんだね」

「向こうも仕事だから少しでも売れるように助言をしている。俺も仕事として書いてるから有用な助言は受け入れる。それは『信用してる』でいい？」

淡々とした言葉は機械的にも聞こえるし、プロフェッショナルとも捉えられる。どちらのコースを通っても、辿り着く場所が同じというのはおもしろい。

三時になって休憩に入った。芥にはアイスコーヒー、自分のためにシベリア人参《にんじん》のお茶を淹れた。これも青子が勧めてくれたもので、精神的ストレスの緩和、疲労回復、集中力の向上など、今の状況にぴったりのお茶だった。

お茶と一緒にクリームプリンで脳に栄養を送っていると、玄関からただいまーと力のない声が聞こえてきた。二日ぶりの隼人の帰宅だった。

「トラブル続出の二徹明けで家に帰ったら、アラサーの男ふたりが午後三時のティータイムを楽しんでるってすげえな。悪夢のような優雅さだ」

激務を物語るように、隼人の目の下には濃いクマが浮いている。

「お疲れさま。ちなみにぼくたちも仕事に励んでたんだよ」

「そりゃお疲れさまです。あー腹へった。なんか食わして」

隼人はダイニングに突っ伏し、はいはいと和久井は立ち上がった。鯖《さば》を焼き、顆粒《かりゅう》の出汁《だし》で茄子の味噌汁を作り、昨日の夕飯の残りの切り干し大根も出した。

「そういや、今度、前野がうちの番組に出るよ」

隼人ががつがつと食事をかき込みながら言った。

「前野くんがテレビ？」

「俺が担当してる番組のサブゲストで呼んだ」

「さすがディレクターさんだね」

「名刺にディレクターって書いてあるだけで、弁当やバスの手配、アポ取りまでなんでもするよ。けどまあミニコーナーのゲストを決めるくらいならね。おかわり」

茶碗《ちゃわん》を差し出され、はいはいとまた席を立つ。ここまでくると、お母さんと呼ばれないのが不思議なくらいだ。芥にもアイスコーヒーのおかわりを淹れた。

「けど隼人くんの番組って、若い女の子がたくさん出てるやつだろう？」

「そう、アイドルが無意味にエロい恰好してる深夜番組」

そこに前野の需要はあるのだろうか、と疑問が湧《わ》いた。

「前野もフェイスブックやツイッターやインスタで宣伝してるけど、ああいうのはすでに知ってるやつが覗くもんであって、バズりでもしない限り宣伝効果としてはほとんど意味がない。番組公式も深夜枠で視聴率低いから拡散力ないし」

「それでも前野くんを宣伝してあげるために出演を依頼したんだろう？」

「どうかなあ」

「照れなくていいよ」

隼人は毒舌家だが、根は純なところがある。子供の成長を見守る親のような気分でいると、隼人は箸を止め、っていうかさ、とつぶやいた。

「俺はずっと前野のほうから頼んでくるのを待ってた。売れないアイドルの中には俺程度にでも寝技使おうとする子もいる。みんな生き残るのに必死なのに、前野はほんと甘いよ。友達に頭下げんの嫌なのはわかるけど、本当に夢を叶えたいなら友達のコネでもなんでも使うくらいの根性みせろって話だ」

「友達を利用したくなかったんじゃないかな。前野くん純粋そうだし」

「二十代も半分過ぎて純粋なんて、ただの馬鹿だよ」

隼人は大口を開けてご飯をかき込み、食べ終わるとすぐにごちそうさまと席を立って二階に上がってしまった。和久井はそれを微笑ましく見送った。

「学生時代の仲間っていいものだね。露悪的な言い方してるけど、前野くんも全国上映が決まったんだから、少しでも顔を売ってあげたいんだろうなあ」

うんうんとうなずく和久井を、芥が頬杖で見つめている。

「和久井さんにもそういう友達はいるの？」

「友達はいるけど、同じ夢を追った仲間っていうのはいないな。部活とかしてたら仲間もいたんだろうけど、ぼくは昔から学校休むことが多かったから」

夢を追うどころか、普通に毎日過ごせるだけでラッキーな時期もあった。

「芥くんは？」

「いない。ひとりでいるほうが楽だ」

ごく当たり前の言い方だった。普段から口数も少なく、向こうから近づいてきてくれる前野のような相手にもそっけない。どうしてそうなったのだろう。

――にいたん、あそぼ、あそぼ。

和久井が知っている弟はよく笑った。小さな身体でいつもあとをついてきた。近所の子と三輪車に乗って遊んだりもしていた。その弟が、今はひとりの友人もいないと言う。口の端を引きつらせるような笑い方をする。人の成長とはこんなものなのだろうか。弟はこの二十四年をどんなふうに過ごしたんだろう。謎ばかりが積もっていく。

「なに？」

問われ、じっと芥を見つめていたことに気づいた。

「いや、そういえば前野くんの作品観た？」

「観てない」

「ちょっと観てみようよ」

「急にどうしたの？」

「前野くん、芥くんの本が好きだって言ってたじゃないか。クリエイティブな仕事に携わる者同士、どこかで通じ合うものがあるんじゃないかと思って」

うまくいけば友人同士になれるかもしれない。

それが過去の免罪符になるかのように、観ようよと熱心に勧めた。

芥はよくわからない顔をしつつも、パンツのポケットから前野の名刺を取り出した。絶対観ないわよと美寿々が言っていたが、まさかの入れっぱなしとは。

フルネームで検索すると、前野のフェイスブックやツイッターが上がってきた。前情報がないまま十五分程度の短編をクリックした。若い女性と飼い猫の話だった。テーブルのノートパソコンの前にふたり並んで映画を鑑賞した。

「どうだった？」

見終わったあと、芥に訊いてみた。

「猫と女が仲良くしてた」

小学生の読書感想文のようだった。

「感性の部分としては？」

「俺の感性は機能してないから」

今度は作家生命に関わるような発言が飛び出した。

画面では自動再生で次の動画がはじまっている。

『こんにちは、監督の前野です』

ふいに前野が映った。インタビュー形式で作品について語っている。

『本作のテーマは、えー、口で伝えることは難しいですね。ぼくは昔からしゃべりがうまくなくて、だから映像で訴えるしか手段がありません。あー、でもこれじゃあインタビューにならないな。どうしよう。ええっと、じゃあストーリーについて……』

困ったような笑顔は和久井が知っている好青年の印象そのままだ。

「これでバラエティは難しいんじゃない？」

芥がテーブルに頬杖で言った。確かに。この控《ひか》えめな好青年と深夜のアイドル番組ははたしてマッチするのだろうか。なんだか心配になってきて、隼人が手がけている番組名で検索すると、いくつか動画が上がってきたので観てみた。

文化人を呼んでのインタビューコーナーがあるが、インタビュアーのアイドルの女の子はなぜかバニーガールの姿をしていて、用意していたゲストの好物、カレーやアイスクリームなどをゲストにあーんして話の腰を折る、という謎のコーナーだった。

『あーん、こぼれちゃったあ』

強面《こわもて》の文化人のおじさんが、若い女の子に口を拭かれてやにさがっている。深夜のバラエティとしておもしろかったし、見ようによっては風刺の効いた番組だとそれなりに興味深く観たが、この番組に出演している前野は想像できなかった。

「きっと隼人くんが調整してくれるんだろうね」

「でないと大惨事だろうね」

あくびをしながら芥は答える。

「芥くん、こういうのは好きじゃない？」

「好きでも嫌いでもない」

「クリエイターとして意見はないの？」

芥はめんどくさそうな横目で和久井を見た。

「仕事は生きていくための手段だ。当分死ぬ予定がないんなら、好きでも嫌いでも仕事はしなくちゃいけない。俺は人間関係を作るのが下手だから、高校を出たあと勤めた社員同士が家族みたいに仲のいい会社は居心地が悪かった。ひとりでできる仕事ならなんでもよくて、だから作家という職につけて幸運だった。他人の仕事についてはなにも思わない。それは『俺の仕事じゃない』からだ」

無味無臭のステンレスみたいな答えだった。クリエイティブ畑の人たちの一癖《ひとくせ》あるプライドは隼人を通して見てきたつもりだった。けれど芥はまた違うタイプだ。

「元々、小説を書くのが好きだったの？」

「どうかな。書いているときは、そのことだけ考えていればいいから」

芥にとって現実は逃避したいものだったのだろうか。

「なにもないところからなにかを生み出すって大変だろうに」

「俺からすれば、和久井さんのほうが大変に見える。和久井さんみたいに赤の他人とひとつ屋根の下で、家族同然にずっと暮らすなんてことは俺にはできない」

「人が嫌いなの？」

「わからない。苦手なだけ」

「なのに自分からすみれ荘に住み込むって言ってきたのはどうして？　下宿は芥くんには『大変な場所』なんだろう？　人と関わるのが苦手なのに、キリストの家ってとこで大勢と暮らしてたっていうのはどうして？　神の子っていうのは？」

立て続けの質問に、芥は頬杖をついたままなにも答えない。

「和久井さんは、たまに探偵になるね」

「……ごめん」

「そろそろ仕事をしよう」

芥は立ち上がってソファに移動した。またごまかされた。


その日の夕方、隼人から珍しく飲みの誘いがきた。

「急に言われても無理だよ。夕飯の支度《したく》がある」

『あのさあ、一家の主婦じゃないんだから。いっつも真面目にやってんだし美寿々も青子さんもなんも言わないよ。ああ、芥さんも連れてきて。今ちょうど番組の収録で前野も一緒なんだ。あいつ芥さんのファンだから呼んだら喜ぶと思うし』

「誘ってもこないと思うよ」

人づきあいは苦手と聞いたばかりで、飲み会に誘うのは気が引ける。しかし構わず時間と店を早口で言われ、じゃあ現地でと通話を切られた。これは困った。

「いいよ」

駄目元で誘ってみると、芥はあっさり了承した。

「いいの？」

「和久井さんが一緒なら」

もちろん一緒だよと大きくうなずいた。これがきっかけで芥と前野は親しくなるかもしれない。急いで夕飯を作り、仕事が休みで家にいる青子に出かける旨を伝えた。

「夕飯は作ってあるんで、自分で温めてもらえると助かります」

「気にしないで行ってきて。でも芥くんとは本当にウマが合うのね」

「え？」

「だって昼間は口述筆記で一緒だし、スーパーもドラッグストアも病院も、いつもふたり一緒じゃない。こないだ美寿々ちゃんが怪しいって言ってたわよ」

ふふっとからかうように笑われ、和久井は肩を落とした。

「冗談よ。一悟くんと芥くんて、なんとなく似てるところがあるわね。一悟くんは人当たりはいいし無愛想な芥くんとは全然違うんだけど、どうしてかしら。不思議」

弟だからじゃないでしょうか、とは言えない。事情を知らない人からも似ていると言われる。やっぱりという納得と安堵、それを口にできない歯がゆさが胸に広がる。

「そうだ。出かける前にスペシャルブレンド淹れてあげる」

青子は台所の棚から茶缶をいくつか取り出した。お茶好きな青子は自分だけのオリジナルレシピを持っている。沈静、安眠、整腸、疲労回復。効果は様々だ。

「飲み会の前だから、ミルクシスルとダンデライオンがいいわね」

どちらも肝臓に効くハーブらしく、ありがたくいただいた。


蒸し暑さがやわらいだ夕方、芥とふたりで電車を乗り継いで新宿へ出た。久しぶりの繁華街に気後れしながら待ち合わせの店に行くと、隼人たちはすでにきていた。

「いらっしゃーい。お待ちしてましたー」

案内された個室で、いきなり甲高《かんだか》い声に出迎えられた。薄暗い個室には若い女の子が大勢いて、和久井と芥を熱烈歓迎してくれた。なんだこれは。おろおろする和久井を見て女の子たちがくすくす笑う。奥に座っていた隼人がちーすと手を上げる。

「ごめん。急に人数増えたんだよね。収録の流れで女の子たちがきたがってさ。ふたりとも毎日引きこもってるから、たまにはぱあっと発散するのもいいっしょ」

「いいっしょって、そんな……。びっくりしたよ」

おずおずと腰を下ろすと、向かいから前野が会釈してきた。

「急ですみません。おふたりに会いたいって俺が言ったんです」

小声で謝られた。本当に会いたかったのは芥だけだろうに、おふたりと言ってくれるところがやはり好青年である。問題は芥のほうだった。

「芥さん、わざわざきていただいてありがとうございます」

前野が嬉しそうに頭を下げる。

「いいよ、和久井さんが一緒だから」

瞬間、ゲイカップルなのかな、と前野が疑ったのがわかった。しかし気遣いの人である前野は、その疑問を心の中にそっとしまい込み、ありがとうございますと礼儀正しく頭を下げるに留めた。いや、前野くん、そこははっきり訊いてくれと和久井は思った。質問してくれれば、ちゃんと否定できるのに。

大量の女の子とゲイ疑惑という複雑なスタートを切った飲み会は、時間の経過と共に加速度的に居心地の悪さを増していった。場を盛り上げるためなのか、隼人の仕切りでゲームがはじまってしまい、目論《もくろ》んでいた前野と芥の親交はまったく深まらない。

第一印象ゲームで『失恋した回数が一番多そうな人』というお題で和久井が一番多く指をさされ、罰ゲームとして両隣の女の子からのキスを命じられた。

「それじゃあ女の子たちへの罰ゲームじゃないか」

しかし隼人も女の子たちも意に介さない。

「和久井さん、ほんと真面目だなあ。ただのお遊びだから楽しんじゃえよ。それにこの子たち、番組の中でも似たようなことしてるんだから」

隼人がビール片手に笑う。番組でやっているのは仕事だし、今はプライベートなのだから、その言い分は通らない。それに和久井自身、初対面の女性とキスなんてしたくない。女の子たちも嫌だろうと思うが、みんな笑っているのはなぜだ。

「よっし、じゃあ一番に和久井さんの唇を奪った子には、新コーナーのメインやれるよう推してあげようかな」

隼人がそう言った途端、女の子たちの目の色が変わった。すごい嬌声《きょうせい》と共に一斉に手が伸びてきてもみくちゃにされる。唇にやわらかいものが触れた。次の瞬間、獲ったーと絶叫が響き、気づくと和久井の上で女の子が馬乗りになっていた。

「く、苦しいです」

喘《あえ》いでいると、芥が馬乗りになっている女の子の腕を引っ張ってどかしてくれた。肺に一気に空気が入ってきて、むせて咳《せ》き込《こ》んでいると隼人が水をくれた。

「おまえら、がっつきすぎなんだよ。肉食獣じゃねえんだから。うちの大家さんになにしてくれてんだ。つうわけで今の約束なしね」

隼人の勝手な言葉に、女の子たちはええーっと声を上げた。しかしそれも媚《こび》を含んだかわいい不満で、鈍《にぶ》い和久井にもようやく会の趣旨が理解できた。

この場の王様は隼人であり、女の子たちにとって、これはただの飲み会ではなく営業なのだ。仕事がほしい。望みうる限り最高のポジションで、と必死なのだ。

「ちょ、おまえ、さっきから無茶ぶりしすぎだぞ」

前野が遠慮がちに隼人を諫《いさ》めた。

「どこが無茶?」

隼人は大袈裟なほどの反応を見せた。

「これじゃ女の子たちが楽しめないじゃないか。もっと普通に飲もうよ」

「きみら、楽しくないの?」

隼人がぐるっとあたりを見回すと、女の子たちは楽しいーっと判で押したような笑顔を見せた。台本でもあるかのような反応に、和久井は薄ら寒さを覚えた。

「ほら、みんな楽しいって」

「おまえに気に入られるためだよ」

「まあ、そうだな。けど最初からこの子らは楽しもうと思ってきてないんだよ」

隼人はふいに真顔になった。

「キャスティングに多少なりとも口出せる人間から飲みに誘われて、さあ楽しもうなんて気持ちでくるやつはその時点で負け確定なんだよ。どんな小さなチャンスでもつかんでやる、そのためなら泥水くらいすすってやるって気合いのあるやつだけがチャンスをつかめるんだ。圧倒的な才能があれば別だけど、たいがいの夢は現実との擦り合わせの中でしか成功しない。そのことを、おまえは全然わかってない」

「こんなとこでふっかけてくるなよ」

「逃げんなよ。おまえは昔からそうだ。ライター仕事やエキストラで日銭稼いでようやく食ってんのに、フェイスブックやツイッターやインスタじゃ、あんなことしたい、こんなことしたいって大層な夢ばっか語って、それひとつでも実現させたか？」

「今年はシネマアワードで監督賞をもらった」

「シネマアワードは大賞以外で活躍してる監督いないだろ。そんなことおまえもわかってて、冴《さ》えない現実をＳＮＳでごまかしてんだよ」

「隼人くんのインスタもよく似た感じだったような」

芥がぼそりとつぶやいたが、隼人には聞こえなかったようだ。それにしても、いくら気心が知れた旧友といえど、人前で言葉が過ぎるのではないだろうか。

「今はまだ二十代だけど、時間なんてあっという間に経っちまう。そんで気づいたら時代遅れの、みすぼらしい夢ばっか語ってる痛いオッサンになってんだよ。俺だってこんなこと言いたくないよ。けど友達だから、おまえのために言ってんだよ」

「おまえのためにって言葉は美しくない」

「知るかよ。こいつら見てみろ。女なんかもっと賞味期限短いから必死だよ。わけわかんねえバニーの恰好させられて、まあまあ頭もいいのに馬鹿のふりをさせられる。俺程度の男に媚売って、それでも売れる可能性なんてなきに等しい。惨《みじ》めだと思わねえ？」

室内が静まり返った。それまで笑っていた女の子たちが唇を噛みしめる。胃がきりきりと痛くなるような空気の中、うざ……と女の子のひとりがつぶやいた。

「ひとりでマウント取りまくって、あんた、なにがしたいわけ？」

がらりと変わった口調。低い声。その女の子は隼人をきつく見据えていた。

「おまえのために言ってんだよって、全然嘘《うそ》じゃん。単に自分が言いたいから言ってるだけじゃん。てめえのチンケなプライド満たしたいだけなのに、友達だから言うんだって、自分に対してもごまかしてさ、あんた、痛くてたまんないんだけど」

艶《つや》やかな黒髪に果実みたいな唇。若さが内側からはじけるような美少女だ。その目は怒りに燃えている。女の子は財布から万札を抜き出してテーブルに置いた。

「あんたらがどういう関係かは知らないけど、あんたのほうが余裕ないように見える。あたしらダシにして、必死に優位に立とうとしてるの丸わかり。みみっちい男」

立ち上がった女の子を、隼人はニヤニヤ笑いで見上げた。

「分析ご苦労さん。で、きみはなにがしたいの？」

「そう見えるって事実を言っただけ。あたしはもうつきあいきれないし、ほとほと嫌んなったから、あたしなりのやり方でチャンスをつかもうと思います」

それじゃあお先に失礼しますと、女の子はさっさと個室を出て行ってしまった。残された女の子たちは困ったように顔を見合わせている。

「おい、放っておいていいのか。おまえの番組のタレントさんだろう」

前野が心配そうに女の子が出て行ったドアと隼人を見比べる。

「気にすんな。代わりなんていくらでもいる」

隼人はぬるくなったビールを一息に飲み干した。

「あの子だけじゃなくて、俺も、おまえもな」


あれから隼人は女の子たちを連れて二軒目へ行き、前野は帰りが逆方向なので店の前で別れ、和久井と芥も電車で帰った。

「おかえりなさい。早かったのね」

すみれ荘に帰宅すると、居間兼食堂のソファで青子がお茶を飲んでいた。

「隼人くんは一緒じゃないの？」

「女の子たちと二軒目に行っちゃったよ」

「女の子？」

予期せぬ合コン状態だったことと、散々だった飲み会の様子を説明すると、青子はおかしそうに笑った。笑いごとじゃないよと和久井は顔をしかめた。

「雰囲気が悪すぎて胃が痛い」

「お疲れさま。気持ちが落ち着くお茶でも淹れるわね」

ありがとうとソファに腰を下ろし、やれやれと溜息をついた。

「けど、わからないなあ。世間的にうまくやってるのは隼人くんなのに、どうして優位に立っているほうがあんな攻撃的な態度に出るんだろう」

「人には見せない鬱屈《うっくつ》があるんじゃない？」

芥はどうでもよさそうに流す。

「隼人くんは溜《た》め込《こ》むタイプには見えないけど」

「その人がどんな人かなんて、ぎりぎりにならないとわからないよ」

芥の言葉にひやりとした。短い間だがひとつ屋根の下で暮らし、自分は芥に悪い印象は持っていない。けれど芥がなにを考えているかはわからない。芥の中にも鬱屈したなにかがあると仮定して、それはこの先、どんな形で現れるのだろう。

「隼人くんと前野くん、昔は同じ夢を追ってた仲間だったのになあ」

「近すぎたんじゃない？」

「うん？」

「見たくないものまで見えてくる」

なぜかどきりとした。

「和久井さんは、なにか夢とかあるの？」

「子供のころはあったよ。身体が弱くて本ばかり読んでたから、恥ずかしいけど作家を目指したこともあった。そう考えると、芥くんはぼくの夢の仕事に就いてるんだ」

「俺にとっては生活の手段だけど」

「誰かの夢は誰かの現実ってことか」

少し切ない気分になった。きっとそういうものだろう。大人になってから見た夢は平凡なものだった。ただ普通に働いて、妻と娘と三人で暮らしたかった。多くの人の現実ですら、自分には叶えられなかったわけだ。今は特に夢はない。

お待たせと青子が盆を手に戻ってきた。

「一悟くんにはハーブティーね。芥くんにはアイスティー」

「ありがとう。夕方に淹れてくれたやつ？」

「そう。ミルクシスルとダンデライオン」

「ダンデライオン？」

芥が首をかしげた。

「肝臓にいいのよ。お酒呑んだあとだからと思って」

じゃあお先にと青子は二階に上がっていった。カップに手を伸ばしたとき、向かいからも芥の手が伸びてきて、ぶつかった拍子にカップが倒れた。

「あ、ごめん。布巾《ふきん》、布巾」

床に滴《したた》る前に布巾で食い止めた。ハーブティーはほとんどこぼれてしまった。

「ごめん。ぼうっとしてた」

芥もティッシュでテーブルを拭き、カップをかたづけてくれた。なんだか今日はしまらない一日だったなあと、さっさと風呂に入って寝ることにした。


翌週の深夜、すみれ荘の居間兼食堂には隼人を除く全員が集合していた。今から隼人の会社が制作を請け負い、前野がゲストで出演する深夜番組を鑑賞するのだ。

「知り合いがテレビ出るってイベントだもんね。友達に自慢しちゃった」

「わたしもお店のバイトやお客さまに宣伝したわ」

青子がお茶を、美寿々がお茶菓子を用意してくれた。

「でも芥さんまで参加するとはね。こんなの興味ないと思ってた」

「興味はない」

「じゃあなんで観るの？」

「芥くんはね、一悟くんがいるところにいるだけなのよ」

青子が言い、なるほどと美寿々は納得した。異議を唱えたいところだったが、番組がはじまってしまった。前野が映ったときはみんなで拍手をして盛り上がった。しかし進行と共にどんどんテンションは下降し、盛り返さないまま番組は終わった。

「なんか、かわいそうなくらい浮いてたね」

美寿々の正直な感想に、青子も気の毒そうにうなずいた。

「隼人くん、もう少しなんとかできなかったのかしら」

新進気鋭の映画監督と紹介されたところまではよかったが、懸命に話をする途中、アイドルからパフェをあーんされ、そこで調子を合わせてやにさがればよかったのだが、前野は真面目に映画の話を続け、だんだんと空気がしらけていった。

「女の子はともかく司会が下手すぎ。もっとテクのあるベテラン芸人だったら、前野くんの真面目キャラを上手にいじって笑い取ってくれたのに」

「あれじゃあ単に場違いなだけよね」

普段の前野を知っているだけに、さぞ苦しい収録だっただろうと和久井も同情した。どんよりとした空気の中、ただいまーと玄関から隼人の声がした。

「え、なに。なんでみんな集合してんの」

深夜二時。普段なら真っ暗な居間兼食堂に灯《あか》りがつき、さらにみんなの視線を一身に浴びた隼人がまばたきをする。まずいタイミングでの帰宅だった。

「隼人くん、もっと演出とかやりようがあったんじゃない?」

美寿々がちょいちょいとテレビ画面を指さす。番組はもう変わっているが、隼人は合点がいったようで、観てくれたんだと笑顔を作った。

「観てくれたんだーじゃないわよ。とんでもなく滑《すべ》ってたわよ」

「しかたねえだろ。前野ははじけるキャラじゃないし、だったらいじられキャラでいこうってことになったの」

「いじられキャラにもなれてなかったけど？　単に場違いで痛いだけ。あれじゃあ前野くんかわいそうじゃない。台本下手すぎ。プロデューサー失格」

「うっせえな。それでもＳＮＳでちまちまやってるより宣伝になるんだよ」

隼人は強気に言い返した。

「そうね。悪い評判が広がってるみたい」

美寿々が前野の名前でツイッター検索をした結果、元々の番組視聴者はアイドル目当てなので推しがかわいいという感想ばかりで前野の件には特に触れず、触れている場合はおもしろくない、しらける、邪魔という意見ばかりで、前野の作品のファンは、作品の魅力がまったく伝わらなかったと落胆している感想がほとんどのようだ。

「固定客をがっかりさせて、新規も獲れないんじゃ足引っ張っただけじゃない。あ、前野くんのフェイスブックに新しい記事きてる。えーと、なになに」

美寿々が読み上げようとするが、その前にこれ見て、と青子が美寿々に自分のスマートフォンの画面を見せた。美寿々が覗き込み、えっと目を見開いた。

「ちょっと隼人くん、なんかヤバいことになってるよ」

「今度はなんだよ」

隼人が面倒くさそうに答える。

「隼人くんの番組に出てたアイドルが自殺したってトレンドに上がってる」

「はあ?」

隼人が自分のスマートフォンで確認する。すうっと青ざめていく。和久井も自分のガラパゴスな携帯電話を出したが、なにを見ればいいのかわからない。トレンドとは?

「ツイッターの中で検索数が多い単語をリアルタイムで検出する機能のことだよ」

置いてきぼりな和久井に芥が教えてくれて、自分のスマートフォンを操作して見せてくれた。見慣れない画面に戸惑いながらも、なんとか事態を把握できた。

自殺したとされているアイドルの最後のつぶやきが、[レギュラー出演している番組制作のHさんにパワハラを受けました。もう疲れた。みんな、ごめんね」であり、その少しあと、同じマンションの住人らしい人物が救急車で搬送されていくアイドルを見たとツイッターでつぶやき、そこから一気に拡散されたらしい。

「Hさんって、隼人くんのこと?」

平光隼人——しかしHの頭文字なんてありふれている。

「こないだの飲み会で先に帰った子だね」

写真を見て芥がつぶやき、そうだったかなと和久井は首をかしげた。アイドルの女の子たちは、和久井にはみんな似た顔に見えて判別できない。

「あ、まじでヤバいわ。隼人くんの実名出ちゃった」

「すごい勢いでリツイートされてるわね」

「リツイート?」

和久井はきょろきょろとあたりを見回した。

「誰かのつぶやきを、他の人がさらに誰かに伝えること。噂みたいなものかな」

また芥が教えてくれて、介護みたいねと青子に笑われた。ひどい。しかし自分よりも年上の青子はすいすいとスマートフォンを操作していて、取り残された気分になった。

そんな話をしている間にも、ツイッターという世界の中で『平光隼人』という名前が拡散されていく。どうして『Hさん』だけで隼人の実名がわかるのだろう。

「ネットの世界には追跡班みたいなのがいて、ちょっとした単語や写真からいろんなことを探り当てるんだよ。今回は多分レギュラー出演っていう単語で、この女の子が出ている番組を調べて、どこが制作しているか調べて、Hの頭文字がつく社員を調べて、該当者がSNSをしているか調べて、見つけたら符合するような書き込みがないか探す。ほら、もう隼人くんのインスタグラムから写真が転載された」

芥が指さす画面には、隼人の笑顔の写真が載っている。そこには「パワハラプロデューサー」「○○を自殺に追い込んだ張本人」という書き込みがついている。

「証拠もないのに実名と顔写真を出すなんてひどいじゃないか」

「ネットはそういう世界なんだよ」

恐ろしさすら感じている和久井を尻目に、芥はあっさりと言った。

隼人はもう真っ青になっている。

「隼人くん、ちょっと座りなよ」

美寿々が椅子を勧めたとき、隼人のスマートフォンが鳴った。隼人はびくりと震え、おそるおそる画面を確認する。出ようとはしない。音が鳴り続ける。

「出なくていいの？」

声をかけると、隼人は震える指で通話をオンにした。

「平光です」

会社かららしく、知ってます、お騒がせしてすみませんと隼人は顔を引きつらせながら繰り返している。一体どうなるのか固唾を呑んで様子を見守った。

「はい、はい。迷惑かけてすんません」

隼人が通話を切り、泣きそうな顔でこちらを見た。

「あの子のマネージャーと連絡ついたって。命には別状ない。カッターでちょっと腕切っただけだって」

安堵のあまり隼人は床にへたり込み、美寿々が慌てて駆け寄った。よかったね、よかったねと声をかけている。しかし隼人はうなだれて立ち上がろうとしない。

「なんもよかねえよ」

隼人が呻くようにつぶやいた。

「名前も顔も一旦《いったん》ネットに上がったら、二度と消えないんだぞ。俺よかよっぽどひどいパワハラやセクハラしてる連中がいっぱいいいんのに、なんで俺だよ」

確かに理不尽だが、隼人の態度にも問題があった。けれどそれは今言ってもどうにもならない。しっかりしなよと美寿々が隼人の肩を揺する。

「隼人くん、その子に悪いことしたんでしょう。そこは受け止めなよ。でも味方だってちゃんといる。ほら、前野くんだってフェイスブックで隼人くんにお礼言ってるよ」

思い出したように、美寿々は自分のスマートフォンを隼人に見せた。

「芥くん、前野くんのフェイスブックを出して」

自力では無理なことはわかっているので素直にお願いすると、

「和久井さん、俺はＳｉｒｉじゃないんだよ」

そう言いつつも芥はすぐに前野のフェイスブックを出してくれた。

美寿々が言ったとおり、前野はフェイスブックの記事に、早速今夜の番組についての記事を上げていた。友人の厚意でテレビに出演させてもらったこと、シネマアワードに出した作品の宣伝までしてくれたことへの感謝を述べている。

「学生時代は映画サークルで同じ夢を追っていた仲間。現在はテレビ業界で揉まれている彼を見ていると、様々な想《おも》いを喚起させられる。ぼくはぼくの道を歩こう。そう再確認させてくれる友人の存在に力をもらえた夜。」そう締めくくられていた。

「ね、隼人くんのことわかってくれる友達もいるじゃん」

笑顔で励ます美寿々に、隼人は力のない目を向けた。

「おまえ、ほんと人の裏表がわかってないな」

「どういう意味よ」

さすがに美寿々がむっとする。

「美寿々ちゃん、今はそっとしておいてあげなさいよ」

「だって青子さん、隼人くん、ちょっと捻《ひね》くれすぎですよ」

「まあねえ。でも怒る前にちょっとこれを見て」

青子はふたたび自分のスマートフォンを美寿々に見せた。

「ツイッターですね。誰のアカウントですか？」

「いいから一番上のつぶやきから、リプライ全部読んでみて」

美寿々は怪訝そうに、しかし言われたとおり画面を見て読み上げていく。

「えーっとアカウント主のつぶやきは「泥水のような世界から無事帰還しました。自分にはないセンスを求められるってつらいね」。このつぶやきへのリプライが、「にしてもゲスい番組だった」「さすがブチョーって感じ」「ブチョーは昔からああいうセンスだった」「大衆系?」「言ってやるなよ」「ダサくないとテレビ業界では出世できない」「もう出世も無理でしょ。パワハラでアイドル自殺させちゃったぞ」「ブチョー詰んだ?」

読み上げながら美寿々が首をかしげる。

「なにこれ。みんなでブチョーって人のこと話してるけど、なんかよってたかって笑いものにしてる感じ。自殺したアイドルってあの子のことでしょう?」

「ブチョーって隼人くんのことよ」

えっと美寿々が声を上げる。青子は困った顔で隼人に目をやった。

「隼人くん、あなた、前野くんの裏アカウント知ってたんでしょう?」

「ええ、これ前野くんのアカなんですか? え、え、なんかすごい感じ悪いけど」

美寿々は瞬きを繰り返し、あ、とつぶいた。

「つまり前野くんは、裏でずっと隼人くんを笑いものにしてたってこと?」

「前野くんはそんなことしてないわよ。だって彼は最初につぶやいただけで、ひどいことを言ってるのはリプライ飛ばしてる人たちだもの。まあ誘導してる感はあるけど。みんなブチョーって呼んでるってことは、大学のサークル仲間ってところかしらね」

美寿々が信じられないという顔をする。隼人はうなだれたまま顔を上げない。

「裏アカウントってなに?」

和久井はこそっと芥に訊いた。

「表だっては言えないこと専用のアカウント。ストレス発散の愚痴とか陰口《かげぐち》とか」

すごくわかりやすいが、特に知りたくない嫌な知識だった。

「この子たち、みんな今も映画畑で夢を追ってるのね。成功してるとは言えないみたいだけど、とにかく妥協はしないっていうスタイルを貫《つらぬ》いているみたい。そういう自分たちを高みに置いて、就職してテレビに流れた隼人くんを脱落者みたいなイメージで叩《たた》いてるのよ。自分たちのストレス発散のサンドバッグみたいにね」

和久井は胸を押さえた。話を聞いているだけで気分が悪くなってきた。

「だからか。フェイスブックの記事もいやみっぽかった」

芥が言う。

「え、どこが？」

問うと、最後の文章、と芥はスマートフォンの画面を指さした。

「前野くんらしい謙虚で爽《さわ》やかな友情って感じだけど」

美寿々が言う。和久井も同感だ。

「ひとつの文章に、ふたつの意味を混ぜ込んでる。さらっと読むと謙虚な印象だけが残るけど、けっして隼人くんのことを認めているとは書いてない」

芥に言われ、美寿々とふたりでもう一度文章をよく読んでみた。

言われてみれば、そうかもしれない。様々な想いというのはプラスの感情だけではないし、自分はあんなふうにはならないでおこうという反面教師とも受け取れる。読みようによっては強烈な皮肉だ。自分の暗い部分は見せず、謙虚な印象を与えつつ、心当たりがある相手にだけは届く悪意。見方を変えるといやらしい文章ということになる。

「フェイスブックの記事だけなら思い過ごしかなっていうレベルだけど、裏アカウントでの悪口大会を見ちゃうと悪意を否定できないわよね」

青子の言葉に、なによそれと美寿々が顔を歪ませた。

「裏で悪口言いながら、ちゃっかりテレビには出たんじゃない。あわよくばいい宣伝になるって思ったんでしょう。そっちのほうがゲスいじゃない。そんなやつが隼人くんを馬鹿にする資格なんてない。隼人くん、こんなの気にする必要ないわよ」

隼人はのろのろと顔を上げた。目がどろりと死んでいる。

「別に。あいつらが裏でいろいろ言ってんのは前から知ってたし、俺だって宣伝してやるなんて表向きだけで、本当は恥かかせてやるくらいに思ってた。前野ならうまくやるかなって思ったけど、見事に滑りやがって。あいつもたいしたことねえな」

隼人が力なく笑う。和久井は頭が痛くなってきた。ひとりでいるほうが楽だからと芥は言っていた。こんな話を聞いてしまうと、本当だねとうなずくしかない。

「なんでだよ。俺が間違ってんのか。少し前から思ってたんだ。なんでこんなことになってんだって。やっぱり就職選んだ時点で俺の負けだったのか。元々は俺のほうが才能あったのに。けど映画で食ってくなんて夢だってわかってた。だから今度は違う立場で娯楽を提供する側になろうって思ったんだ。それのなにが悪いんだよ」

　自分を曲げたつもりなんてなかった、と隼人は顔を歪めた。

「最初は俺も楽しかった。けどやたら忙しくて、やらなきゃいけないことをやるだけで一日が終わって、それでも次々新しいもの、おもしろいこと要求されて、目の色変えて情報追っかけている間に、気づいたら空気の抜けた風船みたいにしぼんでた。就職しなかった前野たちを心の中でガキだと思ってた。けど時間が経つごとに羨ましくなるのはなんでだよ。別に前野たちだって成功なんてしちゃいない。でも少なくとも、俺が捨てちまった夢を持ってる。でもそんなの認めたら負けじゃん」

「隼人くんはなんにも負けてないと思うわよ」

　青子は溜息まじりに画面をスクロールしていく。

「前野くんたちは前野くんたちで、ちゃんと将来を考えてテレビ業界でうまくやってるあなたを羨ましく思ってる。だから悪口を言って憂《う》さを晴らすしかないの。隼人くんもわかってたから、余計にあとに引けなくなったんでしょう？　いつも楽しそうで派手な隼人くんのインスタグラム。あれ、あの子たちを意識してわざとそういう写真ばっかり上げてたんじゃない？　お互いに羨ましがって、どんどんこじらせていって、どっちが早くブレーキを踏むか、チキンレースみたいになっちゃった？」

和久井は目眩がしてきた。そんなに苦しいなら切ればいい。そんな思いをしてまで、なぜ友人でいるのか。かつて友人であったというだけの抜け殻のような関係じゃないか。

和久井もニュースを見たり、興味のあることを調べるために日常的にネットを使っている。とても便利だ。世界と自由につながれるというスマートフォンのCMを見てすごいなあと驚き、SNSを自在に駆使し、あらゆる方法でコミュニケーションを取っている隼人たちを感心して見ていた。隼人たちは自由で、どこまでも広がる世界に住んでいるのだと思っていた。それが、この息苦しいまでの閉塞感《へいそく》はどうしたことか。

「どれだけ苦しくても、それでも、つながっていたかったのね？」

青子の声は慈しみに満ちている。

隼人の身体がどんどん前に傾《かし》いでいき、最後は土下座のような体勢で引きつった声を洩らした。ああ、そうか、つながっていたかったのか。抜け殻になってしまった友人ではなく、切れなかったのは自分が捨ててしまったはずの昔の夢だったのか。

──きみは、賢すぎる馬鹿だ。

けれど自分の中にも隼人と同じような葛藤《かっとう》がある。忘れて、捨てて、前を向けば楽になれる。なのに送り返されるとわかっている娘へのプレゼントを毎年買う。なぜだろう。決まっている。愛しているからだ。そこにしか自分の見たい夢がないからだ。

「……もう、疲れた」

床に突っ伏し、隼人がしゃくり上げる。

それは隼人が追い詰めた女の子の最後のつぶやきと同じだった。


隼人は担当していた番組から下ろされたが、人手不足の業界なのでクビには至らなかった。自殺騒動を起こしたアイドルはすぐに退院し、その日のうちにツイッターに謝罪動画をアップした。ワイドショーでも取り上げられ、その子はまとめ売りのアイドルグループから抜けてソロデビューが決まったらしい。あまりに軽い怪我の様子と併せて、ネットでは売名だったのではないかと今度はアイドル自身が炎上している。

「おかげで隼人くんに同情が集まってよかったわよね」

映画館のシートに深々ともたれ、美寿々が言った。

「ありゃあ百二十%なんちゃって自殺だね。俺は利用されたんだ」

クソがと隼人が吐き捨て、隣で青子がくすくす笑う。

「隼人くんの回復力はすごいわね」

隼人はややバツの悪そうな顔をし、反対隣では芥が眠そうにあくびをしている。

和久井は一番端の席でパンフレットをめくった。

今日はすみれ荘のみんなで、フィルム・フェスティバルを観に新宿に出てきた。ぜひみなさんで観にきてほしいと隼人を通じて前野から誘いがあったのだ。

てっきり無視すると思ったが、隼人からみんなで行こうよと誘われたときは驚いた。あんなことがあったあとで、まだつきあいを続けるのかと訊いた。

――前野が撮るもんは、それなりに認めてるから。

その場には美寿々もいて、こじらせすぎとしかめっ面をした。和久井にはとうてい理解できないが、激しく互いを削り合いながら続く関係もあるのだろう。

「けど青子さん、よく前野くんの裏アカなんて見つけたよね」

美寿々がパンフレットで口元を隠して言った。

「それは俺もびっくりした」

隼人も訊きたそうな顔をするが、青子はふふっと笑っただけだった。

「姐《ねえ》さん、怖いって」

隼人がふざけて怯える真似をしたとき、上映開始のアナウンスが流れた。

五本の短編映画が上映され、前野の作品はトリだった。叙情的で和久井にはよくわからなかったが、発光するスクリーンを見つめる隼人の横顔は怖いほど真剣だった。

「なんだかんだ言って、隼人くんかぶりつきで観てたね」

上映終了後、みんなで地下鉄の駅へと歩きながら美寿々が笑った。

「監督紹介のときも、一番でっかく拍手してたし」

そうだっけと隼人がとぼけた返事をする。

「けどあの映画なにがいいの？　飼ってた猫が山に逃げて終わり。かわいがってたのに主人公も捜しに行かないし薄情じゃない？　全然意味わかんなかった」

美寿々の感想に、隼人は大袈裟な溜息をついた。

「おまえはなにを観てたんだ。あの猫は主人公の夢が具現化したもんで元々幻なんだよ。それが逃げたってことで、夢に破れたっつうか諦めたことを表現してんの」

「そんな説明どこにあった？」

「そこ説明したら台無しだろうが。ぼけっと観てないで考えて想像しろよ。イケメンが出てるドラマしか見ねえから、そんな貧相な感性になるんだよ」

「イケメンが出てるドラマが貧相って、その考えテレビマンとしてヤバくない？」

「貧相なのはおまえの感性で、イケメンが出てるドラマのことじゃない」

「ああ、そうですか。でもなんだかんだ言って前野くんの映画は認めるんだ」

「だから言ってるだろ。認めてない相手ならさっさと縁切るっつうの」

「あーあ、クリエイティブ畑の男ってほんとめんどくさくてやだ」

「おまえもたいがいめんどくさいからあいこだろ」

ふたりはいつもの調子でぽんぽん言い合っている。

「隼人くんと前野くんって、ぐるっと一周してやっぱり友達なんじゃないかな」

ふたりのすぐ後ろを歩きながら、和久井は小声で青子に囁《ささや》いた。

「わたしもそう思う」

青子も小さく笑う。芥がその後ろを黙って歩いている。

「夢なんて欲と同じだから、絡むとちょっとややこしくなるのよね。でもあの子たちなりのやり方があって、わたしたちが思うほど殺伐《さつばつ》とはしてないのかも」

「うん、自分に理解できないから間違ってると決めつけるのは早計だ」

SNSでコミュニケーションの手段が増えるほど、意識の対流は複雑になっていく。笑みを交《か》わし合うすぐ下で、冷たい悪意の水流が渦を巻いている。けれど予期せず暖かい流れともすれ違う。身を削るほど意識し、牽制《けんせい》しあい、ある部分でリスペクトもしている。ボロボロに古びた宝の地図には、いまだ煌めく夢の欠片がひそんでいる。

「ぼくはもうおじさんなんだなって思い知ったよ」

「そんなことないわよ」

「でも、ツイッターもリツイートもなにもわからなかった」

「ああ、そこは完全におじさんねえ」

あっさり肯定されて、自分から言ったのに少し焦りを感じた。

「でも一悟くん、最近、若返った気がする」

「え、そう?」

「新宿まで出て映画を見るなんて何年ぶり？」

「今日は隼人くんの件があったから」

「でも元気よ。芥くんがきてからだと思う。ふたりが並んでると、たまに兄弟みたいに感じるときがあるわ。見た目じゃなくて根っこの呼吸が合ってる感じ」

どきりとした。地下鉄への階段を下りる途中で、すぐ後ろに芥がいる。

「いいことだと思う。一悟くん、桜子のことがあってから出かけることも少なくなったでしょう。このまま余計なことは忘れて元気になれれば――」

「桜子のことは余計なことじゃないよ」

はっと青子は口元に手を当てた。

「ごめんなさい。そういう意味で言ったんじゃないの」

「いや、ごめん。ぼくもちょっと……」

わかっている。それでも頑《かたく》なになってしまう。気まずい雰囲気の中、ふいに後ろから腰のあたりを押された。階段を踏み外し、身体が前方へと大きく傾ぐ。

思わず目をつぶった次の瞬間、落下の衝撃とは違う感覚に包まれた。おそるおそる目を開けると、前にいた身体の大きな男性が受け止めてくれていた。ありがとうございますと何度も礼を言う中、先を行っていた隼人と美寿々が気づいて引き返してきた。

「大丈夫？　たまたま大きい人がいてよかったね」

「ぼうっとしてちゃ駄目だよ」

「……あ、うん、驚かせてごめん」

そう答えたけれど、内心では違うとわかっていた。

――誰かに押された。

隼人たちの肩越し、芥と目が合った。いつもの淡々とした様子とは違う。眉根を寄せて、鋭い目で和久井を見つめている。

名前のない毒　青子の告白

あのとき、自分の後ろには芥がいた。

夜の新宿、地下鉄へと下りる階段はあふれるほどの人がいた。あんな混雑の中では誰に押されたかなんてわからない。押されたとしてもわざとではないだろう。なのに、あのときの妙に厳しい芥の表情を思い出すと、恐ろしい疑問が湧くのだ。

——おまえ、ぼくを突き落とそうとした?

馬鹿な質問だ。弟相手にどうしてそんなおかしなことを考えるのか。

芥とひとつ屋根の下で暮らし、そろそろ一ヵ月が経つ。わかったことは表面的なことばかりで、あとはジグソーパズルの断片のような言葉がいくつか。

多くの兄弟、キリストの家、神の子。姉を復讐の対象とする主人公の物語を執筆中だということ。小説ではまだ姉妹の殺し合いが続いているが、姉がなぜ一族全員を殺したのかという理由が語られていない。そこは大トリなのだろう。早く先を知りたい。

芥が母親と自分をどう思っているのか、今までどんな暮らしをしてきたのか、なぜ自分たちに会いにきたのか、わからないまま、自分は芥に恨まれているかもしれないという疑念だけが深まっていき、その答えを架空の物語の中に探している自分がいる。

「あ、ちょっと待って」

口述筆記の最中、タイプミスをした。バックスペースで消して打ち直す。

「ちょっと休憩しようか」

いつものようにだらっとソファに寝転びながら芥が言う。そうだねと和久井は飲み物を淹れた。エアコンをつけていない居間兼食堂は蒸し暑い。しかし胃腸の弱い和久井は腹を冷やさないよう夏でもホットだ。芥にはアイスコーヒーを淹れた。

「和久井さんの今日のお茶はなに？」

「セントジョーンズワート」

不安やいらいらなど不安定な感情に効くらしい。これは月経時のメンタル安定用に青子や美寿々も飲んでいる。女性にも需要の高いお茶だと説明した。

「いつからそういうの飲んでるの？」

「青子さんがすみれ荘にきてからだから、かれこれ十六年くらいかな」

芥はハーブティーのカップを見つめ、長いね、と言った。

「桜子って奥さんの名前？」

唐突すぎて、構える暇もなかった。

「誰から聞いた？」

「和久井さんが階段から落ちる前に青子さんが言ってた」

――桜子のことがあってから、出かけることも少なくなったでしょう。

「あんな人混《ひとご》みの中でよく聞こえたね」

わずかに声が固くなった。

「青子さんて、奥さんのお姉さんなの?」

「どうして?」

「初めてすみれ荘にきた日、一緒に青子さんの店に行っただろう」

そんな込み入ったことをあのとき話しただろうか。記憶を巻き戻すが覚えがない。

「紫陽花と芍薬を勧められて、和久井さんが芍薬を選んだときだ。青子さんが『あの子は明るい花が好きだから』って言った。そのとき身内っぽい言い方だと思った」

なるほどと納得した。しかし入居初日に、よくもそんな些細《ささい》な事柄《ことがら》に気がついたものだ。しかも一ヵ月も前のことを覚えているのもすごい。

「でもみんな、そんなこと一言も言わないね」

「気を遣ってくれてるんだよ。妻が亡くなったり、いろいろあったから」

ふうんと芥は頬杖をつき、視線だけを動かして室内を見回した。

「和久井さんの奥さんて、なんで死んだの」

ほとんど不躾《ぶしつけ》に近い問い方だったが、それくらいのほうが気楽に感じる。

「交通事故だよ」

「あれ？　和久井さんが殺したんじゃなかったっけ」

前にそんなふうに言ったことを思い出した。そこまでストレートに受け取っているとは思わなかったし、それをごく普通に問われることにも戸惑った。

「信号を見落とすほど、桜子を疲れさせたのはぼくだと思ってる」

「詳しく訊きたい」

珍しい貝殻を見つけた子供のように芥は少し身を乗り出した。邪気がない。

桜子とは、すみれ荘に下宿していた青子を通じて知り合った。一年ほどつきあい、プロポーズをしてきたのはなんと桜子のほうからだった。正直、和久井は困った。そのころ和久井の体調はいつにも増して思わしくなく、入退院を繰り返していたからだ。まともに働くこともできない男が家庭を持つなど考えられなかった。

――でも、この子のお父さんは一悟くんしかいないから。

桜子が自分のお腹に手を当てた。

――わたしと一緒にがんばってくれない？

彼女は右手をお腹に当て、左手で和久井の手をにぎり、しっかりと目を合わせてきた。和久井は言葉を失った。戸惑いと不安と喜びに血圧が一気に上昇して目が回った。

――がんばります。よろしくお願いします。

なぜか敬語になった。桜子は泣き笑い、スポーツ選手が励まし合うように和久井の肩に両手を置き、がんばろ、がんばろ、と涙をこぼした。和久井は腹の底から彼女と子供を守りたいという気持ちが突き上げてくるのを感じた。生まれて初めての強い決意だった。

桜子の両親は身体の弱い和久井との結婚に難を示し、最後は駆け落ち同然で桜子は和久井の下にやってきた。母親はすみれ荘で暮らしなさいと言ったが、赤ん坊の泣き声で下宿人に迷惑をかけることがわかっていたので、近所にアパートを借り、和久井は知人のツテを頼って小さな印刷会社に就職した。

当初の不安に反して体調は上向きで、娘も無事に生まれ、一咲《かずさ》と名づけた。桜子は産休明けからすぐに復職し、朝はふたりで連れ立って一咲を保育園へ預けに行き、ふたりで一咲に行ってきますと手を振って、それぞれの職場に出勤する。ようやく順調に回りはじめた人生。生きる喜びが全身にみなぎる、奇跡のような日々だった。

それが、ある日、予告なく逆回転をはじめた。

一咲の二歳の誕生日だった。一咲を連れてすみれ荘へ行き、久しぶりにみんなで食卓を囲んだ。母親が一咲を抱き、かわいいわねえと目を細め、美寿々も隼人も青子もいて、幸せに幸せを塗り重ねたようなその夜、和久井は倒れた。

幕引きのように視界がすうっと閉じていき、立っていられなくなった。貧血だ。少し休んでいれば治まると思ったが目眩と頭痛で嘔吐《おうと》した。救急車で病院へ担ぎ込まれ、その場で入院を言い渡された。血圧がひどく下がっていて危なかったらしい。原因がわからないまま、入院して一週間目の夕方だった。うつらうつらしているところに母親からの電話で、桜子が事故に遭ったことを知らされた。

あの日は朝から小雨《こさめ》が降り続き、街の空気が均一な灰色に塗り込められて視界が悪かった。桜子は風邪気味で、ランチのあと薬を飲んだ。そのせいでぼうっとして、悪天候も相まって赤信号を見落としたのではないかと桜子の会社の同僚から聞いた。

――おまえなんかと一緒になったせいで、娘は死んだんだ。

事故当日の水曜日は、入院していなければ和久井がお迎えに行く日だった。仕事と子育てを一手に引き受けた上に、桜子は毎日和久井の見舞いにきてくれていた。

元々結婚を反対していた桜子の両親の悲しみと怒りは深く、ろくに働けもしない男に小さな子供を任せられないと強引に一咲を連れていってしまった。入院中の和久井が異を唱えることはできず、一咲に会えないまま三年が経った。

――大丈夫よ、一悟くん、わたしもお父さんと話をしてるから。

青子が仲を取り持つと言ってくれているが、向こうの両親は青子にもすみれ荘を出てほしがっている。当たり前だ。向こうにとって、青子はもうたったひとりの娘なのだ。それでも青子はここにいてくれる。わたしもがんばるから、一悟くんも諦めないでと言ってくれる。青子には感謝してもし足りない。

「青子さんだけが俺と一咲をつなぐ糸だよ」

そう締めくくり、和久井はすっかり冷めたお茶を飲んだ。

「なるほど。でも和久井さんのせいで死んだとは俺は思わなかったよ」

淡泊な感想だった。同情たっぷりの共感は重くて押しつぶされそうになる。だからなんの重さもない言葉に、素直にありがとうと返すことができた。

「訴えれば？」

なんの重さも感じさせず芥が言う。

「和久井さんが親なんだし、訴えたら取り戻せると思うよ」

「身内同士でそれはちょっと。実際、俺は定職にも就いてないわけだし」

下宿の大家代理は社会的には仕事とは認められていない。

「すみれ荘の名義を和久井さんに変更すればいい。そうしたら和久井さんが正式なオーナーで、管理人で、就労事実と収入が書類上でも確認できる。奥さんの事故は和久井さんの責任じゃないし、身体が弱いって理由で親から子供を取り上げることはできない」

母親も同じことを言う。もちろん自分も一咲と暮らしたいけれど。

「取り戻すなら、少しでも早いほうがいいよ。今年で五歳だっけ。小学校に上がってからだと転校になるし、面倒ごとが増える前にかたづけたほうがいい」

芥の言葉には余計なおまけがついていない。いつも言葉きっかりの意味しかない。それは楽なことで、やはり芥は芥の書く小説に似ていると思う。心情描写をぎりぎりまで削っているせいか切れ味がよく、気持ちが湿る間もなく、次のページへと背中を押される。味気ないと感じる人もいるだろう。それはもう好みの問題だ。以前そんな話をしたら、

——あんまり売れてないってことは、好きな人が少ないいんだね。

と、やはり湿り気もなく返されて和久井は困った。

「自分と暮らすことが本当に一咲の幸せなのかって考えると迷うね。祖父母と父親が争うことになれば一番傷つくのは一咲だって青子さんにも言われてるし」

「青子さん？」

先をうながすように、芥がほんの少し首をかしげる。

「なにが一咲の幸せなのか、それを一番に考えようって言われて、そのとおりだと思ったよ。青子さんにとっても一咲は姪《めい》だし、母親みたいに見守ってくれてるんだ」

幼い一咲に身内同士が争う姿など見せたくない、時間がかかっても穏便に親子一緒に暮らせるように青子も向こうの両親に働きかけてくれている。

「青子さんだけが頼りだよ。父親なのに情けないけど」

「さっきも同じことを言った」

「うん？」

「青子さんだけが、自分と娘さんをつなぐ糸だって」

「そうだっけ。頼りすぎで情けないな」

照れ笑いを浮かべたが。

「そう思わせられてるんじゃない？」

「え？」

「そろそろ仕事しようか」

芥は立ち上がり、話は唐突に終わってしまった。


芥がすみれ荘にきて一ヵ月、やっと右手のギプスが取れた。安堵と、いよいよ兄弟の名乗りをするときがきたかという緊張がせめぎ合う。

「痛い」

しかし芥は右手を持ち上げて眉をひそめた。

「動かすと、ものすごく痛い」

「一ヵ月も固定されてたからね」

「痛みが取れるまではすみれ荘にいる」

あっさり芥の残留は決まり、兄弟の名乗りが先延ばしになったことに心のどこかでほっとした。キリストの家。神の子。不穏さの漂ういくつかの単語。それらすべてがあきらかになり、それがもしも悲しいものだとしたら、芥に対して自分ができることはあるだろうか。そして別の可能性、あの小説のように芥が自分と母親を恨んでいたとしたら。

――考えてもしかたない。受け止めるしかない。

ねじ伏せるようにそう思う。

芥と対したとき、優先すべきは自分の痛みや恐怖ではないのだと。

病院から帰ると回覧板が届いていた。隣町でボヤが二軒続けて出たそうで、火の元に気をつけようというお知らせだった。ボヤを出した家は二軒とも母親の長年の温泉仲間で、和久井も子供のころから知っている家だ。

「原因はタバコか。まあ、よくあるよね。うちは喫煙者はいないけど、美寿々ちゃんと青子さんがたまに蠟燭《ろうそく》を燃やすから気をつけないと」

「ここは古いからよく燃えそうだ」

回覧板を手に芥と話していると、ソファで寝ていた美寿々が「ねえ」とけだるい低音で呼びかけてきた。またPMS期がやってきているのだ。

「蠟燭じゃなくて、アロマキャンドルって言って」

「そう、それ。何度聞いても忘れるんだ」

「お爺ちゃんじゃないんだからさあ」

機嫌の悪い美寿々から笑顔で後ずさりし、掃き出し窓から庭に逃げた。

「ああ、一悟くん、おかえりなさい。もう準備してるわよ」

青子がにこやかに声をかけてきた。今日の夕飯は芥の全快を祝って住人みんなでバーベキューをする予定になっている。コンロにはすでに火が熾《おこ》され、青子が野菜やタレなどを用意してくれている。肝心の肉はそろそろ届く予定だ。

「青子さん、全部任せてごめん。病院が混《こ》んでて」

「いいのよ。それより芥くん、ギプス取れてよかったわね」

うーんと言い澱むと、どうしたのと青子が心配そうに訊いてくる。

「動かすとまだ痛いみたいで、もうしばらくすみれ荘にいてもらうことになった」

「あらら、詳しい検査をしてもらったほうがいいんじゃない?」

青子と話していると、ごめんくださーいという声が聞こえてきた。庭伝いに玄関に回ると、白髪が上品な老紳士が立っていた。母親の恋人である三上だ。

「三上さん、ご無沙汰してます」

「こんにちは。お肉を持ってきたよ」

三上はお中元らしい紙袋を持ち上げた。デパートの包み紙からしてお高い肉なのだとわかる。いつもありがとうございますと頭を下げた。

「いやいや、いただきものだし。霜降りはぼくらにはもう重くてね」

三上はとほほと胃のあたりを押さえる。

「わかります。ぼくも脂がきついと下っちゃうんで」

和久井も腸のあたりを押さえ、互いに笑い合った。

「今日は母さんは？」

「頭痛がするとかで寝てるよ」

元気な人なのに珍しい。もしや芥と顔を合わせたくないのだろうか。母親は芥に対しては妙に過敏な反応を見せる。兄弟の名乗りをしたあと、芥が望むならこのまま一緒に暮らしたいと提案したときも、思いがけず強い口調で拒絶された。

「三上さん、こんにちは。よかったら夕飯ご一緒にいかがですか」

庭から青子が顔を出した。

「やあ青子ちゃん、ありがとう。でも夕飯はエッちゃんと食べるから」

「じゃあ冷たいお茶をどうぞ。暑かったでしょう」

「いただくよ。青子ちゃんのお茶はおいしいから」

三上は庭に直接入ってきた。青子がガーデンチェアを勧め、冷たい緑茶を出す。甘みがあるねえと三上が目を細める。芥も庭に出てきていて、少し離れたところに椅子を置いてぼんやりと庭全体を眺めている。大きな身体をしているのに、あまり存在感がない。植物のようにただそこにいる。不思議な雰囲気の男だ。

「お肉きたの？」

美寿々が掃き出し窓からのろのろと庭に出てきた。

「いらっしゃったのは、お肉じゃなくて三上さんよ」

青子がたしなめるが、三上は気にせず笑っている。鷹揚《おうよう》な人なのだ。ＰＭＳでよろよろしている美寿々のために、青子が横になれるビーチチェアを広げる。身体が冷えないようにと薄手のブランケットを渡され、美寿々は感謝の目で青子を見た。

「青子さんはすみれ荘の癒やしの女神さまよ」

血の気の引いた顔でチェアに寝そべる美寿々に、ふふっと青子が微笑む。

ただいまーと玄関から声が聞こえた。直接庭に回って隼人が顔を見せる。バーベキューの用意を見て「俺、ビール！」と手を上げる。はいはいと青子が居間兼食堂から冷えたビールを取ってきて隼人に渡す。そして「和久井さんはこれね」とポットを置いた。

「温かいミントティー。お肉のときはいつも胸焼けするでしょう」

「助かる。夏は特に胃が弱っちゃって」

「だと思って、白身魚も用意しておいた」

青子と話す和久井を見て、三上が目を細めた。

「一悟くんと青子ちゃんがお父さんとお母さんで、他が子供みたいだね」

美寿々が「あー、それいい」とブランケットを抱きしめて丸まった。

「青子さんみたいなお母さんほしい」

「おまえみたいなでかい娘って、青子さんに失礼だろ」

隼人ががしがしと美寿々のビーチチェアを蹴《け》る。

「じゃあ、あたし青子さんの彼女になる」

「百合《ゆり》ップルかあ。そういうの嫌いじゃない」

隼人がやにさがる。若いふたりの会話にひやひやする和久井をよそに、仲がいいねえと三上は笑顔でみんなを見守っている。さすが年の功というべきか。

「で、一悟くんと青子ちゃんは、まとまる気はないの？」

三上がすごいことをさらりと言った。母親から聞いてふたりが義理の姉弟だと知っているだろうに、予想もしない方面で爆発した年の功に美寿々と隼人もさすがに固まった。ふたりは桜子との結婚式に出席し、葬儀でも涙を流してくれたのだ。

——爺さん、デリカシーって言葉知ってる？

隼人の顔にはそう書いてある。それを三上は笑顔でスルーした。

「姉妹で同じ人に嫁《とつ》ぐなんて、昔はよくあったんだよ。ぼくの同級生にもいたよ。お姉さんが亡くなって、妹がそこに嫁いでお姉さんの子供を育てて、仲のいい家族だった。一悟くんと青子ちゃんと同じケースだろう。ねえ、一悟くん」

ははは……と和久井は曖昧な笑みだけを返した。きっぱり断りすぎても青子に対して失礼になりそうだし、その青子も聞かないふりで目を伏せている。

「老人って一周回ってアバンギャルドだね」

誰もが沈黙する中、意外にも応戦したのは芥だった。空気を読まない老人に対し、同じく空気を読まない無愛想さがぶつかり合う。和久井は冷や汗をかき、美寿々と隼人は噴《ふ》き出《だ》し、さすがの三上もまずいことを言ったことに気づいたようだ。

「あ、これはぼくが乱暴だったかな。すまないね一悟くん、青子ちゃん」

和久井はいえいえと笑った。今ほど芥に感謝したことはない。

「でもエッちゃんも言ってることなんだよ」

しかしアバンギャルドな老人の進撃は止まらなかった。

「青子ちゃんは一悟くんが高校生のころからのつきあいだし、一悟くんの体調も全部わかってる、だから安心して一悟くんを任せられるって。自分もいつまでも生きられるわけじゃなし、安心して任せられるお嫁さんがきてほしいっていつも言ってるよ」

「結婚は介護じゃないんですけど」

美寿々がぼそっとつぶやいた。表情にはっきりと不快さが滲《にじ》み出《で》ている。世代的にしかたない部分もあるが、三上の言葉は女性全般に対して無神経だった。

「和久井さんより、老い先短い老人が先に結婚したほうがいいんじゃないかな。もうあんまり時間はないし、人の世話より自分たちで新婚旅行とかして楽しめばいい」

またもや芥の傍若無人《ぼうじゃくぶじん》さが火を噴き、みんなが神を仰ぐように芥を見つめた。三上は気を悪くするどころか、照れくさそうに頭髪の少なくなった頭をかく。

「ぼくもそうしたいのが本音なんだけどね。まずは一悟くんがいいお嫁さんもらって、エッちゃんを安心させてくれないとプロポーズを受けてくれないんだよ」

話しながら三上は腕時計を確認し、そろそろ帰るよと立ち上がった。

全員がほっとし、三上が去ったあとはどっと空気がゆるんだ。

「いやー、まじアバンギャルドだわ」

「アバンギャルドすぎて爆発しろって思ったわ」

「ゆとりセンシティブな俺ら世代は逆立《さかだ》ちしても勝てないな」

隼人と美寿々が盛大にぼやく。俺らもアバンギャルドに肉を焼こうとか、あたしアバンギャルドにささみを食べるとか、美寿々と隼人はアバンギャルドという前時代的な言葉が気に入ったのか、憂さを晴らすように乱用している。

「青子さん、嫌な思いをさせてすみません」

和久井が小声で謝ると、青子は微笑んで首を振った。

「悦実《えつみ》さんが一悟くんを心配する気持ちはとてもわかるもの」

長年の住人である青子は母親を名前で呼ぶ。母親も住人の中では特に青子とよく話をしている。考えるうち、もしやと疑念が浮かんだ。さっきのような失礼な話を、まさか以前から母親は青子にしていたのかもしれない。想像して冷や汗が出た。

「だいたいさあ、妻を介護要員みたいに考えてるのが腹立つのよ」

美寿々が怒り、だよなあと隼人が返す。

「っていうか、和久井さんはもうずっと芥さんと一緒に住めばいいんじゃねえの？」

「そうね。それが世の女性に迷惑をかけない一番の手かも」

美寿々と隼人がおかしな結論に達し、和久井は慌てた。

「いやいや、どうしてそんな話になるの？」

「だって仲良いし」

ふたりは当たり前のようにハモった。

「妙にウマが合ってる感じする。病弱で気い遣いの和久井さんとコミュ障の芥さん。この組み合わせでウマが合うって奇跡に近いよ。恋愛相手を異性に限定しなくていいし、つながる理由を恋愛に限定しなくていいし、孤独を解消する術なんて人それぞれだし、将来はふたりですみれ荘二号とか建てて、助け合って暮らしていけばいいんじゃね？」

ビール片手の隼人に、美寿々がそうだよねとうなずく。

「会社の先輩も、将来は女友達とシェアハウスする約束してるんだって。まあ婚活もしてるみたいだけど、そういう約束があるってだけでもいいじゃない」

「そうそう、守られる前提で約束するから傷つくんだよ。世の中の約束の八割はやぶられる。それをわかった上で、瞬間の心を結ぶのが約束の本質だ」

隼人と美寿々は好き勝手なことを言う。和久井はあきれた顔をしながらも、自分たちが兄弟であると知らない人間までがそんなふうに思うことに驚いた。

「ねえ、青子さんもそう思わない？」

「そうねえ」

青子は小さく笑い、和久井のために熱いミントティーを注いだ。


夜中に腹痛で目が覚めた。バーベキューで肉を食べすぎたか。いつものことだと布団の中で丸まって耐えていたが、時間が経つごとにひどくなってくる。薬を飲もうと起き上がると目眩がした。こめかみが深く脈打ち、動悸《どうき》までしている。

——ああ、これは駄目なやつだ。

台所にまで辿り着けず、廊下にうずくまった。胸を押さえ、ゆっくりと深い呼吸を繰り返す。なんとか立ち上がろうとするが、膝から下の力が抜けている。みしりと階段が鳴った。振り返ると、青子がそうっとこちらを窺《うかが》っていた。

「一悟くん？」

慌ててこちらへやってくる。

「下でおかしな音がしてたから。具合悪いの？」

青子が廊下の灯りをつける。

「ひどい顔色。水持ってくるわ」

ばたばたしているうちに、芥や他の住人も起き出してきた。隼人が救急車を呼ぼうかと問う。近所迷惑だからと言う前に、

「救急車じゃなくてタクシーを呼んで。一悟くんはもう話さないで」

青子がそっと和久井の口元に手を当てた。夏なのにひやりとした手だ。十分ほどでタクシーが到着し、わたしが付き添うわと青子が言った。

「いいよ、青子さんは明日も仕事だろう。芥くん、頼む」

視線をやると芥はうなずいた。

「わたしのことなら気にしないで。悦実さんにも頼まれてるんだから」

青子が話している最中、芥が座り込んでいる和久井を抱え上げた。一瞬顔をしかめたのは右手が痛んだのだろう。青子がとっさに手を出したが、

「いいよ。あんた、担げないだろう」

芥はさっさと和久井をタクシーに放り込んだ。

不安そうな住人に見送られ、真夜中の救急外来へ向かった。かかりつけなのであっさり入院を言い渡され、真夜中の暗い廊下を車椅子で四人部屋へと運ばれていく。カーテンで仕切られた小さなスペースで、他の患者の迷惑にならないよう豆電球だけをつけた。

「夜中に悪かったね。早く帰って休んで」

「いいよ。もう五時だ。どうせ帰ってもラジオ体操コースになる」

芥はベッド脇の丸椅子に座った。

「あんたこそ、もう寝ろよ。さっき睡眠薬を飲んだだろう」

雑な手つきで布団を肩まで上げてくれた。ありがとうと目を閉じた。頭も身体も水を吸って濡れた布のように重い。それでも、身体のあらゆる機能が逆回転をしているような状態からはだいぶん落ち着いた。

「和久井さん」

どろりとした重い眠りに落ちていく中、名前を呼ばれた。

応えたいけれど、もう意識のほとんどが眠りにさらわれている。

「……兄さん」

二度目の呼びかけに意識が急浮上した。

初めて芥が自分を兄と呼んだ。

起きなくては。呼びかけに応えなくては。しかし瞼が重い。

大きな手が顎《あご》に触れ、首との境目を指で軽く押された。反対側の同じ場所にも。そこがどくどくと脈打っているのがわかる。左右の頸動脈《けいどうみゃく》の位置で、圧迫され続けたら意識を失う。柔道などの絞め技でたまに見る。脳への血流が減り、脳が酸素不足を起こすのだ。意識が急激に薄れていく。眠りなのか、気絶なのか、苦しみはない。

——死ぬのかな。

ぷつりと意識が途切れた。


「まだ寝てるわね。ひどい顔色」

遠くからくぐもった声が聞こえた。水中に仰向けに沈んで、明るい水面を見上げているような感覚だ。ゆっくりと浮き上がって目を開けると、母親と三上がいた。

「ああ、起きた。あなたが倒れたって青子ちゃんから連絡もらったのよ」

「……ん、心配かけてごめん。芥くんがついててくれたんだ」

もう帰っただろうかと視線を動かすと、芥は丸椅子に座り、壁にもたれて腕組みで居眠りをしていた。母親が振り向き、よく寝てるわとすぐに目を逸らした。

「ずっと付き添ってくれてたんだよ」

そう言いながら、眠る前の最後の記憶を巻き戻した。

——兄さん。

あの呼びかけは夢だったのだろうか。ぼんやりと首筋を撫でた。ここに確かに芥の手が触れた。ゆっくりと、しかし確かな圧迫感。遠のく意識の中で死を感じた。

——あれはなんだったんだろう。

行為の意味を考えると、さわさわと鳥肌が立った。

「苦しいの？」

首をさわっていたので勘違いされた。なんでもないと手を離した。

「原因はなんなのかしら。食中毒とか？」

「まさかぼくが持っていったお肉じゃないだろうね」

心配そうな三上に、違いますと答えた。検査の結果は出ていないが、他の住人は平気そうだった。和久井も腹はそれほどゆるんでいない。

「一悟は昔から夏に弱いし、免疫が落ちてたのかもしれないわね」

「うーん、そういうのとは違うと思う。なんとなくだけど、高三のときに調子崩したときと、桜子が亡くなる前に入院したときに似てる」

どちらも入院が長引いた。これは駄目だと本能でわかる痛みや苦しさ。

「でも回復の早さは今回のほうがずっと早いよ。苦しさは似てるけど、高三のときが一番ひどかった。あのときは何日か起き上がるたび目眩がしたし」

「少し痩《や》せたんじゃない？」

母親が覗き込んでくる。実際に体重も減っていた。

「あの子がきてからじゃないの？」

母親が声をひそめた。そのせいで余計に秘密めいた危うさが増し、和久井は思わず芥を見た。先ほどと同じように、腕組みでうつむいて眠っている。

「最近いろいろ忙しかったからだよ」

「わたし、やっぱりすみれ荘に戻るわ」

「エッちゃん？」

和久井よりも先に三上が反応した。

「だって一悟の体調が心配だし、現に入院中なのよ」

「あ、ああ、うん、そうだね。そりゃあそうだ」

うなずきながらも落胆が隠せない三上の様子に、和久井は苦笑いを向けた。そして三十三にもなって母親を心配させる自分に情けなさを感じた。

「大丈夫だよ。今朝はだいぶ楽だし、この感じならすぐ退院できる」

幼いころから入退院を繰り返したせいか、感覚でわかるようになった。母親はまだ心配そうにしていたが、大丈夫だからと重ねて言うと、ふと真顔になった。

「でも、そうね。わたしが帰ったら事態が悪くなるかも」

「え？」

「わたしは、あの子から恨まれてるでしょうし」

どこか思い詰めた、独り言のようなつぶやきだった。恨まれる？　不穏な言葉に戸惑っていると、おはようございますと青子の声が聞こえた。

「あら青子ちゃん、おはよう。さっきは電話ありがとうね」

「いえいえ。一悟くん、おはよう。具合どう？」

だいぶんいいよと答えた。よかったと青子は微笑み、紙袋から和久井の健康保険証と着替え、洗面用具のセットを取り出した。

「悪いと思ったんだけど、緊急事態だから部屋に入らせてもらったわ。入院が長引くなら他にも必要なものを持ってくる。あとすみれ荘のことは気にしないで。隼人くんは今日から地方ロケで、美寿々ちゃんはＰＭＳで食欲ない。わたしは自炊する」

たまには自分で料理したいしと青子は笑う。和久井に気を遣わせまいとしている。

「青子ちゃんがいてくれて本当に助かるわ。ありがとう」

「エッちゃん、すみれ荘はもう青子ちゃんに譲るってのはどうかな。自動的に一悟くんもついてくるけど、青子ちゃん、どうだろうね」

三上がまた空気を読まない発言をする。そうしてくれると一番助かるんだけどねえと母親もナチュラルに賛同し、青子は曖昧に微笑んで目を伏せた。ああ、この様子では以前からこういう会話はあったのだろう。昨日の危惧《きぐ》が現実になった。

ここで自分がなにか言うと、確実に状況は悪化するだろう。沈黙は金を貫く中、ふいに視線を感じた。ちらりと見ると、芥と目が合った。先ほどと同じ腕組みで、眠っている姿勢のままでこちらを見ている。いつから起きていたのだろう。

——わたしは、あの子から恨まれてるでしょうし。

小さな声だったので聞こえていないと思う。いや、どうか聞こえていませんようにと願った。恨まれているなんて日常で使う言葉ではない。ましてや実の子に。

以前から奇妙さを感じていたが、今回で確信に変わった。

母親と芥の間には、自分の知らないなにかがある。

それがなんなのか知りたい。そして同じくらい知るのが怖い。

頸動脈のあたりを圧迫された感覚がリアルに蘇《よみがえ》ってくる。

——おまえと母さん、一体なにがあったんだ？


腹痛、頭痛、吐き気、動悸、目眩。急激な体調不良の原因はわからなかった。高校のときの入院も、桜子が亡くなる前の入院もそうだ。ただの虚弱体質と納得するしかない。ともあれ数値は落ち着き、入院二日ですみれ荘に帰ることができた。

退院には母親が迎えにくると言ったが、もう子供じゃないんだからと断った。そのとき思い切って「恨まれている」という言葉の意味を尋《たず》ねたが、そんなこと言ったかしらと母親は首をかしげた。本当に覚えていないのか、とぼけているのか判別がつかなかった。

「和久井さん、夕飯は粥でいいの？」

部屋で横になっていると、夕方になって芥が顔を出した。

「うん、気を遣わないで。それくらいやるから」

「これ買ってきたけど」

芥はコンビニの袋からレトルトのお粥を何種類か出した。鮭、卵、梅。特別手間をかけない気遣いが楽ちんで、ありがたくいただくことにした。

「芥くんのご飯は？」

一緒に買ってきた、とコンビニ弁当とカップラーメンを見せられた。

「毎日悪いね。明日からは大家復帰するから」

そう言うと、芥は首をかしげた。

「病気のときでも、和久井さんは申し訳なさそうだ」

「申し訳ないよ。昔から人の手を煩わせてばかりだから」

自分がつらいのは耐えられる。こういう身体なのだと受け入れるしかない。けれどそんなポンコツの世話をする人はたまらない。時間を奪う。手間を奪う。なにより心配をかけることで心を削る。母親にも、桜子にも、親しいほどに申し訳なさは増した。

「奥さん？」

芥はベッド脇に胡座で腰を下ろし、桜子の遺影に目をやった。

「綺麗な人だね。青子さんとは似てない」

青子に対して失礼な言いようだった。芥は特に拝んだりもせず、なにかを探るような目で桜子の遺影を見つめ、ふいに振り向いた。

「高三のとき、なにかあったの？」

「え？」

「病院で話してたろう。いつもの夏バテとは違う。高三のときと奥さんが亡くなったときの入院に似てるって。中でも高校のときのが一番ひどかったんだろう？」

「やっぱり寝たふりをしてたのか」

「起きないほうがよさそうな雰囲気だったから」

ということは、恨まれているという母親の言葉も聞いたのだろう。そのことについて心当たりがあるかどうか、問おうとしたが――。

「で、高校のとき体調崩すようななにかがあったの？」

再度問われてタイミングを逸《いっ》した。

「ないよ。逆に調子はよかったのに、いきなりがくっときたんだ。原因はわからずじまいのままだったな。だんだんマシになってきてるけど、高三のときは回復にすごく時間がかかった。すみれ荘の管理とぼくの世話で母のほうが倒れそうだったと思う」

「そんなに大変だったんだ」

「うん、どうしてあんなことになったのかって今でも思う」

高三に上がったころ調子は本当に上向きで、和久井はそれまでになく活発に日々を過ごした。友人と連れ立って放課後の買い食い、カラオケ、ボーリング、体育の授業もできる範囲で出席した。夏休みはみんなで花火を観に行く約束もしていたのに――。

夏になる前、順調に上がっていた階段を突然一段目まで転がり落ちた。卒業まで入退院を繰り返し、学年で就職も進学もしないのは、素行の悪い一部生徒を除けば和久井だけだった。額に大きく社会不適合者という烙印《らくいん》を押されたように感じた。

よくなったと思うと落ちる。原因もわからない。

その繰り返しは、人から少しずつ希望ややる気を奪っていく。

「三度、同じ症状で、少しずつ、マシになってる」

奇妙に区切って芥がつぶやく。なにもない壁を凝視し、けれど芥の目はどこも見ていない。深くなにかを考えている。そのときノックの音がして青子が顔を出した。

「一悟くん、ちょっといい？　これ」

青子の手には小さな鉢植えがある。ぴんと張った緑の葉、一本の茎に白い小さな花が縦にたくさんついている。スズランだ。花に疎い和久井でも知っている。

「うちの商品で悪いんだけど、お見舞いにと思って」

「ありがとう。かわいい花だ」

「桜子からも見えるよう、ここに置くわね」

青子は鉢植えをベッドサイドのテーブルに置いた。桜子の遺影に自然な仕草《しぐさ》で手を合わせたあと、テーブルに置いてあるコンビニエンスストアの袋に目を留める。

「ふたりの夕飯？」

レトルトの粥と弁当を見て、しょうがないわねとあきれた顔をする。

「今夜はわたしが作るわ」

「そんな、悪いよ。入院中もすみれ荘のこと任せっぱなしだったのに」

「遠慮しないで。わたしと一悟くんは義理の姉弟じゃない。それにひとり分作るのも三人分作るのも手間は一緒よ。芥くん、ドライカレーでいい？　一悟くんはお粥ね」

いたわりに満ちた笑みを向けられ、ありがとうございますと素直に頭を下げた。青子は桜子を通して和久井の義姉になったが、それ以前から和久井にとっては姉のような存在だった。頻繁に調子を崩して周囲に迷惑をかける和久井に優しく接してくれた。

芥が言ったように、青子と桜子は似ていない姉妹だった。華やかで溌剌《はつらつ》とした桜子とは逆に、青子はふと見上げるとそこにある月のような女性だ。目立たないけれど可憐《かれん》に咲いているスズランのようだと、見舞いにもらった鉢植えを見た。

「青子さんって、すみれ荘は長いんだね」

唐突に芥が訊いた。

「二十歳からだから、もう十六年になるかしら」

「結婚しないの？」

ひやっとした。いきなりなんということを訊くのか。青子もさすがに驚いた顔をしたあと、いいご縁があればいいいんだけどと無難《ぶなん》に答えた。

「恋人いないの?」

不躾すぎると後ろからシャツを引っ張ったが、芥は意に介さず、じっと青子を見つめている。青子は困った顔をしたあと、にこりと笑った。

「モテないのよ」

頭を抱えたい和久井を尻目に、そうかなあと芥は首をかしげる。

「みんなに優しいし、いつも気配りが行き届いてる」

「ありがとう。でもおもしろみがない性格だってよく言われる」

「自分から盛り上げるタイプじゃないだけだよ」

芥が言葉を重ね、青子がきょとんとする。和久井もあれっと思えてきた。もしやこれは失礼発言ではなく、逆に青子に好意を抱いているのでは?

「えっと、ありがとう、でいいのかしら」

青子は戸惑ったように微笑み、でもね、と続けた。

「わたし、人見知りなのよ。この年になってみっともないけど、知らない場所だとびくびくしてろくに話せないし、でしゃばりだと思われたらどうしようって心配してなにもできない。親戚にも昔から『なんにもできない子』って言われ続けてきたわ」

初めて聞く話で、自分が知っている青子とのギャップに戸惑った。

「初対面の人と話すのも苦手だし、すみれ荘に入居するかどうかもすごく迷ったわ。下宿なんて人づきあいの最たる場所でしょう。でも昔から決めてたの。二十歳になったら絶対に実家から出ようって。こんな自分を変えたいって強く思って、ビルから飛び降りる覚悟で下宿を選んだの。まあ、実際はあんまり変われてないんだけど」

青子は自嘲《じちょう》気味に笑った。

「すみれ荘は居心地がよかったんだ？」

「そうね。わたしは移動もあんまり好きじゃない。慣れたらずっとそこにいたい。長い時間かけて、すみれ荘はわたしの大事な場所になった。ずっと変わらないでほしいわ」

青子は切実な目で桜子の遺影を見つめた。

「変わらないものなんてないよ」

芥がそっけなく言う。

「変わらないように見えるだけで、実際は少しずつ変化が起きてる」

青子は気を悪くすることもなく、そうねえと考えるポーズを取った。

「うん、そうかもしれない。じゃ、すみれ荘がすっかり変わったら、わたしは修道院にでも行くわ。神さまなら、わたしみたいな人間でも受け入れてくれるでしょう」

「わたしみたいなって？」

「最低な人間」

卑下しすぎだよと和久井が言うより早く、じゃあ夕飯できたら呼ぶわねと、青子は部屋を出て行った。芥は青子が出て行ったドアをじっと見つめている。いつも淡々とした芥が真剣な顔をしている。これはもしや、やはり、そうなのだろうか。

「芥くん、今度の日曜、教会のバザーに行かないか」

「教会？」

「青子さんはよく教会に行くんだよ」

「キリスト教徒なの？」

芥がわずかに身を乗り出す。おお、この食いつき。

「信者さんじゃないけど、ボランティアを熱心にやってるんだ。同じ町内に児童養護施設があって、バザーの売り上げは毎年そこに寄付される」

「へえ。青子さんはそのバザーに参加してるの？」

芥は興味深そうに先をうながす。これはもう確定でよいのではないか。

「本人は謙遜《けんそん》してたけど、青子さんは素敵な女性だよ。ひとつ屋根の下でずっと暮らしてきたぼくが言うんだから間違いない。気配りができて、控えめで、うちの母親も今までの住人も、彼女を悪く言う人は誰もいない。自信を持ってお勧めする」

「お勧め？」

「その、もし、あれだったらと思って」

「あれって？」

適切な答えを探した。応援とお節介は紙一重だ。

「ああ、そういうことか」

先に芥が察してくれた。しかしすぐあきれた顔をしてみせる。

「前も言ったろう。俺は女の人とは交際にまで発展しないんだ」

「でも自分から好意を持ったなら、また違うかもしれないよ」

「ないね。女の人は怖い」

「怖い？」

「そう。昔から怖い」

思春期の少年のようでかわいい。自分も偉そうなことを言えるほど経験を積んでいるわけではないが、ここは兄としてアドバイスをしたほうがいいと判断した。

「大丈夫、青子さんは優しい」

「いいや。すごく怖い」

「恋愛は本気になると怖い、とは思うよ」

「あの人、自分のことを価値がないものみたいに言ってた」

和久井の言葉を無視し、芥が続けた。

「謙遜で『最低』なんて言葉を使うかな？」

「ちょっと表現が強い気はしたかな。それが怖かったの？」

和久井の問いには答えず、芥は棚の鉢植えに目をやった。

「これは毒花だ」

「え？」

「見た目は可憐だけどね。スズランを生けていた花瓶《かびん》の水とか、身体の弱ってる老人や子供が誤って飲んだりすると死ぬこともあるって読んだことがある」

「へえ、そうなんだ」

「ここだと寝てるうちに花粉を吸うかもしれないね」

芥はスズランの鉢植えを手に取り、ベッドから離れた窓辺に置いた。


体調もずいぶんとマシになった翌日、職場復帰して夕飯の支度をしていると光泉学園の子供たちが訪ねてきた。光泉学園は隣町にある児童養護施設だ。

「こんにちは。上郷青子さんはいますか。学園のみんなで教会のバザーのお手伝いをしていて、それで、追加の、えっと、いろいろ持ってきました」

赤い顔で小学生くらいの女の子が懸命に話す。隣にいる男の子が黙って紙袋を差し出してくる。中身は古着だった。バザーに出す品物なのだろう。

「わざわざありがとう。ご苦労さまです。青子さん、今日は早上がりだって言ってたからもうすぐ帰ってくると思うよ。少し待っててくれるかな」

ふたりは生真面目《きまじめ》な様子でうなずき、その場で立ち尽くした。

「上がって待ってて」

もじもじするふたりを、どうぞと居間兼食堂に案内した。隣町からわざわざお使いにきてくれたのに、荷物だけを受け取って返せない。退院見舞いに三上が有名な店の焼き菓子をくれたのでそれを出そう。しかしジュースが切れていた。

「あ、紅茶もない」

緑茶やハーブティーならあるが、子供は喜ばないだろう。なにかないかと冷蔵庫を再度探し、マスキングテープに『レモンウォーター・和久井』と書かれたガラスポットに気づいた。今朝、青子が作ってくれたドリンクだ。

すみれ荘では個人の食べ物にはそれぞれ名前を書く。こう書いておけば和久井以外は誰も飲まない。レモンウォーターなら蜂蜜をたくさん入れれば蜂蜜レモンになると単純に思いついた。緑茶よりもいいだろうとポットを手に取る。

静かすぎる居間兼食堂を振り返ると、子供たちはかしこまってダイニングの椅子に座っていた。ソファでは芥が横になって本を読んでいる。いつもどおりすぎて、子供たちとのコミュニケーションを完全に断っている。想定内の塩対応だった。

「きみたち、青子さんと一緒にバザーのお店を出すの？」

蜂蜜をグラスにたらしながら訊いてみた。びくんと子供たちがこちらを向く。

「はい。あたしは二年生のときからずっと青子さんと一緒にやってます」

「バザーは日曜日なのに大変だね」

「全然大変じゃないです。っていうか楽しいです。青子さんは優しいから、うちの学園でも青子さんのこと好きな子が多いの。たまに日曜礼拝で会うとお菓子くれるし」

女の子は緊張から一転、ほどけた笑顔を見せる。

「日曜礼拝？」

「学園の子は小学生の間だけ、月に二回、教会の日曜礼拝に行くことになってるんです。自由参加だけど、オルガンとか教えてもらえるから行く子は多いです」

驚いた。青子がボランティアに熱心なのは知っていたが、日曜礼拝にまで参加してるとは聞いたことがなかった。ひとつ屋根の下で暮らしているのに――。

「いつから？」

芥がのそりと身体を起こした。ふたりはまたもやびくりと震えた。

「青子さんは、いつから教会に通ってるの？」

「えっと……、三年前くらいって他の信者さんから聞いたことあります」

「青子さんは悪い人だって幸司《こうじ》くんが言ってた」

ふいに隣の男の子が口をはさみ、女の子がきっと男の子をにらみつけた。

「そんなの勝手にあんたたちが言ってるだけでしょう。あんただって前に青子さんからお菓子もらってたじゃない。なのに悪口言うなんてサイテー」

「俺じゃないよ。幸司くんが言ってただけで」

「悪い人ってどういうこと？」

芥が問い、ふたりは言い争うのをやめた。

「教えて？」

芥にうながされ、おそるおそるというふうに男の子が口を開いた。

「青子さんは日曜礼拝にくるたび、みんな帰ったあともひとりで礼拝堂に残って長いこと祈ってるんだって。きっとザンゲしてるんだって幸司くんが言ってた。ザンゲは悪いことをした人がすることだって。だから青子さんは――」

「馬っ鹿じゃない。プロテスタントの教会にはザンゲなんてないんだよ。ザンゲはカトリックじゃやコッカイって言うし、それだって信者さんしかできない儀式なんだからね」

「だ、だから俺じゃなくて幸司くんたちがそう言ってたんだよ。それに俺だって青子さんは悪い人じゃないと思ってるよ。お菓子もくれるし」

「いやしんぼ。今度青子さんを悪く言ったら許さないから」

女の子がテーブルの下で男の子の足を蹴った。男の子はバツが悪そうに、なんだよと唇を尖《とが》らせている。微笑《ほほえ》ましい光景に和久井は目を細めた。

それにしても、懺悔《ざんげ》とはどういうことだろう。青子は入居当時から身体の弱かった和久井を気遣ってくれる姉のような人だ。穏やかで、控えめで、素敵な女性だと太鼓判を押せる。そんな青子に赦《ゆる》しを乞《こ》わねばならない罪があるとは思えない。

「懺悔か」

芥がぼんやりつぶやいたとき、ただいまと青子の声がした。慌ただしく居間兼食堂に入ってきて、「ああ、やっぱりきてた。待たせてごめんね」と子供たちに謝った。

「青子さん、おかえりなさい。洋服はもうおじさんに渡しました」

女の子が嬉しそうに報告をする。おじさんとは自分のことだろうか。

「ありがとう。ちょっと待っててね」

三十三歳でのおじさん認定に和久井が肩を落としていると、青子がやってきた。

「一悟くん、ごめんなさい。あの子たちの相手してくれてたのね」

「子供と話すのは好きだよ」

「あ、それ」

用意していたレモンウォーターのボトルに青子が目をやる。

「ジュースもなにもないから蜂蜜レモンにしようかなと」

「まだ出してない？」

うなずくと、青子はこれはやめておきましょうとガラスポットを手に取った。

「ハーブも入ってるから、子供には飲みにくいと思うわ」

そう言い、蓋を開けてレモンウォーターを勢いよくシンクに流した。水滴が跳ねてシンク前の床を濡らす。それに構わず、買い物袋からオレンジジュースを取り出した。

「代わりにこれを出すわね。今、買ってきたの」

グラスにジュースを注ぎ、用意していた焼き菓子と一緒に子供たちに持っていく。確かにハーブは子供には向かない。しかしなにも捨てることはないのにといぶかしく思った。

濡れた床をティッシュで拭いていると芥がやってきた。

「ポットのやつ、腐ってたの？」

「いや。青子さんがブレンドしたハーブ入りで子供には向かないんだって」

芥はふうんとつぶやき、和久井に手を差し出してきた。

「捨ててあげる」

「え？　ああ、ありがとう」

床を拭いたティッシュを芥に渡した。


八月最後の日曜日は、自室でのんびりと本を読んで午後を過ごした。お茶を淹れに居間兼食堂に行くと、ダイニングテーブルで芥がノートパソコンを使っていた。

「痛み取れたの？」

「たまに筋が引きつるけど、まあリハビリ代わりに」

「そっかあ。うん、いいことだけど」

「だけど?」

「クライマックスだったから、先が気になるなあと」

一族を皆殺しにされ、美しき殺し屋へと成長したヒロイン。自らが復讐するべき相手が実の姉だと知り、姉妹の戦闘が幕を開けた——ところで話は止まっている。物語が白分と芥に重なるように感じるせいか、姉が一族を殺した理由、妹は姉を殺すのか、それとも許すのか、物語の結末がかなり気になっている。

——実際にこっちでも殺されかかったし。

首に添えられた芥の手。あれは本当にそういう意味だったのか。

「最後どうなるの?」

「わからない」

「え?」

「考えてる最中」

芥はテーブルに頬杖をつき、パソコンの画面に目をやった。

「すでにクライマックスなのに、そんなことあるの?」

「作家にもいろんなタイプがいるんだよ。きっちりプロット立てて書いていったり、おおまかに決めて書きながら考えていったり。俺はおおまかタイプ」

「じゃあ、いつものことなのか」

「どうかな。予定ではもう書き終わってたはずだけど」

「……大丈夫?」

芥はかすかに眉を下げた。しまった。プレッシャーをかけてしまった。芥は難しい顔をしたあと、まあいつかは決まるよとノートパソコンをぱたりと閉めた。

「和久井さん、教会のバザーって今日だったね」

「うん」

「ちょっと覗こうよ」

芥が立ち上がり、和久井は壁の時計を見た。

「もう三時だよ。ほとんど終わってると思うけど」

「だからだよ」

「え?」

「気分転換も兼ねて。ついでに夕飯の買い物もしよう」

芥は玄関へと歩いていき、しかたなく和久井もあとを追った。外に出て、むっとする暑さに顔をしかめた。もうすぐ夕方だというのに、少し歩いただけで汗が滲んでくる。

「そろそろ九月なのに蒸すなあ」

十五分ほど歩くと、淡いミントグリーンの木造の建物が見えてくる。尖った屋根の上には白い十字架。遠くから見るとかわいらしい建物だが、近づくと古さが目立つ。外壁は数年おきに信者が手弁当で塗り替えているらしい。

「盛況だったみたいだね」

教会内の敷地《しきち》にはいくつもテントが並んでいた。教会レシピのクッキーやマドレーヌなどの菓子類、かき氷、手作りの手芸品、陶器、古本。品物はほとんど残っていない。

「青子さんとこのおじさーん」

振り返ると、先日すみれ荘にお使いにきた女の子がテントの中から手を振っていた。おじさんという呼びかけに普通に反応した自分がつらい。芥は振り返らなかった。

「こんにちは。こないだはご苦労さまでした」

細長いテーブルには手書きの価格表と服が何枚か並んでいる。

「古着屋さんだね。青子さんは一緒じゃないの？」

「青子さんはシスターとお話ししてる。おじさん、これどうですか？」

女の子がテーブルの服を広げた。ヘビメタ調の激しい印字がされたTシャツだ。絶対似合うよと熱心に勧められ、いやいや似合わないだろうと困った。

「芥くん、どう思う？」

ノーと言ってくれ。言外に助けを求めると、

「いいんじゃない？」

と適当なことを言われ、しおしおと財布を開く羽目になった。パジャマにでもしようと三百円を払うと、毎度ありがとうございまーすと女の子は頭を下げた。十歳くらいだろうか。自分の娘も小学校に上がればこんなに達者に話すのだろうか。

和久井が覚えているのは二歳の娘だ。両足でぴょんぴょん飛び跳ねながら、まーま、ぱーぱとにこにこしていた。永遠に見ていられるほど愛《いと》しかった。

「一悟くん、きてくれたの」

小さな女の子に娘の面影《おもかげ》を重ねていると、青子が戻ってきた。

「芥くんが覗きたがったんだよ」

青子は意外そうな顔をし、ありがとうと芥に笑いかけた。

「せっかくきてくれたのに、品物ほとんど残ってないでしょう」

「ぼくはこれを買ったよ」

Tシャツを広げてみせると、まあ素敵、と青子はからかうように小さく手を叩いた。そのあと残った衣服を段ボール箱に戻し、テーブルも折りたたんで返すのを手伝った。女の子は施設のみんなと一緒に帰るらしく、青子さん、おじさんたち、ばいばーいと手を振って行ってしまった。和久井は手を振り返したが、芥は振らなかった。

「芥くん、大人げないよ」

「なにが」

「おじさん呼ばわりされたからって無視するなんて」

「俺はちゃんと手を振った」

芥はハーフパンツのポケットに入れたままの手を小刻みに振った。やっぱり大人げないと言い合っていると、ふふっと青子が笑った。表情としては笑っているのに、瞳は深い湖のように静まり返っている。青子はすいと目を逸らした。

「今日はきてくれてありがとう。これ、お茶菓子にして」

青子は教会レシピのクッキーをくれた。

「青子さんは帰らないの？」

「わたしはまだ用事があるから」

夕飯までには帰るわねと建物へと入っていく。

「じゃあ、ぼくたちはスーパーにでも寄って帰りますか」

しかし芥は敷地内をぶらぶらと歩きはじめた。物珍しいのだろうか。一緒に中庭を何周かしたあと、芥は青子に続くように建物へと入っていく。入ってすぐの右手に事務室、奥に談話室、二階が礼拝堂になっている。芥はためらいなく二階へと上がっていく。

「勝手に入ったら怒られるよ」

「教会のドアが開いてるのは、どうぞ誰でもお入りくださいって意味だよ」

「そうなの？」

「多分ね。だいたいどこも同じ」

「教会のことをよく知ってるんだね」

芥が振り向いた。

「前に言ってたね。キリストの家に住んでたって。そこにいるのはみんな神の子で兄弟なんだって。自分はキリスト教徒じゃないって言ってたけど——」

「すみません」

後ろから声をかけられた。若い男性は足が悪いようで、手すりを使ってしか上がれない。急いで身体をどかすと、男性は会釈をして階段を上がっていった。芥もそれに続き、話は半端《はんぱ》に終わってしまった。

二階に上がると、正面に礼拝堂のドアがある。木製の観音扉は開かれていた。左右に分かれて置かれた長椅子。奥に十字架がかかっている。ステンドグラスなどはなく、左右の白壁に等間隔に並んだ縦長の窓から自然光が入ってくるだけの簡素な礼拝堂だ。

信者の人たちが祈りを捧《ささ》げている。真ん中あたりの椅子に青子の背中が見えた。他の信者と同じく、うつむきがちに熱心に祈っている。

芥は入り口に近い椅子に腰を下ろした。なにか祈るのかと思いきや、パンツのポケットに手を突っ込んだまま、だらりと椅子に背中を預けた。

「芥くん、その恰好はちょっと」

隣に腰を下ろし、小声で囁いた。

「いいんだ。教会は自分をほどく場所なんだから」

芥は楽な姿勢で目を閉じている。だらしない姿勢をしているのに、安らかな横顔はこの空間にしっくり馴染《なじ》んでいる。そもそもが植物のように静かな男なのだ。

和久井はなんとなく落ち着かない気分であたりを見回し、見よう見まねで手を組んでみた。なにを祈ろうかと考え、娘のことを思い浮かべた。

——できるなら、一咲ともう一度暮らしたい。

そう祈りながらも迷いが生まれる。頼りない男親に雑に育てられるより、祖父母の卜で細やかに育てられるほうが将来的にいいのかもしれない。自分はお世辞にも風采《ふうさい》がいいとは言えない。娘に自慢できるようなものも持っていない。

祈るほど不安や迷いが生まれ、祈りとは神に助けを乞うためではなく、自分との対話なのだと知った。こうではないか、ああではないかと自らの心の在処《ありか》を探る行為。そうして最後に残るものはなんなのか、目を凝《こ》らして見定めるための行為。

一度や二度の祈りでは見えてこない。逆に混迷は深まっていくだろう。うっすら目を開けると、視界の先には十字架があり、他の信者の背中があり、なんだか安堵した。迷っているのは自分だけではないと思える。教会は不思議な場所だ。

芥は隣でまだ目を閉じている。

眠ってるのか、なにか祈っているのかはわからない。

左右の窓から空が見える。夕方なのに昼間のように明るい。階下から聞こえるかすかなざわめきが、海の底のような静けさを余計に引き立てる。心地いい――。

いつの間にかうたた寝をしていた。次に目を開けると、礼拝堂には自分と芥、そして青子だけが残っていた。芥は前の椅子の背もたれに肘《ひじ》を置き、前傾姿勢で青子を見つめている。青子は熱心に祈っている。携帯電話を見ると五時だった。

――長すぎないか？

一時間弱も祈り続ける人は信者でも少ないだろう。現に青子以外の信者はみな帰ってしまっている。小学生たちの会話を思い出す。

――みんな帰ったあともひとりで礼拝堂に残って長いこと祈ってるんだって。

――きっとザンゲしてるんだって幸司くんが言ってた。

――ザンゲは悪いことをした人がすることだって。

子供はおもしろいことを考えるものだとあのときは微笑ましく感じたが、確かにこれほど長い祈りとなると理由を勘ぐる者もいるだろう。

みな、それぞれなにかを抱えて生きている。それが透けて見える人もいれば、普段の態度からはけっして見えない人もいる。外見と内面の不一致。一見イケメン好きで軽い生き方をしている美寿々が内側に秘めている強いもの。冷笑で世間を斬りにかかる隼人が、夢の尻尾《しっぽ》を捨てきれず隠し持っている弱さのこと。では、青子が抱えているものはなんだろう。自分たちはそれを覗こうとしているのではないか。

「芥くん、帰ろう」

小さく話しかけた。芥がこちらを向く。

「夕飯の支度もしなくちゃいけないし」

こんなふうに祈りを捧げていることを、青子は自分たちに言わなかった。言いたくなかったのだ。それを興味本位で、無断で覗くのはいけないことだ。

「和久井さんは優しいね」

「いや、そんな」

「もう少し人を疑ったほうがいい」

意味を問う間もなく、芥が立ち上がった。

「青子さん」

低くて通りの悪い声だが、静かな礼拝堂にはよく響いた。

かすかに青子の背中が揺れる。振り返った青子は大きく目を見開いた。

「そんなに長い間、なにを祈ってるの？」

光の角度が変わり、青子の頬に影が走ったように見えた。

「……ああ、いたの。祈るなんて大袈裟なことじゃないのよ。落ち着く場所だからついぼうっとしにくるの。一悟くんたちはどうして礼拝堂に？」

　立ち上がり、和久井たちのほうにやってくる。

「一緒に帰りましょうか。夕飯の買い物つきあうわ」

　そうだねと立ち上がろうとしたとき、

「あんたはすみれ荘を出たほうがいい」

　芥が言い、和久井は瞬きをした。一瞬、自分が言われたのかと思ったのだ。しかし芥の目は真《ま》っ直《す》ぐ青子に向いている。青子は戸惑ったように首をかしげる。

「すぐにすみれ荘を出なよ」

　芥が繰り返し、いきなりなに言い出すんだ」

「芥くん、いきなりなに言い出すんだ」

「一悟くん、いいのよ。わたしがなにか気に障《さわ》るようなことをしたのかもしれないわね。わたし昔からたまにそういうことがあるの。芥くん、ごめんなさいね」

　青子は抑制の利いた態度で芥に頭を下げた。

　芥は構わず、淡々と言葉を続ける。

「どこかで思い留まらないと、下手したら、そのうちあんた殺人犯だよ」

　ぎょっとする和久井を尻目に、芥はポケットから小瓶《こびん》を取り出した。中にはなにかの切《き》れ端《はし》が入っていて、瓶の内側はうっすら結露している。

「これはこないだ青子さんが捨てたレモンウォーターを拭いたティッシュ。この成分を調べたらいろいろ出るんじゃないかな。たとえば植物由来の毒物とか」

和久井は呆然《ぼうぜん》とし、青子はくすっと小さく笑った。

「あのね、芥くん、植物由来っていうとアルカロイド系毒物が有名だけど、わたしたちが普段飲むお茶やコーヒーのカフェインだってアルカロイドの一種だし、そのカフェインが主成分のドリンク剤もたくさん出てるのよ。昔はお茶は薬扱いだったし、薬は毒にもなるものなの。あのレモンウォーターだって、いろいろなハーブをブレンドしてるのよ」

知ったかぶりの子供を諭すように、青子はゆっくりと話す。

芥はそうだねとうなずき、小瓶を窓から差し込む光に透かした。

「これを検査に出しても、一般的なお茶の範囲から少し上回る程度のアルカロイドしか出ないんだろうね。でもそれを飲むのが身体の弱い和久井さんならどうかな」

「なにが言いたいの？」

「青子さんの言ったとおり、ハーブは薬にも毒にもなるってことだよ。これも単に和久井さんと組み合わせの悪いハーブってことでかたづけられる。前に和久井さんにダンデライオンのハーブティーを飲ませただろう？　あれは胃や腸が弱い和久井さんには合わない。自分でブレンドまでする人が知らないはずないんだけど」

「ずいぶんお茶に詳しいのね」

「仕事の資料で薬草に関する本を読んだ」

「そう。作家さんって良くも悪くも想像力が豊かね」

穏やかに微笑む青子に、初めて違和感を覚えた。ここまで言われたら普通は怒る。なのになぜ青子はそんなに落ち着いているのだ。背骨のあたりがひやりとする。

「突飛な想像？　ああ、確かに言い返せない。あんたのしてることは偶然なのか故意なのか、好意なのか悪意なのか、あんた以外誰にもわからない。和久井さんを明確に殺そうとはしていないから法律で裁くことも難しい。ただ、絶対に離さないって意思を感じる。驚きだよ。そんな面倒なことを十年以上も続ける人間がいるなんて」

わけがわからないまま悪寒が強まっていく。

「この間の入院騒ぎもそうだ。あの日はバーベキューで、胃もたれしないようにって和久井さんにブレンドしたお茶を用意してたね。多分いつもより強めの調合で。思惑どおりに和久井さんは病院送りになった」

青子はなにも言わない。沈黙は肯定の証《あかし》になってしまう。

「青子さん、違うよね？」

強張《こわば》った顔の筋肉を無理やりに動かし、和久井は笑顔を作った。

「芥くん、なにか勘違いしてるんだよね？」

そうだとうなずいてくれ。早く。うなずいてくれたら信じる。青子がそんなことをする理由がない。青子は十六年もひとつ屋根の下で暮らしてきた姉のような人で、妻である桜子の姉で、一咲の伯母で、自分の義姉だ。身内だ。家族だ。

「一悟くんは本当に優しい人ね」

青子は泣きそうな顔をした。

「そんなんだから、わたしに殺されかかっても気づかないのよ」

青子の顔から、ゆっくりと笑みが引いていく。そうして最後はひんやりと固まった石みたいな無表情になった。こんな冷たい青子を見たことがない。

「わたしね、ずっと一悟くんが好きだったの」

予想もしない言葉。それは愛の告白には聞こえなかった。

「一悟くんはまだ高校生だった。そんな子供相手に馬鹿みたいよね」

青子は息を吐き、疲れたようにすぐ横の椅子に腰を下ろした。

「前に言ったでしょう。わたしは知らない場所が苦手で、びくびくしてなにもできないって。でもすみれ荘は馴染みやすかった。わたしが入居して三日目の晩、一悟くん熱を出して寝込んだの覚えてる？　悦実さんは町内会の旅行ですみれ荘を留守にしてた」

青子の目は中央の十字架に注がれ、手はスカートの上で組まれている。

まるで神さまへ罪の告白をしているように――。

十六年も前のことなのに、よく覚えてるわ。

入居してすぐだったから、慣れない部屋でわたしはよく眠れなかった。ミルクでも温めようかなと思って一階に下りたら、暗い食堂で一悟くんがぼうっと立ってたからびっくりした。冷蔵庫から冷却シートを出そうとしてたのよね。

熱を測ったら三十八度五分もあって、一悟くんつらそうで、なのに慣れてるから大丈夫って言うからびっくりしたわ。悦実さんに連絡しようかって訊いたら、せっかくの旅行なんだからいいよ、たまにはゆっくりしてほしいって笑ったわね。

もうびっくりをとおり越して、かわいそうになった。

あのころの一悟くんは今よりもっと細くて、こんなに熱があるのに、それでも周りに迷惑かけないようにってがんばってて……普段のわたしなら高校生の男の子の部屋に夜中に入るなんて考えられなかったけど、図々《ずうずう》しく入って強引に看病したわね。

一悟くんは覚えてないだろうけど、うとうとしながら、ずっとわたしの手をにぎって離さなかったのよ。わたし、男の子と手をにぎったの初めてだった。

帰ってきた悦実さんに、わたしが一晩中看病してくれたんだって一悟くんが言ってくれて、悦実さんとふたりで、わたしに何度もありがとうって言ってくれた。とんでもなく嬉しかったわ。わたしはここにいていいんだって思わせてくれた。

わたしね、小さいころから桜子と比べられて育ったの。あの子、明るくて物怖《ものお》じしないでしょう？　見た目もわたしとは違って華やかで、性格も明るくて、親戚の集まりでもはきはき挨拶するのよ。わたしは桜子の隣で小さく頭を下げるだけ。

身内って結構ずけずけ言うのよね。桜子はかわいいから将来芸能人か玉《たま》の輿《こし》かもしれないとか、青子は手に職をつけるのがいいとか。その意味、子供でもわかるのよ。法事とかでお酒が入ると急に口が軽くなるおじさんがいて、桜子に全部回ったんだな、青子はかわいそうだなあって言われて、わたし、本当に悲しかった。

ねえ知ってる？　親だって子供を平等に愛したりしないのよ。人間同士だから相性があって、ほんの多少なりとも差は出てくるの。うちの両親はわたしよりも桜子をかわいがってた。だからわたしはますます萎縮《いしゅく》して、桜子はますます朗らかになって、それがすっかり性格として定着しちゃったの。人間は環境に染められる生き物だから。

なんでもできる妹と、なんにもできない姉。

初めての場所だとおどおどして、失敗して、そこからまた溶け込むのって普通よりハードルが上がる。わたしはずっと友達も少なかった。負のループっていうのかしら。なのにすみれ荘では、信じられないほどいいスタートを切れた。

わたしはずっと家を出て行きたくて、そのときは今までの駄目な自分を捨てるんだって決めてた。だからわざと人づきあいの坩堝《るつぼ》みたいな下宿を選んだのよ。すごく不安だったけど、スタートが順調だと、そのあともうまくいくんだって初めて知った。

人間は最初の印象がすごく大事で、悦実さんと一悟くんにとって、わたしは『頼れる人』になった。そう扱われることで、人はそうなっていくの。立場が人を作るってよく言うじゃない。実家にいたころとは逆の正のループ。なあんだ、桜子になるのって簡単なんだって思ったわ。全部、桜子の努力なんかじゃないんだとすら思った。

なあんだ——というところで、青子は言葉とは裏腹に目を伏せた。

一悟くんのそばにいると、わたし、本当にほっとしたわ。

まだ高校生なのに、心の痛みを知ってる男の子なんだってわかった。

子供のころから身体が弱かったからでしょうね。いつも周りに気を遣って、どこか諦めたような目をしていて、その分優しくて、コンプレックスだらけのわたしでも安心して話せた。一悟くんなら、わたしみたいな女でもそばにいていいかもって思えた。

でも高校二年生の終わりくらいから、一悟くんの体調が上向いてきた。三年に上がってからは仲良くなった友達が活発な子で、その子に誘われて、一悟くんもいろいろ出かけるようになったわね。放課後はその子たちとファストフードのお店でおしゃべりしたり、受験勉強したり、カラオケに行ったり、夏休みになったら女の子たちも一緒に花火大会に行くんだって嬉しそうに話すものだから、わたし、悲しくなったわ。

このままどんどん元気になったら、もうわたしなんかと話をしてくれなくなる。

だからほんの少し、一悟くんが病気になればいいのにって思ったの。

ほんの少しよ。一悟くんが家にいてくれればそれでよかった。だから、わたし、スズランを生けていたお水で一悟くんにお茶を淹れた。スズランってかわいい見た目のわりに毒花なのよ。でも、まさか入院騒ぎになるなんて思わなかった。

初めてだったから、加減がわからなかったのね。すごく怖かった。なんてことしたんだろうって後悔して、毎日お見舞いに行って、退院してもちゃんとお世話をして、一悟くんと悦実さんからありがとうって感謝してもらえて、わたし……なんだか……わたし。

嬉しくなってしまったの。

もっとふたりから頼りにされたくて、一悟くんがよくなりかけたらスズランのお茶を飲ませるようになったわ。あのころは調節が下手で、一悟くんの体調によってはまた入院になったりして、一悟くんの最後の高校生活は病院と家の往復で終わってしまった。進学も就職もできないまま卒業して、一悟くんは一日中すみれ荘にいるようになった。おはよう、行ってきます、ただいま、おやすみ、おかえりなさい。いつでも一悟くんはすみれ荘にいる。すごいと思ったわ。わたしが願ったとおりになったんだもの。

幸せだった、と青子はうっとりと目を閉じた。

でも、またあの子がきた。すみれ荘にはこないようにずっと遠ざけていたのに、帰省したとき実家に忘れた小説を届けにきたのよね。今度取りに帰るって言ったのに、早く続きが読みたいだろうと思ってって。本当に優しい子。

あの日はアルバイトの子が急に休むことになって、わたしは帰宅が遅くなった。疲れて玄関を開けたら、食堂からあの子の笑い声が聞こえてきて凍《こお》りついたわ。慌てて顔を出したら、桜子と一悟くんがお茶を飲みながら話をしてた。

一悟くんのあんな楽しそうな顔、初めて見た。桜子がなにか言うたび、まぶしそうに目を細めるの。何年もかけて『頼れるわたし』を作ってきたのに、そんなもの、あの子はほんの少しの時間で飛び越えちゃう。わたしはあっという間に『なんにもできない子』に引きずり戻されたわ。最低だった。最低。最低。本当によ。

でも、それ以上はないって楽観もしてた。桜子は昔からよくもてていたから、一悟くんみたいな人を好きになるなんて夢にも思わなかった。

我慢ならなかったわ。だからわたし、それまでよりも濃いスズランのお茶を飲ませて一悟くんが入院するように仕向けた。桜子には、すごく身体の弱い人なの、長く生きられないかもしれないってさりげなく吹き込んだ。今から思うと馬鹿なことをしたわ。

わたし、知らなかったのよ。

反対されればされるほど、想いは募《つの》るものだって。

だってわたし、男の人とつきあったことがないんだもの。

結婚式は絶望的な時間だった。教会で誓いのキスを交わすふたりを、わたしは最前列で見せられたのよ。感動で泣くふりをしながら、いつか桜子に罰が下りますようにって祈ってた。でないと不公平よ。いつもわたしばかり奪われるなんて。

でも神さまにも贔屓《ひいき》ってあるみたいね。

結婚してすみれ荘を出て行って、わたしのお茶を飲まなくなって、一悟くんはどんどん元気になっていった。初めて就職して、労働の喜びを知って、愛する妻との間に娘が生まれて、一悟くんと一緒に桜子はわたしの分を吸い取るみたいに幸せになっていく。

あんなに必死に祈っても、神さまはなんにもしてくれない。

しかたないから、また自分でやることにしたわ。娘を連れて夫婦ですみれ荘に顔を見せにきた一悟くんに、かなり濃いスズランのお茶を飲ませた。一緒に一悟くんとは相性の悪いハーブもお料理に使った。死ぬかもしれないと思ったけど入院ですんだから、一悟くん、本当に元気になったんだなあって複雑な気持ちになった。

その代わりに桜子が死んじゃうなんてね——。

ねえ、桜子を殺したのはわたしじゃないわよね？　あの日は雨が降っていて、桜子は風邪気味で、傘もあって信号が見えづらかった。だから桜子が事故に遭ったのはわたしのせいじゃない。うん、わたしのせいじゃない。わたしのせいじゃ……。

じゃあ誰のせいなのかしら。一悟くんが入院して、仕事と子育てと一悟くんのお見舞いで疲れていなかったら、桜子は赤信号を見落とさなかったのかしら。だからって一悟くんのせいじゃない。だってわたしのお茶を飲まなければ一悟くんは入院しなかった。

ねえ、どう思う？

あれは不運な事故？　それともわたしが殺したの？

ずっと怖くてしかたなかったわ。誰かに打ち明けたくて、誰にも言えなくて、怖くて怖くて、もう死にたいと思った。でも死ぬって簡単なことじゃなかった。

だったら、もう抱えて生きていくしかないじゃない。

後戻りできないなら、決めたことをまっとうしていくしかないじゃない。

そう決めてやってきたのに、芥くんがきて、また一悟くんは変わりはじめた。芥くんがきてから一悟くんは活発になった。いつもふたりで楽しそうに口述筆記をして、買い物も一緒で、新宿に飲みに行って、みんなで映画を観に行って。

どうしていつもこうなのかしら。すごく気をつけてるのに、払っても払ってもまとわりついてくる夏の虫みたい。いらいらして、だから映画の帰り、思わず一悟くんの腰を押しちゃった。さすがに気づかれたと思ったけど、一悟くん全然疑わないんだもの。どれだけ信用されてるのかしらって、なんとも言えない気持ちになったわ。

でも、あれはやりすぎだったと反省してる。

どうせ芥くんの怪我はあと少しで治る。そうしたら出て行くんだからって自分に言い聞かせてたのに、ギプスが取れてもまだ居座るって言うんだもの。これ以上元気になられたら困るわ。だから、このあいだの入院は芥くんのせいよ。

悪い芽は早く摘んだほうがいいの。

ちょっとした油断で取り返しがつかないことになる。

桜子のときと同じ後悔はしたくないの。

いまさら誰かに一悟くんを渡すくらいなら、どうしてあのとき、わたしは桜子を殺したの？　ああ、ううん、桜子を殺したのはわたしじゃない。でも、やっぱりわたしかもしれない。わたしじゃない。わたしかも。わたしじゃない。わたしかも。


ねえ、どう思う？


「わたし、どこで間違えたのかしら」

青子は祭壇の十字架を見つめてつぶやいた。

「最初から」

「最初？」

ゆっくりと首をねじり、青子は芥をにらみつけた。

「あんたは最初から、和久井さんじゃなくて自分が大事なんだ」

青子は眉をひそめた。この人、なに言ってるのかしらと言うように。

「本当に気づいてないの？」

「なにを？」

青子が初めて不安そうな顔をした。

「あんた、ずっと和久井さんを見下してたじゃないか」

「え？」

「コンプレックスだらけのわたしでも安心できた。和久井さんなら、自分みたいな女でもそばにいてもいい。もてる妹が和久井さんを好きになるとは思わなかった。あんたは自分に価値がないって言いながら、一緒に和久井さんの価値も下げてたよ」

この間もそうだったと、芥は淡々と言葉を続ける。

「最低な自分でも神さまなら受け入れてくれるだろうから修道院に行きたい。あんたはそう言ったけど、神さまは都合のいいゴミ箱じゃない」

自分を高めるのではなく、低いまま受け入れてもらおうとする。ただひたすら赦されたい。ひたすら受け入れられたい。わがままな子供のように。

「それのなにがいけないの？」

青子は本当にわからないという顔をしている。

「ありのままの自分を受け入れてもらいたいって、みんな望んでることじゃない。SNSで誰でも自分の意見を簡単に世界中に発信できる。簡単に人とつながれる。でも迂闊に本音を洩らして誰かに攻撃されないよう上手に言葉を飾って、明るく振る舞って、がんばるほど窮屈になっていく。隼人くんたちがそうだったじゃない」

「そうだね」

「だからこそみんな、好きな人くらいにはありのままの自分を受け入れてもらいたいって切実に望んでる。世界中から否定されても、この人だけはわたしを否定しない、味方でいてくれるっていう誰かを見つけたい。大丈夫だって言われたい。安心したい。愛は赦して受け入れることだって神さまも言ってる。それのなにがいけないの？」

一言紡ぐたびに、青子の目に訴えの色が濃くなっていく。それは息苦しくなるような必死さで、青子の言っていることが正しいような気もしてくる。

「俺にはわからない」

青子の必死さを、芥は風に舞う薄紙のようにかわした。

「ありのままの自分ってなんだ？　自分が何者なのか、なにを望んでるのか、みんなそんなにはっきり把握してるのか？　少なくとも、俺は自分のことなのにわからないことがたくさんある。自分ですらわからないものを、他人がどう赦して受け入れるんだ。そもそも赦されなくても、受け入れられなくても、生きていくことに変わりはないだろう？」

芥は自分の足下を見て話す。青子にではなく、和久井にでもなく、ただ自分の内を覗き込もうとしているかのようだ。それから、ゆっくり顔を上げた。

「で、あんたは？」

問われ、青子は怯えたように上目遣いで芥を見た。

「あんたはありのままの和久井さんを受け入れられた？　だったら桜子さんを愛した和久井さんも受け入れられたはずだ。あんたが望んでるのはそういうことだ」

「……そんな、違うわよ。だってそんな」

青子が言葉に詰まる。

「『天は自ら助くるものを助く』って言葉を知ってる？　昔、俺に教えてくれた牧師がいたよ。どれだけ手を差し伸べられても、その手をつかむかどうか決めるのはきみだ。本当の意味できみを助けられるのはきみだけだ、神はその道しるべをくれるだけ、それを見落とさないよう、自分で自分を愛してあげなさいって」

「……自分で、自分を？」

青子はふと縋《すが》れる糸を見つけたような顔をした。

「待って。ねえ芥くん、あなたさっき言ったわよね。わたしが大事なのは和久井さんじゃなくて自分だって。それは自分で自分を愛してるってことよね。じゃあ、わたしはやっぱり正しいのよ。なにも間違ってないのよ。なのにどうしてわたしは苦しいの？」

青子は両手を重ねて胸を押さえた。本当に胸が詰まっているかのようだ。

「あんたの愛は、神さまが言う愛とは違ったんじゃない？」

青子の表情がゆっくりとひび割れていく。

「じゃあ、愛ってなんなの?」

「わからない」

青子の目が吊り上がった。

「真剣に考えてよ。さっきから、わからないわからないって」

「しかたない。あんたの心は、あんたにしかわからないんだから」

「考えてもわからないのよ! ねえ、愛ってなんなの。見えないし、重さも匂いもなんにもない。なのにどうしてわたしのは愛じゃないって断言できるの。おかしいわよ。こんなに曖昧で根拠のないもの、どうしてみんな『ある』って言うの。いっそ『ない』って言ったほうが楽じゃない。すっきりするじゃない。平和じゃない」

「あってほしい人が多いからじゃない?」

青子はぽかんとした。

「なあにそれ? 愛のあるなしが多数決で決まるの?」

「決まらない。大多数の意見なんてユメマボロシでしかないんだから」

芥が言い、和久井は首の折れたアヒルのビニールプールを思い出した。

水のシャワーをかざして、芥は夏の空気に虹を作りながら同じことを言った。

七色の虹を眺めながら、自分もそうかもしれないと思った。ただの光の屈折でそこにはないもののなのに、多くの人の目に同じ夢幻を映すもの。愛によく似ている。

「ユメマボロシだから、信じるも信じないもあんた次第だよ」

「わたし次第？」

「愛があることでつらい思いをするなら、捨てればいい。見えないし、つかめないし、重さも匂いもないんだろう？　どうしようが自分次第だ」

芥の言葉は単純明快で、しかし青子は困った顔をした。

「わたしは、どうしたいのかしら？」

帰り道を見失い、途方に暮れている子供のような問い方だった。それまで即答していた芥が、初めて考えるような顔をした。ゆっくりと奥の祭壇に視線をやる。

「わからないから、ずっと祈り続けてきたんだろう？」

芥の視線を追いかけ、青子も祭壇の上にある十字架を見つめた。

「ええ、三年もね。でもなにも教えてもらえなかった」

青子は疲れたようにうなだれた。

「『天は自ら助くるものを助く』って、じゃあ、神さまなんていらないじゃない」

独り言のようにつぶやいたあと、ゆっくりと顔を上げて和久井と目を合わせた。

「一悟くん」

どきりとした。

「なに、青子さん」

声が震えた。

「わたし、今夜は夕飯いらないわ。ごめんなさいね」

その『ごめんなさい』は、急な予定変更を詫びる単純な『ごめんなさい』で、今までのことに対しての謝罪ではなかった。ぽかんとする和久井の返事を待たず、青子は静かに立ち上がった。奥へと歩いていき、祭壇の前に跪《ひざまず》いて頭を垂れた。彼女にとっては、もうなんの意味もない祈りを捧げるために――。

教会から出ると、昼間の名残《なごり》の熱に包まれる。くらりと目眩がした。芥とふたり、すみれ荘への道を歩く。お互いなにも話さない。自分が知っているつもりだったことと、知らなかったことが渦を巻いて、めちゃくちゃに混ざり合っていき、青子と出会った十六年前へと遡《さかのぼ》り、自分が生きてきた時間が濁った色で塗り替えられていく。

青子と出会わなければ、もっと希望に満ちた人生を送れていた。けれど青子と出会わなければ、妻にも娘にも出会えなかった。いらないものを切り離したいだけなのに、必要なものまで離れてしまう。それほどまで、青子と自分の人生は近いものになっていた。義姉であり、娘の伯母でもあり、けっして切り捨てることができない。

まるで足下から伸びる黒く濃い影のようだ。歩いても、歩いても、ぴたりと張りついてくる。ついてこないでくれ。頼むからついてくるな。少しずつ早足になっていき、途中で息が切れて立ち止まった。呼吸が苦しい。屈《かが》んで胸のあたりを押さえた。

「和久井さん」

肩に芥の手が置かれる。大丈夫だと答えようとしたが、あまりの理不尽さに声が詰まった。なにか一言でも洩らそうものなら、往来で叫んでしまいそうだった。

その日、青子はすみれ荘に帰ってこなかった。夜遅くに『訴えてください』とメールがきた。ああ、もちろんそうしてやると思った。どんな罪になるのかはわからないが、なんらかの罰は下るべきだ。そう思うたび、脳裏をよぎるものがある。

——わたしが写真を撮るわ。一悟くん、桜子、一咲抱っこして並んで。

桜子の遺影の横に飾ってある家族写真は青子が撮ってくれたものだ。共働きで大変なとき、いつでも頼ってねと声をかけてくれた。幼い一咲をはさんで、笑い合っていた姉妹の笑顔。あれらがすべて嘘だというのなら、自分はもう誰のことも信じられない。

愛という名の器に注がれた毒。

罪を犯した人間が、悪人であるとは限らない。

罪は罪で、悪は悪で、愛は愛で、単純であってくれれば楽なのに。

青子の行動は早く、二日後の午後、いきなり引っ越し業者がやってきて、青子の部屋から荷物を運び出していった。平日の昼間なので美寿々も隼人もいない。ふたりが帰ってきたら驚くだろう。理由を訊かれたら、どう答えればいいだろう。

ぼんやり作業を見守っているとチャイムが鳴った。

「顔を見せてごめんなさい。運び出しの際は立ち会いが必要だって言われて」

玄関で青子は深々と頭を下げた。返答に困っていると、

「一悟くんさえいいなら、今から一緒に警察に行くわよ」

「まだそこまで考えられないよ」

「ここまでのことをされて、なにを考えることがあるの？」

「青子さんは桜子のお姉さんで、一咲の伯母だ」

知らないうちに奪われていた多くの幸せと、それでも残っている幸せが同じ量で和久井の天秤《てんびん》を揺らす。どちらに傾けば自分は後悔しないのか。見極めようとするほど、どちらに傾いても後悔するだろうことがわかる。

「それよりも訊きたいことがある」

「どうぞ。なんでも答えるわ」

「芥くんに問い詰められたとき、どうしてあんなにあっさり白状したの？」

「事実だったからよ」

「それでも言い逃れの余地はあったと思う。芥くんが瓶に詰めてたティッシュ。あれを検査に出しても毒だと言えるほどの成分は入ってなかったんだろう。単に俺の身体が弱いから過剰に反応が出たんだって言える。なのにどうして」

なんでも答えると言ったのに、青子は黙り込んだ。

「もしかして、安心したんじゃないの？」

自分のしたことを悔《く》やんでいなければ、三年間も教会に通ったりはしない。あの日も誰よりも長く祈っていた。自らの罪を恐れ、けれど立ち止まれず、苦しく、赦されたくて、芥が問い詰めたとき、青子はようやく安堵したのではないだろうか。

「これでやっとやめられる。そう思ったんじゃないの？」

そうだと言ってほしかった。ごめんなさいと心から謝ってほしかった。謝られたからといって許せるものではない。けれど、このどうしようもなく閉塞した場所から一歩でも出られる気がする。自分のためだけではなく、青子のためにも、どうか。

「……わからないわ」

うつむき、青子はぽつりとつぶやいた。そうだとうなずけば、青子も少しは楽になれただろうに。頑なな真面目さは、十六年間見続けた青子の印象そのままだった。

引っ越し業者が荷物の積み込みを終えたことを伝え、じゃあお願いしますと青子が答える。トラックは先に出発し、玄関には和久井と芥と青子が残された。

「長い間、お世話になりました」

じゃあこれでと青子が踵を返す。最後まで彼女は謝罪をしなかった。玄関から門までの短いアプローチ。薄い背中を見送っていると、ふと青子が振り向いた。

「あなたも、わたしと同じじゃないの？」

自分に言われたのかと思ったが、青子の目は芥を見ていた。

「あなた、一悟くんの実の弟でしょう？」

和久井は目を見開いた。なぜ青子が知っているのか。

「調査会社でも使った？　安くないだろうに」

芥は動揺も見せない。

「一悟くんに近づく人のことは、わたし、なんでも知りたいの」

青子は目を細めた。隼人と前野が揉めたとき、前野の裏アカウントをなぜ知っていたのかと美寿々が尋ねたときと同じ笑みだった。すみれ荘の住人やその人間関係について、青子はプロに頼んで調べていたのだろうか。その執念に肌が粟立《あわだ》った。

「芥くん、いいえ、斉藤央二くん。他人のふりで当たり屋の真似事《まねごと》までして、なんの目的ですみれ荘にやってきたの？　あなた、とってもつらい子供時代を送ったのよね。いまさら自分を捨てた身内が恋しくなった……なんてことはないでしょうに」

芥から和久井へと、青子は視線を移動させた。

「一悟くん、その人を信用しすぎては駄目よ」

和久井は瞬きをした。

「心配だわ。一悟くんは優しいから」

わたしが言うことじゃないけど、と青子は自嘲的に笑い、今度こそ背中を向けてすみれ荘を出て行った。

イマジナリー　央二の告白

青子の引っ越しはものの三時間ほどで終わった。青子が使っていた部屋は、引っ越し業者が掃除もしていって埃のひとつも残っていない。十六年間、自分が今まで家族のように思っていた人も、気持ちも、夢のように消えてしまった。

一階に下りると、芥が居間兼食堂のソファに寝転んで本を読んでいた。いつもと変わらない風景を横目に和久井は台所へ行った。青子印の茶缶が棚に並んでいる。それらを見ないよう、久しく飲むことのなかったアイスコーヒーをふたり分淹れた。

「話をしようか」

テーブルにアイスコーヒーを置くと、芥は本を閉じて身体を起こした。ついさっき実の兄弟であるという事実が発覚したばかりだというのに――実際は最初からわかっていたが、改めて事実として目の前に置かれた――その変わりのなさがすごい。

「二十四年ぶりだな、央二」

芥の向かいに腰を下ろし、前置きせず本名で呼んだ。問おうとするたび、タイミングが合わず半端に終わっていた。けれどもうごまかされたくない。

「最初からおまえだってわかってたよ。ぼくも母さんも」

「気づかれてることに、俺も気づいてたよ」

自分から訊いたくせに、あっさり受け止められて、どう続けていいのかわからなくなった。間をもたせるためにアイスコーヒーを飲んで、うまい、と思わずつぶやいた。

「珍しいね。コーヒー飲むなんて」

「毒茶を飲み続けても死ななかったんだ。いまさら避ける理由がない」

「それもそうだ」

「コーヒー、実は好きなんだ」

「これからは気にせず飲めばいいよ」

「そうする」

小さく笑うと、短い沈黙が落ちた。

「さっき青子さんが言ってたことは本当なのか」

「どれのこと？」

「……つらい子供時代とか」

「幸せいっぱいな子供時代ではなかったと思う」

あっさりとした肯定に、胸のあたりがくぼむような痛みを感じた。

「具体的なことを訊いてもいいか？」

「訊いてどうするの？」

「ぼくと母さんのせいなら謝りたいし、取り戻したい」

「なにを？」

「それは……おまえの……幸せを」

本当の気持ちなのに、最後は声が小さくなった。なぜ幸せという言葉は口にするとひどく薄っぺらなものに変わるんだろう。プラスチックの玩具みたいに重みがない。

「時間は巻き戻せないよ？」

いやみではない。不思議そうな問いかけが骨身に沁みた。

「俺の幸せなんて、どうしてそんなこといまさら気にするの？」

「ぼくたちは兄弟じゃないか」

「二十四年も会ってなかったのに、顔を見たら急にそんな気持ちになった？」

細い針を突き刺された気分だった。

「おまえにとって、ぼくは他人か」

「血がつながってるから他人じゃない」

「気持ちを訊いてる」

芥はなにもない宙を見上げた。微妙に眉根が寄っている。自分たちは兄弟なのか、そうでないのか、芥にとってはそれほど考えなくてはいけない問題なのだ。

「おまえに恨まれてると母さんは言った。おまえを信用するなと青子さんは言った。ぼく自身も、おまえから恨まれてるかもしれないと思うことがあった」

一旦言葉を止め、思い切って一息に言った。

「病院でぼくの首を絞めた?」

ずっと怖くて訊けなかったことを口にした。おかげで弾みがついた。

「父さんと母さんが離婚したとき、母さんはぼくだけを連れて出て行った。だから恨まれても当然だと思う。それについては謝るしかない。おまえは昔の面影が全然ない。なにを考えてるのかわからない。離れていた間、おまえになにがあったんだ」

「和久井さん、そんないっぺんに言われても」

「和久井さんって呼ばないでくれ」

思わず声が大きくなった。

「なあ、キリストの家ってなんだ? 神さまの子供と兄弟みたいに暮らしてたってなんなんだ? 妹が姉に復讐するとか、小説の形を借りてぼくに恨んでるって伝えようとしてたのか? でも青子さんが淹れたダンデライオンのお茶、あのとき、おまえはカップを倒したよな? あれはぼくを助けてくれたんじゃないのか? 恨んでるのになんで——」

問うことで、恨んでないよと言ってもらえることを期待している。自分があさましくて嫌だ。芥は居心地の悪そうな顔をしている。

「助けたなんて大袈裟なことじゃない。あのときはまだ青子さんを疑ってなかったし、まさかお茶を毒に使ってるなんて思わないだろう。単に和久井さんの身体に合わないことを知らないだけだと思った。だから余計なことは言わないでカップを倒した」

それだけ、と言われて肩の力が抜けた。期待は見事に空振りした。

「首を絞めたのは悪かったよ。殺すつもりはなかった。試したかったんだ」

「なにを？」

「実の兄が死ぬとき、俺は悲しくなるのかなって」

予想外すぎて、小さく口を開けたままの間抜け面をさらした。

「それを知りたくて、二十四年ぶりに会いにきたのか？」

「さあ、どうなんだろう。ただあのときはそれが知りたかった」

そんないいかげんな殺人の動機があるか。話すほどに謎が増えていく。

「おまえがここにきてること、父さんは知ってるのか？」

「父さん？」

芥が怪訝そうに眉をひそめた。

「おまえが答えないなら、もう父さんに直接これまでのことを訊く」

芥は珍しく戸惑うような顔をした。そのあと口の端をわずかに引きつらせた。笑うときの癖《くせ》だ。けれど今のはただの引きつりにしか見えなかった。

「父さんは知らないと思うよ」

芥は唐突に立ち上がった。そのまま二階に上がっていく背中を追いかけた。自室に入ると、芥はスーツケースを開けて荷物を詰めはじめた。

「なにをしてるんだ」

「出て行く」

「え？」

「手も治ったし、これ以上ここにいる理由がない」

「ちょっと待て。こんな急に」

「もういい」

「よくない。ぼくが興奮していろいろ言いすぎたからか。悪かった。いきなり言ってもわからないよな。時間をかけよう。これからゆっくり——」

「時間はかけた」

芥は荷物をまとめる手を止めずに言った。

「和久井さんの自転車の前に飛び出してから、思った以上の時間をかけたよ。一緒に過ごせばわかるかもと思ったけど、そういうことでもないみたいだ。やっぱり俺にはわからない。だから、もういいんだ」

芥の言葉は抽象的すぎて、なにがなんだかさっぱりわからない。

「よくない。なにがわからないんだ。それを言ってくれ。ぼくが言葉足らずなら説明させてほしい。おまえはなにを知りたい。なんでも言ってくれ。頼む」

「俺にもわからないんだ」

「え?」

「俺はなにを知りたかったのかな?」

スーツケースの蓋を閉めて芥は立ち上がった。

「いろいろありがとう」

二階から玄関までの短い距離の中で、待ってくれと何度も声をかけたが、それらは芥の耳をただ通過していった。サンダルを突っかけ、ふいに芥が振り向いた。

「最後にひとつ、青子さんにはもう会わないほうがいい」

「会うわけないだろう」

「どうかな。あんたはお人好《ひとよ》しだから」

口の端をわずかに引きつらせ、芥はすみれ荘を出て行った。それはつい先ほど出て行った青子の後ろ姿と奇妙に似通っていて、和久井は呆然と玄関に立ち尽くした。たった一日で、大事な人がふたりも自分の人生から消えていった。

ソファに座ってぼうっとしていると、いきなり視界が明るくなった。きゃっと小さな悲鳴が響く。まぶしさに眇めた目に美寿々が映る。

「いやだ、びっくりした。真っ暗だから誰もいないかと思ったじゃない」

時計を見ると七時だった。夕飯の準備もしていない。

「ごめん、すぐなにか作るよ」

「いいわよ。それよりどうしたの。また具合悪いの？」

「ちょっと考えごとしてて」

急いで冷蔵庫から鶏肉《とりにく》と卵を取り出した。親子丼《どん》ならすぐできる。

「芥さんは？」

美寿々はソファに腰を下ろして食堂を見渡した。

「出て行った。手が治ったから、もういる理由がないって」

「わたしたちになんの挨拶もなく？」

なにそれ、感じわるーいと美寿々は顔をしかめた。

「青子さんも出て行ったから」

「え？」

「荷物も、今日、全部運び出していった」

美寿々は呆然とこちらを見ている。

「あたし、なにも聞いてない」

飼い主に捨てられた子犬みたいな顔をしている。美寿々も青子を慕《した》っていた。

「なにかあったの？」

「詳しいことは聞いてない」

「どうして。和久井さんは義理だけど身内じゃない」

美寿々は鞄《かばん》から乱暴にスマートフォンを取り出して青子に電話をかけた。出ないのだろう、かけ直すたび泣きそうな顔になっていく。

「あ、もしもし」

どきりとした。つながったのか。しかしすぐ「隼人くん」と美寿々が言った。

「仕事中ごめん。ねえ、どうしよう。青子さん出て行っちゃった」

帰ってきたらもういなかった、芥さんも出て行った、もうわけわかんないよと訴えている。途中で涙声に変わり、美寿々は電話をしながら二階に上がっていってしまった。家族同然のつきあいだったのだ。無理もない。

『鍋に親子丼があります。温めて食べてください』とメモを残し、和久井も自室に引き上げた。ベッドに腰かけ、のろのろと携帯電話を出して母親に電話をかけた。

青子が退去したことを告げると、母親も驚いた。すみれ荘でも一番の古株で母親とも仲がよかった。理由を訊かれ、とても本当のことは言えないので家の事情らしいけど詳しくは聞いてないとごまかした。母親が深い溜息をつく。

『やっぱり桜子ちゃんのことかしらね。向こうさんは青子ちゃんにはずっとすみれ荘を出てほしがってたし、こうなるともう一咲は取り戻せないかもしれない』

母親にとっても一咲はたったひとりの孫だ。

「それと、央二も出て行った」

今度は短い沈黙が落ちた。

『なにかあったの？』

警戒しているように聞こえるのは気のせいだろうか。

「母さん、央二がつらい子供時代を送ったって知ってる？」

『……あの子がそう言ったの？』

「まあね。兄弟だってことも認め合ったけど、それ以上は話にならなかった」

『どういうこと。あの子、なにを言ったの』

「なにも。こっちからいろいろ訊いたけど、もういいって急に出て行った」

『結局、なにもわからなかったのね？』

念押しの問いに、なぜか安堵の気配がして違和感を覚えた。

「母さんたちが離婚したあと、父さんと央二はどんな暮らしをしてたの？」

『知らないわ。前にも言ったでしょう』

否定が早すぎた。調子もやや強い。母親は芥には妙に当たりがきつい。なぜだろう。ふたりの間には、自分の知らないなにかがある気がする。

「じゃあ父さんの連絡先を教えてよ」

『どうしたのよ。急に』

「央二も母さんも駄目なら、父さんに訊くしかないだろう」

『やめなさい。央二も話したくないから出て行ったんでしょう』

「けど納得できないじゃないか」

声を張ったとき、ふいに電話の声が切り替わった。

『やあ一悟くん。弟さん、出て行ったのかい？』

三上だった。母親は三上には家の事情をすべて話しているようだ。

『月光仮面みたいな子だったねえ。しゅっと現れて、しゅっと消える』

あははと三上は笑う。相変わらず空気を読まない。悪い人ではないけれど――。

『血のつながった身内なんだから、縁があればいつかまた会えるよ』

あんまり落ち込まないようにねと三上は電話を切った。話が途中だったので母親に替わってほしかったのに。溜息をつき、どさりとベッドに倒れ込んだ。

寝転んで桜子の遺影を見た。隣には一咲を抱いた桜子と自分の家族写真。娘と妻はもういない。両親の離婚で父とも早くに別れ、再会した弟も出て行った。自分は肉親の縁に薄いのだろうか。自己憐憫がゆっくりと足下から這ってくる。

——あたしは最低な人間で、こんな自分が嫌いだけど、自己憐憫はしないから。

生気のない目で言い放った美寿々を思い出した。一ヵ月の半分を地を這うような憂鬱と痛みに搾取されながらも、闘うことをやめてはいない。隼人もそうだ。重いならすっぱり切り捨てればいいものを、今も夢の尻尾を引きずりながら走り続けている。長くひとつ屋根の下で暮らしながら、ふたりの胸のうちには気づかなかった。

同じように、青子がひた隠しにしていた気持ちも見えていなかった。

自分の目は、どれだけ多くのものを見落としているのだろう。

それは実の弟に対してもだ。芥の内側を知るのが怖い。真実が自分にとって都合のいいものであるとは限らない。それでも知りたい気持ちのほうが強い。だったら自分から動くしかない。自分と母親は一度弟を捨てた。同じ間違いを繰り返したくない。

逃げに等しい自己憐憫を振り払い、身体を起こした。引き出しから入居用紙のファイルを取り出して芥の住所を確かめる。ここなら電車でも一時間かからない。

［央二、もう一度会って話がしたい］

短いメールを送った。


明け方、サイレンの音で目が覚めた。火事のようだ。そういえば先月も隣町で二軒のボヤが出たと回覧板が回ってきたばかりだ。

「おはよう。今朝すっごいうるさかったね」

起きてきた美寿々の目は赤く腫《は》れていた。

「和久井さん、昨日ごめんね。夕飯作ってくれたのに無視して」

バツが悪そうに謝られ、いいよと答えた。

「青子さんに何度も電話したんだけど、つながらなかった。朝になってもラインにも返事ない。なんだかなあ、青子さんとは仲良いつもりだったんだけど」

美寿々ちゃんのせいじゃないと言いたかったが、真実は言えない。

「落ち着いたら連絡をくれるよ」

「うん、そうだよね。待ってみる。あ、和久井さん、あたし今日外泊予定。アンディのライブがあるから、それ観に行って泊まってくる」

「え、まだつきあってるの？」

思わず問い返したあと、この反応はまずかったかと焦ったが――。

「うん。なんかこないだの件以来やたら懐いてくるの。デート代は相変わらずわたし持ちなんだけど、かわいい顔でギター弾いて、わたしのためだけに歌ってくれるお代だと思えば安いもんよね。あたしはあたしを幸せにするために働いて稼いでるんだから」

美寿々は開き直ったように言う。人生の半分を呪いに等しい苦痛と二人三脚で生きている美寿々は、世間一般の評価というものからすでに逸脱している。諦観と紙一重のその価値観に、関係のない他人が口出しする権利など一ミリもない。

　美寿々が出勤したあと、芥に電話をかけた。待ったが留守番電話に切り替わる。送ったメールにも返事はない。洗いものや掃除が一段落して、また電話をする。やはりつながらない。予想はしていたが、やはり直接会いに行くしかないか。

　昨夜の残りの親子丼を昼食に食べているとインターホンが鳴った。隣の藤田のお爺ちゃんが回覧板を持って玄関に立っている。火の用心のお知らせらしい。

「先月から続いてるだろ。今朝も消防車の音で目が覚めちまったよ」

「あれは近かったですね」

「近いもなにも、西町の山田《やまだ》さんだよ」

　母親の温泉仲間だった。そういえば前の二軒も知り合いの家だ。どこもボヤですんでいるらしいが、ここだけの話だけど……と藤田が声をひそめた。

「放火かもしれないんだってさ」

「え？」

「先月のも今朝のもタバコの火の不始末ってことだけど、山田さんちは誰もタバコなんか吸わないんだよ。なのに中学生の孫の部屋から吸い殻が出たみたいでね。隠れて吸ってたのか、誰かが火をつけたのかって噂になってるよ」

　九月になっても暑い日が続いている。孫の部屋は通りに面していて、昨夜は窓を開けて寝ていた。そこから火のついたタバコを投げ込まれたのではないかという。

「すみれ荘も気をつけなよ。古くてよく燃えそうだし」

「火の元には気を遣ってます」

「町内会の役員で相談して、今夜からでも夜廻《よまわ》りをしようってことになったんだよ。それで緊急で回覧板を回してる。一悟くんもそのうち声がかかるよ」

「頼りになるかどうか怪しいですけど」

「まあねえ、鶴《つる》みたいにひょろひょろだからねえ」

苦笑いを返し、回覧板にはさまれている印のついている地区マップを見た。

「一軒目がここで、二軒目はここ、三軒目が今朝の山田さんね」

藤田がボヤを出した家を順に指さしていく。倉持《くらもち》家、高井《たかい》家、山田家、みな母親と親交のある人たちで、少しずつすみれ荘に近づいているのが嫌な感じだった。

「ああ、それとこれ。旅行のお土産。悦実さんにも渡しておいて」

地方の和菓子を母親の分までふたつもいただいた。

「自分で渡せばいいんだけど、悦実さん、今、彼氏と仲良くやってるんだろう。そんなところに邪魔しに行くのも気がひけるから」

「すみません。お気遣いいただいて」

「いやいや、還暦すぎて羨ましいよ。お相手は駅前にビルをいくつも持ってる地主さんだろう。いいご縁だってみんな言ってるよ。悦実さんは女手ひとつで一悟くんを育ててきたんだ。このあたりで自分の幸せ見つけてもばちは当たらないってね」

「ぼくもそう思います」

藤田が帰ったあと、和久井は出かける支度をした。いきなり訪ねるなんて迷惑だとわかっているが、会いたいという気持ちを一刻も早く直接伝えたい。いや、伝える。自分はどうしてもこのまま終わりたくないのだと、ちゃんと言葉にしよう。

目当ての駅で降り、手ぶらで行くのもなんだなと目についた菓子店に入った。ショーケースに並ぶ色とりどりのケーキ。下段に生クリームと苺《いちご》のホールケーキがあり、小さな弟が口をすぼめて蠟燭の火を吹き消している場面が脳裏をよぎった。あれはいくつの誕生日だったろう。考えるまでもなく、五歳までしか知らないことに胸が痛んだ。

「バースデーケーキのご注文ですか」

声をかけられ、はい、と思わず答えてしまった。

「かしこまりました、メッセージはどうしましょう」

「え、あ、えっと……じゃあ『央二くん、おめでとう』に」

かしこまりましたと笑顔で奥に引っ込んでいく店員を後悔と共に見送った。もうすぐ三十にもなる男にこんなものを買ってどうするのか。弟の誕生日はいつだったろう。少なくとも今日ではない。初夏だった気がするが自信はない。駄目な兄だ。

住所のメモを頼りに芥のアパートを目指す。コンビニエンスストアの角を曲がって三丁目のメゾン神田。ここかと二階建ての古いアパートを見上げた。

——え？

外廊下から見える二階の端の部屋の前に母親が立っている。ドアが開き、出てきたのは芥だった。約束をしていたのか、母親が部屋に入っていくのを呆然と見上げた。

どういうことだ。母親は芥を疎んでいるように感じた。芥から恨まれているとまで言っていた。その母親がなぜ芥と会っているのか。以前から会っていたのだろうか。だとしたら、なぜ母親はそのことを自分に黙っていたのか。

のろのろとアパートの外階段を上った。二階の一番奥の部屋まで行き、けれどチャイムを鳴らすことはできず、玄関ドアの横にケーキの箱を置いて去った。

帰りの電車に乗り、軽い振動に任せて目を閉じた。もう誰となにを話せばいいのかわからない。ここ一週間ほどで、自分を取り巻くすべてが変わってしまった。

すみれ荘に帰ると、三上が門から家の中を窺っていた。

「三上さん？」

声をかけると、びくりと振り返った。

「ああ一悟くん、驚いた。チャイム鳴らしても誰も出ないから」

「ちょっと出かけてて。なにかご用でしたか」

「いや、エッちゃんきてないかなと思って。家庭菜園の畑から戻ったら、ちょっと息子のとこに行ってきますってメモが置いてあったから」

「……あ、それなら央二のことじゃないでしょうか」

「弟さん？　あのふたり、会ってるのかい？」

「あ、いえ、ぼくもよく知らないんですけど」

三上は怪訝そうに、それはなさそうだけどねえと首をかしげた。

「エッちゃんはあんまり弟さんのことかわいく思ってないよ」

「そんな、親が子供をわけへだてなんてしないでしょう」

「あー、ごめん、かわいく思ってないは言いすぎだった。実の子だからね」

でもねえ、と三上は言葉を探すように視線を彷徨《さまよ》わせた。

「子供はみんなかわいいよ。でも微妙な違いはある。親子にだって相性ってものがあるんだよ。実際ぼくは次男とはウマが合うけど、長男とはいまいち合わない。男親は娘がかわいいし、女親は息子がかわいいなんてのもよく言われることだろう。愛情なんて元々身勝手で不平等なものなんだ。だから世の中事件が絶えない」

そのとおりすぎて、なにも言い返せなかった。

「一悟くんの娘さんは五歳になるんだっけ。会いたいだろうね」

突然しんみりと言われた。

「余計なお世話かもしれないけど、向こうの親御さんが実家住まいや仕事のことを問題にして娘さんを返してくれないなら、力になるよ。仕事ならうちが持ってるビルの管理を任せてもいいし、投資目的のマンションもあるから、そこに娘さんと住めばいい」

無神経なところもあるが、根はいい人なのだ。混乱している気持ちに人の情けが沁み込んで、鼻の奥がつんと痛んだ。ありがとうございますと頭を下げた。

「一悟くんは繊細なんだなあ。エッちゃんの言うとおりだ」

励ますように和久井の肩を叩く。帰っていく三上を見送り、戻った家の中はしんとしていた。いつも人の気配があることに慣れていたので、妙に不安になる。ひとりずつ消えていき、最後は自分だけが取り残されてしまうような――。

妙なことを考えるなと頭を軽く振った。携帯電話を出し、青子のメールアドレスを呼び出した。あんな恐ろしいことをした相手に自分から連絡するなんて狂気の沙汰《さた》だ。けれど父親の連絡先がわからない今、芥の過去を知っている唯一の人間だった。

［一悟です。突然すみません。伺いたいことがあるので、電話をしてもいい時間を教えてください。よろしくお願いします。］

用件のみのメールを送信すると、すぐに電話がかかってきた。

『青子です』

「仕事中にすみません」

『いいのよ。有休もらってるの。このまま辞める』

「どうして?」

『一悟くんが暮らす街では働けないでしょう』

「……お気遣いどうも」

ふっと笑われた。

『一悟くんは相変わらずお人好しね』

変わらないのは青子も同じで、以前の気安い空気に搦《から》め捕《と》られそうになる。

『訊きたいことって、芥くんのこと?』

「そうです。よくわかりますね」

『一悟くんが訊きたいことで、わたしが知ってることってそれしかないもの』

少し寂しそうに青子は言った。

『芥くん、なにも話さずにすみれ荘を出て行ったのね。ずるい子。わたしの秘密は全部さらしたのに、自分のことはなにも話さないなんて』

「央二の過去を教えてください」

『じゃあ、どこかで会いましょうか』

「いえ、電話で――」

『今夜なら一咲に会わせてあげられる』

「え?」

『両親が今夜出かけるの。その間、一咲の世話を頼まれてるのよ。だから今夜ならこっそり連れ出して一悟くんに会わせてあげられる』

目の前で金色の薬玉《くすだま》が割れたように感じた。

『こんなことでわたしのしたことが赦されるなんて思ってないわ。ただ、ひとめだけでもと思ったのよ。こんな機会あんまりないし。どう? 一咲に会いたくない?』

水飴《みずあめ》のように、とろりと糸を引く甘い問いかけだった。

——青子さんにはもう会わないほうがいいよ。

わかっている。けれど。けれど。けれど。

「じゃあ、今夜、すみれ荘で。隼人くんも美寿々ちゃんもいないから」

『わかった。七時くらいに行くわね』

電話を切ったあと、急いでシャワーを浴びた。出かけたので汗をかいてしまった。清潔にして、髪も整えて、服もちゃんとしよう。七時なら夕飯はすませてくるだろう。でもお菓子は食べるかもしれないと思いつき、濡れ髪のまま駅前の洋菓子店へと走った。

一日で二度もケーキを買うなんて初めてだった。

そわそわと落ち着きなく過ごし、インターホンが鳴ったとき、心臓が大きく跳ねた。玄関へと走って出ると、ブルーのワンピースを着た青子が玄関に立っていた。

「こんばんは、一悟くん」

自分を殺しかけた女に向かって、いらっしゃいと笑顔を作った。それは青子と並んで手をつないでいる小さな女の子をはばかってのことだった。

最後に見たときよりも、ずいぶん背が伸びている。当たり前だ。あのときはまだ一歳だった。今は青子の胸の下あたりだ。苺の形のポシェットをかけ、長い髪をピンクのリボンでポニーテールに結んでいる。なんてかわいいんだろう。

「一咲、大きくなったね」

屈んで目線を合わせると、一咲はなぜか後ずさった。

「『ちゃん』をつけてあげて」

小声で言われ、一咲が自分を父親だと認識していないことを悟った。初めて会うおじさんに呼びすてにされたら、そりゃあ面食らうに決まっている。

「こんばんは、一咲ちゃん」

言い直すと、一咲は恥ずかしそうに、けれど笑顔でこんばんはと頭を下げた。さあ入ってと居間兼食堂に案内した。一咲はきょろきょろと室内を見回したあと、ある一角に目を留めた。小さな女の子が好きそうなおもちゃの箱が三つ積んである。

「一咲ちゃん、好きなので遊んでいいよ」

毎年一咲のために買った誕生日プレゼントだった。向こうの両親から送り返され、誰も使うこともないのに未練がましく取っておいた。

「青子おばちゃん、遊んでもいい？」

「いいわよ。でもその前に渡すものがあるんじゃない？」

青子の問いに、一咲はあっという顔をした。斜めがけしている苺のポシェットから、いそいそとセロファンに包まれたお菓子を取り出した。

「青子おばちゃんと作ったの。どうぞ」

星の形をしたクッキーだった。アイシングで絵が描いてある。

「ありがとう。大事に取っておくね」

「食べないの？」

残念そうに問われ、和久井は慌てて「食べるよ、今、食べる」と言い直した。ピンク色の細いリボンをほどき、セロファンからクッキーを一枚取り出す。ひとくち齧る。かわいい見た目に反し、クッキーも表面にかかっているアイシングも硬かった。

「甘い？」

「うん、甘い」

「おいしいね。一咲もクッキーだいすき」

これくらいの女の子にとって、『甘い』と『おいしい』は同じ意味なのだろうか。クッキーを渡してしまうと、一咲は用事は終わったとばかりにおもちゃのほうへと飛んでいってしまった。あららと青子があきれ、和久井も無邪気な様子に目を細めた。

「あんなに小さかったのに、もう料理なんてするんだなあ」

アイシングで花が描いてあるクッキーをしげしげと見つめた。それから台所へ行き、青子と自分のために紅茶を淹れ、一咲にはジュースとピーチタルトを出した。

「一咲ちゃん、ジュースとケーキがあるよ」

しかし一咲はおもちゃに夢中で、和久井の声など聞こえていない。一番に手に取っているのは海外アニメのプリンセスの絵が描かれた箱だった。引き出しを開け、中に入っているきらびやかなプリンセスアイテムにわあっと声を上げている。

「子供がああなってるときは無理よ」

そうですねと和久井は微笑んだ。ちっちゃな指におもちゃの指輪をはめている一咲の姿に、胸が震えるほどの喜びが湧き上がる。いつまでも、いつまでも見ていたい。会ったばかりだというのに、もうどこにもやりたくないという情が湧く。

「親子の名乗りもできないなんてね。連れてこないほうがよかったかしら」

「そんなことない。すごく嬉しい。本当だよ」

ありがとうと泣き笑いで頭を下げると、青子はやりきれない顔をした。和久井から目を逸らし、テーブルの端にある火の用心のプリントに視線を逃がす。

「夏場に火事が続くなんて珍しいわね」

「放火かもしれないって噂があるんだよ。発見が早くてボヤですんでるけど、どこも母の知り合いだからちょっと嫌な感じだね」

「犯人、芥くんだったりしてね」

「は？」

いきなりなにを言い出すのかと、和久井はぽかんとした。

「まあ芥くんが放火するんだったら、一番にすみれ荘でしょうけど」

青子はカップを満たす赤金色の紅茶を見つめた。

「どうしてって顔してるわね。それを知りたいからわたしを呼んだんでしょう。一悟くんは優しいから知ったら傷つくと思うけど、それでもいい？」

ぞくりとした。怖い。けれど知りたい。ちらりと見る先で、一咲は一心不乱におもちゃで遊んでいる。あの様子なら、こちらの話は聞こえないだろう。和久井はおそるおそるうなずいた。そしてはじまりのたった一言で全身が凍りついた。

「芥くんはね、新しいお母さんにお父さんを殺されて、養護施設で育ったのよ」

お父さんは一悟くんよりも芥くんをかわいがってたって、以前に悦実さんからちらっと聞いたことがあるわ。息子とキャッチボールをしたいとか、成人した息子と酒を酌《く》み交《か》わすのが夢とか、そういうロマンを語る男の人ってたまにいるじゃない？　一悟くんのお父さんはそういうタイプだったみたい。

　でも一悟くんとは、そういうことがまったくできなかった。お酒はともかく、一悟くんは身体が弱くて、特に小さいころはちょっとしたことで熱を出したりしてたでしょう。お父さんは病弱な一悟くんと比べて、元気な芥くんをかわいがっていたんですって。

　ふたりが一緒に駆けてきたとき、まず抱き上げるのは芥くんのほう。遊びに行って手をつなぐのも芥くんのほう、カメラを構えれば芥くんを多く撮る。ひとつひとつは小さいことだったけど、塵《ちり》も積もれば山となるって言うから。

　わたしが思うに、お父さんがそうだから、悦実さんは余計に一悟くんがかわいくなったのかもしれない。弱いほうをより守りたくなるって、母性に限らず人の心の自然な動きでしょう。不満も愛情も同じ。塵みたいに積もって離婚に発展したんですって。

　お父さんにとっては青天《せいてん》の霹靂《へきれき》だったみたいよ。絶対に離婚はしない、離婚するなら子供は置いてひとりで出て行けって言ったんですって。毎晩喧嘩になって、悦実さんはとにかく身体の弱い一悟くんだけは手元で育てさせてほしいってお願いした。

　芥くんを手放さなかったのはお父さんのほうよ。もちろん芥くんへの愛情もあったんでしょうけど、そうしたら悦実さんが戻ってくるって期待したんじゃないかしら。

でも悦実さんが出て行ったあと、ガタガタになったのはお父さんのほうだった。男の口マンを口にする人ほど、いざというとき打たれ弱いのはなぜかしら。働きながら子供を育てることがどんなに大変か、想像もできないほど家庭は妻に任せきりだったみたい。まあ自業自得よ。でも、そのとばっちりを受けるのは子供よね。

毎晩飲んで、帰りも遅くて、まだ小さい芥くんのことは放りっぱなし。そのころは近所のお婆さんが芥くんを自分の家に連れて、ご飯を食べさせたりしてたんですって。ひとり暮らしでお婆さんも寂しかったんでしょうね。芥くんを孫みたいにかわいがっていて、でも芥くんが小学二年生のときに亡くなって、そこからネグレクトが本格化した。

ネグレクト、知らない？　放置という虐待よ。小さい子がなんの世話も受けられずに放っておかれたらどうなると思う？　ご飯も満足に食べられないから痩せていく。お風呂もあまり入れずに臭くなっていく。いつも汚れた服を着ることになる。

そういう子は学校でいじめに遭うわ。無視、嘲笑《ちょうしょう》、誰からも愛情を与えられず、悪意ばかり受けていると、人の心ってだんだん閉じていくの。抵抗する気力も奪われて、無反応になっていくのよ。それが心を守る唯一の術だから。

お父さんが再婚したのは、芥くんが小学四年生のとき。駄目な男が好きっていう女は意外と多いみたい。自分だけのものにできそうというか、悪く言うと母性愛と似ているのかもしれない。でもそういう女は独占欲が強くて、そのせいでもっと相手を駄目にしてしまうの。ああ、わたしもそのひとりかもしれないわね。

でもお父さんは、ずっと悦実さんが忘れられなかったんだと思う。寂しさを埋めたくて再婚したんでしょうけど、好きな男の心がどこに向いているのか、ひとつ屋根の下で暮らしてたらわかるわ。前の奥さんをずっと引きずる旦那《だんな》さんと、うまくやっていける奥さんなんていない。独占欲の強い奥さんなら特に。その怒りは凄《すさ》まじかったと思う。

寂しい大人と怒れる大人しかいない家で、割を食うのはやっぱり子供よ。お父さんは子供のことは奥さんが見ていると思って安心して、でも奥さんからしたら、今でも旦那さんの心を捉えている前の奥さんの子供なんてね。

お父さんからのネグレクトが終わったと思ったら、今度は新しいお母さんからの身体的な虐待がはじまった。報告書によると、そのころから芥くんはよく怪我をするようになったんですって。カルテには友達と遊んでて転んだとか書いてあったみたいだけど、いじめられていた芥くんには友達なんていなかったのよ。

え？　報告書？　調査会社のよ。一悟くんに近づく人のことは全部調べたって言ったでしょう。桜子のときに懲《こ》りたから。危ない人は近づけたくなかったの。

そういう子供時代を芥くんは送って、中学に上がるころにはちょっと変わった子になってた。無口で、いつもひとりでいる。いじめはもうなくなってたけど、自分から輪に入らなかったみたい。他人に興味がなく、共感性に乏しいって当時の担任は言ってる。愛情を知らずに育ったから、人の心がわからない子になったのかもね。

成績や生活態度は普通。不自然な怪我での通院もなくなった。中学生になって身体もしっかりしてきたから、奥さんも殴れなくなったんでしょうね。でもそのころにはもう今の芥くんの性格が形成されてたってことかしら。

そして今度は虐待という捌《は》け口《ぐち》を失った奥さんが病みはじめて、事件が起きた。事件のきっかけは日曜日のお昼ご飯に奥さんが作ったうどん。

——うどんは細麵が好きなんだよな。

っていうお父さんの言葉に奥さんが激昂《げきこう》したの。結婚して何年になるの？　どうしていまさらそんなこと言うの？　前の奥さんは細麵だったの？　今まで嫌々食べてたの？　ってすごい喧嘩になって、台所にあった包丁で奥さんがお父さんを刺した。

そんなくだらないことでって思うわよね？　うどんが細いか太いかの諍《いさか》いで殺されるなんて、わたしだったら恥ずかしいなって報告書を読みながら思ったわ。でも日々のいらいらって小さいけど確実に積もっていくのよ。そしてある日、ほんの些細なきっかけで爆発するの。大人ならわかるわよね。うどんはただのきっかけよ。

え？　ええ、そうよ。お父さんは奥さんに包丁で刺されて殺されたの。一悟くん、どうしたの？　え、芥くんが前にうどんの麵にこだわるようなことを言ったの？　ああ、それはやっぱりご両親の事件のせいでしょうね。日曜のお昼だったから、芥くんの目の前で起きたんですって。すごく凄惨《せいさん》な現場だったみたい。

一悟くん、そんなこの世の終わりみたいな顔をしないで。でもショックなのよね。わかるわ。芥くんがこの世の地獄を見ていたとき、自分はなにをしていたって考えてるんでしょう。でもしかたないのよ。一悟くんは、なんにも知らなかったんだもの。

え？　悦実さんがどうして事件のことを一悟くんに隠してたのかって？

ごめんなさい。それはわたしのせいだと思う。事件が起きたのは芥くんが中二の夏だった。一悟くんは高三で、ちょうどわたしが飲ませたスズランのお茶のせいで死にかかって入院していたの。入院して苦しい思いをしている一悟くんに、お父さんが殺されたなんて悦実さんは言えなかったんだと思う。

それに児童相談所から芥くんを引き取ってほしいって連絡が悦実さんのほうにも入っていて、でも悦実さんはそれを拒否した。あのころの悦実さんは、一悟くんの世話だけで精一杯だったのよ。だから余計にお父さんのこと言えなかったんじゃないかしら。

だって言ってしまったら、「じゃあ央二は今どうしてるの？」って優しい一悟くんは必ず訊くでしょう？　我が子を二度も捨てたなんてこと、さすがに悦実さんも一悟くんに言えないわよね。ああ、だからそんな顔をしないで。考え方を切り替えましょう。同じ時期に兄弟そろって苦しい思いをしていたって思えば、少しは罪悪感が紛れない？

実の母親にも拒絶されたあと、芥くんはキリスト教系の養護施設で、似たような家庭の事情を持つ子供たちと一緒に育ったの。高校を卒業したあとは施設を出て資材会社に就職したのよ。驚くわよね。あの芥くんが会社勤めなんて。

でも、やっぱりあの性格じゃしんどかったのね。一年も経たずに小説で入賞して作家になれたんだからよかったわ。どう考えても会社勤めは向かないもの。芥くんにしたら、生まれて初めての幸運だったわね。幸運。ええ、幸運。そう言っていいのよね？


話し終わると、青子は冷めた紅茶をひとくち飲んだ。

「なんの目的ですみれ荘にきたのかはわからないけど、こんな過去を持ってる人が、悦実さんや一悟くんにいい感情を持ってるとは思えないわね」

なにも答えられない。和久井の声帯も表情も凍りついたままだ。

「だからわたし、芥くんが放火犯かもって思ったのよ」

青子は火の用心のプリントを引き寄せた。

「……央二はそんなことしない」

なんとか引きつった声が出た。けれど強く否定しきれない。

——にいたん。にいたん。

よちよち歩きであとをついて回る幼い笑顔を思い出す。入れ替わり、唇の端を引きつらせるような笑い方しかできない今の芥が浮かぶ。芥に対する態度が妙に冷たく、自分は恨まれていると言った母親のことも浮かぶ。小さいころに別れたきり、死んだことすら知らずに、墓参りにも行ったことがない父親のことも——。

「……ぼくだけ、なにも知らないで」

父親の話を出したときの芥の呆然とした表情。あれは父の死すら知らない兄を前に、芥なりにつなごうとしていた糸が切れた表情だったのだ。父に連絡を取ってほしいと言うたび母親の態度がおかしくなったことも、真相を知ればすべて合点がいく。

目の奥が疼き、急激に視界がぼやけていく。みっともない。いい年をした男が涙をこらえきれないなんて。うつむき、ごしごしと手で目元を拭《ぬぐ》った。青子が黙ってハンカチを差し出してくる。白い布地の隅にスズランの刺繍がしてあった。

「かわいそう。ひとりだけなにも知らなくて、たったひとりの弟さんにも恨まれて」

憐憫に満ちた甘い声音が、じわじわと胸を侵食してくる。可憐で素朴だが強い毒のある花。青子は本当にスズランのような女だ。

「……違う」

ぐしゃぐしゃの声を振り絞った。

「央二に恨まれてるなんて、ぼくは思わない」

青子が枕元に置いた毒花の鉢植えを、芥は窓辺へ移してくれた。青子の淹れた毒入りのお茶をわざと倒してくれた。助けたなんて大袈裟なことじゃないと芥は言ったが、それでも結果として助けてくれた。自分に毒を飲ませ続けた女と、自分を助けてくれた弟。どちらを信じるか。考えなくてもわかるはずだ。

「央二はぼくの弟だ。ぼくたちは兄弟だ。ぼくは央二を信じる」

時間は巻き戻せない。けれどこの先の時間まで失ったわけじゃない。

――ユメマボロシだから、信じるも信じないもあんた次第だよ。

だとしたら、自分は芥の言葉を信じる。目には見えなくても、その糸はつながっていると信じたい。ずっと手放され続けた弟の糸の端を、今度こそ自分が結び留めたい。

和久井は顔を上げ、正面からしっかり青子と目を合わせた。

「青子さん、今夜はありがとう。話を聞けてよかった。一咲と会わせてくれたことにも感謝します。でも、もう帰ってください。ぼくは二度とあなたとは会わな――」

ふいに深い目眩に襲われ、テーブルに手をついて身体を支えた。

「一悟くん、どうしたの？」

「え、あ、なんだろう。目が回る」

どんどんひどくなる。頭全体を大きく揺らされているようで気持ちが悪い。心臓も早鐘を打っている。これはなんだ。まさかと青子を見た。

「一悟くん、なんでも信用して飲んだり食べたりしては駄目よ。でも今回はしかたないわね。愛するひとり娘が焼いたクッキーだったんだもの」

霞《かす》みながら回転する視界の端に、おもちゃで遊んでいる一咲の姿が映る。

――青子さんにはもう会わないほうがいいよ。

遠のく意識の片隅《かたすみ》で、去っていく芥の背中がよぎった。


頭が痛い。ずきずきとこめかみが脈打っている。はっきりしない意識の中で、周囲の異変に気づいた。あたりが白く霞んでいる。焦げ臭い。煙？　火事？

激しい泣き声が聞こえ、鉛のように重い頭を上げた。意識を失ったときと同じ、和久井は居間兼食堂のテーブルに突っ伏していて、向かいには青子が座っていた。けれど様子がおかしい。一咲を抱いて目を閉じている。一咲は青子にしがみついて泣いている。

「青子おばちゃん、青子おばちゃん、おきて、目えあけて」

一咲に揺さぶられ、青子はうっすらと目を開ける。

「……大丈夫よ、一咲。一緒に寝ましょう。すぐ楽になれるから。もうすぐお母さんのところに行けるわ。お父さんも一緒だから……怖くない」

声の調子が頼りない。ゆらゆらと頭が揺れている。意識が朦朧《もうろう》としているようだ。まさか青子もなにか飲んだのか。一咲は大丈夫なのか。

「……一咲」

なんとか声を出した。びくりと一咲がこちらを見る。

「……おじちゃん」

怯えた顔で小さな手をこちらに伸ばす。和久井も手を伸ばす。けれど立ち上がることができない。腹に力を入れたせいか軽く嘔吐した。

煙が濃くなりはじめ、一咲が咳き込む。霞む視界の端に揺れるオレンジが見えた。カーテンが燃えている。ゆっくりと炎は広がり、室内の温度が上がっていく。

助けを呼ばなくては。テーブルに置いてある携帯電話に手を伸ばした。一一九番。手が震えてうまく操作できない。焦りが募る。誰か。誰か——。

「和久井さん！」

突然声が響いた。視線を巡らすと居間兼食堂の入り口に芥が立っていた。

「なにしてんだ。早く逃げろ」

駆け寄ってきて和久井を抱き起こそうとする。

「……立てない。ぼくはいいから、一咲を」

芥が青子に抱かれて泣いている一咲を見た。

「青子さん？」

揺さぶられても青子は反応しない。完全に意識を失っている。芥が一咲に手を伸ばす。しかし一咲は恐怖で完全に固まっていて逆に青子にしがみつく。

「こっちにこい」

「やだ。青子おばちゃん、おきて、おきて」

炎はもう床にまで広がろうとしている。

「……央二、早く一咲を」

芥はいらだたしげに舌打ちをし、和久井を担ぎ上げた。

「……ぼくじゃなくて」

「いいから、おとなしくしててくれ」

和久井を左に担いだまま向かいに回り、右腕で一咲ごと青子を持ち上げた。大人ふたりと子供ひとり。引きずる恰好で出口を目指す。しかし青子の腕から一咲がずり落ちた。一咲は足がすくんで床に座り込んだまま泣きじゃくりはじめた。

カーテンを伝って火が床を這ってくる。煙で視界が急激に悪くなっていく。目が痛くて開けていられない。芥が咳き込みながら、座り込んでいる一咲を抱えようとするが、怯えている一咲は芥の手を拒《こば》む。このままでは芥まで巻き込まれる。

力を振り絞り、自分から芥の腕を振り払った。

「……央二、もういいから、おまえだけ先に出ろ」

泣いている一咲を抱きしめ、反対の手でぐいぐいと芥を押した。

「外に出て助けを呼んできてくれ。一咲はそれまでぼくが守る」

「時間がない。もう火が回る」

「一度くらい兄貴の言うことをきけよ！」

声を荒らげると、芥が目を見開いた。

「青子さんから、離れてる間のおまえの話を聞いた。兄弟なのになにも知らなくて、なにもしてやれなくて悪かった。ぼくは兄貴失格だけど、おまえを大事に思ってる」

言いたいことだけを言い、泣いている一咲に覆い被さった。

「央二、早く行ってくれ。ぼくだって死ぬ気はない。助けを呼んできてくれ」

「間に合わない」

わかっている。でも一咲だけは助かるかもしれない。いや必ず助ける。娘も。そして弟も。今度こそ自分が守る。これ以上、大事な人を失うのは嫌だ。

「頼む、央二、行ってくれ」

必死で繰り返していると、芥が和久井と一咲の上に覆い被さってきた。和久井が一咲を守り、芥が和久井と一咲を守る形になっている。

「馬鹿、そんなことしても無駄だ」

「無駄なことしてるのはあんたも同じだ」

芥はますます力を込めて覆い被さってくる。

いつも淡々としている芥の無茶な行動が信じられない。

大きな音が響き、壁の一部が崩れ落ちた。ぶわりと火の粉が舞い上がる。もう駄目かと覚悟を決めると、崩れた壁の向こうから声が聞こえた。

「人だ！　中に人がいるぞ！」

熱と煙で歪む空気の向こうで、力強い男の声が響いた。


壁の一部が早くに崩れたことで消防士が中に入れたのだ。老朽化していたことに感謝する日がくるとは、世の中なにがどう転ぶかわからない。

一咲は和久井がしっかり守っていたおかげで怪我もしていないと聞いて安堵した。青子も意識を失っていたので煙を吸わなかった。和久井も怪我はないが――。

「一悟」

処置室で横になっていると母親が入ってきた。ひどく青ざめている。三十を越しても親にこれほどの心配と迷惑をかけたことが申し訳ない。

「具合はどう」

「平気。でもしばらく入院することになった」

外傷はないが、頭が痛くて身体が重い。青子がクッキーに混ぜたものが原因だとは思うが、そのことは話していない。クッキーを焼いた一咲を巻き込むことになる。

「ごめん。管理人代理なのに火事なんて出して」

自分のことよりも、今はすみれ荘だ。これからどう再建するか――。

「一悟は悪くないのよ」

「いや、母さん」

「全部わたしが悪いのよ。ごめんなさい」

母親はふいに顔を手で覆った。芯の強い母親が泣くなんて初めて見た。なぜ母親が謝っているのか。戸惑っていると、美寿々と隼人が飛び込んできた。

「和久井さん、大丈夫？」

「青子さんたちも巻き込まれたんだって？」

警察から安否確認の連絡が入り、ふたりとも急いで帰ってきたらしい。建物は居間兼食堂とその上あたりが燃え、二階は煤《すす》だらけだという。今夜寝るところも着替えもない。でもみんな無事でよかったとふたりはまくし立てる。

「美寿々ちゃん、隼人くん、こんなことになってごめんなさい」

母親が深々と頭を下げ、ふたりはなぜか気まずそうにくちごもった。補償はちゃんとさせてもらうからと母親は言い、うつむきがちにまたあとでくるわねと和久井に言い、逃げるように処置室を出て行った。美寿々と隼人が意味ありげに目配せをし合っている。

「なにかあったのかい？」

問うと、美寿々は言いたくなさそうに目を逸らした。

「すみれ荘に火をつけたの、三上さんだって」

隼人がすぱりと言い、一瞬、和久井は聞き間違えたのかと思った。

「前置きって言葉知らないの？」

美寿々が隼人のシャツを引っ張る。

「前置きしても言うことは一緒だろ。連絡もらってすみれ荘に帰ったとき、野次馬の人たちが話してるのが聞こえたんだ。火が出る前、見回りしてた町内の人が怪しい男を捕まえたんだって。それが三上さんで、今は警察で取り調べを受けてるらしいよ」

「……信じられない。三上さんがなんでそんな」

「悦実さんが好きすぎて、わけわかんなくなったんじゃないかな」

美寿々が言った。隣で隼人が怪訝な顔をする。

「相思相愛で一緒に暮らしてんじゃん。なんもわけわかんなくないだろ」

「だって悦実さん、和久井さんを溺愛《できあい》してるでしょ」

「だから？」

「張り合ったっていうか」

「はあ？　息子相手に還暦すぎた爺ちゃんが張り合う？」

「でもあの世代が一番、妻や恋人を自分の所有物みたいに思ってるじゃない。古いドラマとか見ると不条理すぎて鳥肌立つときがある」

鳥肌というところで、美寿々は自分で自分を抱きしめた。

「ううん、今でも不条理はそこかしこにある。あたしの友達なんてね」

と美寿々は出産のあと夫から、『最近、俺の世話はお留守だね』といやみを言われた友人の話をした。さらに『たまにはメイクしたら？』と言われたのだと憤慨《ふんがい》した。

「助けがないと死んじゃう赤ん坊と張り合って、健康な成人男子の世話もしろって意味わかんない。ゼロ歳児抱えてるお母さんに必要なのはメイクじゃなくて旦那の助け。オムツの一枚も替えないで、家庭って王国の中で常に自分が王様でいたいって何様なの」

「それくらい許してやれよ。男は外で大変なんだから」

「自分だけが大変だって思ってるとこがね」

「男は結局ガキなんだよ。だからうまく操縦してやるのが賢い女ってもんだろ」

「あーもう、そういう昭和っぽさが鳥肌立つんだってば」

いつものように仲良くいがみ合うふたりを、和久井は呆然と見つめた。

日々あらゆる理由で事件が起きる。自らにそれが降りかかると思いもせず、馬鹿だねえとか、こんなことありえないと他人事の感想を洩らす。自分もそのひとりだった。けれどある日、くるりと衣服を裏返すように日常も、親しくしていた人たちも、めまぐるしいばかりに様相を変えていく。まさか三上が――信じられない。

「まあでも、みんな無事でよかった。それだけでも不幸中の幸いよね。青子さんと一咲ちゃんもいたって聞いたときは心臓止まりそうだったけど」

美寿々が話す中、制服姿の警官が入ってきた。

「失礼します。和久井一悟さんですね。お疲れのところ申し訳ありませんが、火災についていくつかお伺いしたいことがあります。今、大丈夫でしょうか」

「じゃあ、あたしたちもう行くね。とりあえず今夜寝るとこ確保しなくちゃ」

「その前に青子さんと芥さんの様子見にいくか」

出て行こうとする美寿々と隼人を、あの、と警官が引き留めた。

「火災があったお宅の住人さんですか？」

そうですけど、と美寿々と隼人がそれぞれ名乗った。

「上郷青子さんについて、おふたりにも伺いたいことがあるのですが」

「青子さん？」

「先ほど目を覚まされて、和久井一悟さんへの殺人未遂を告白しています」

和久井はきつく目を閉じた。これで一咲も巻き込まれることになった。自分が焼いたクッキーにおかしなものが混ぜられ、父親を殺すために使われたなんて知ったら、あの子はどんな思いをするだろう。美寿々と隼人は小さく口を開けている。

「話の裏付けは、和久井一悟さんとすみれ荘の住人がしてくれると上郷さん本人が言っています。後日、順に話を伺うことになりますのでご協力願います」

戸惑いながらもふたりはうなずく。では今夜のところはまず火災時の状況をと警官は和久井から簡単な調書を取り、それでは後日またと出て行った。

「……なに今の。嘘でしょう。ねえ、和久井さん」

美寿々が震え声で尋ねてくる。隼人も真顔で和久井を見つめている。どう答えていいかわからず、沈黙が消極的な肯定になっていく中、処置室に人が入ってきた。

「一悟くん」

「お義父さん？」

反射的に起き上がろうとする和久井を、いいからと義父が手で制する。義母が一咲を抱いている。髪がぼさぼさで涙の痕《あと》もあるが無事な姿を見て緊張が一気にゆるんでいく。

「一悟くん、ありがとう。一咲のこと守ってくれたって青子から聞きました」

義父たちと顔を合わせるのは三年ぶりだった。桜子の告別式以来――。

「久しぶりに会ったのにこんな話でなんだが、青子が妙なことを言っている。まともに受け取らないでほしい。火事に巻き込まれて動転してるんだろうし、きみが否定してやってくれ。落ち着いたらみんなで食事でもしよう。もちろん一咲も一緒に」

「そうね。身内なんだからね」

義父も義母も縋るような目をしている。青子を庇《かば》っているのだ。もちろん和久井だって一咲を巻き込みたくはない。疲れているだろうからまたくるよと義父は遠慮がちに言い、義母がお礼を言いなさいと一咲に話しかける。一咲が赤い目でこちらを見た。

「……おじちゃん、助けてくれてありがとう」

おじちゃん——胸に刺さる呼びかけだった。

「一咲ちゃんが無事で、おじちゃんは嬉しいよ」

「あのね、一咲、お礼に青子おばちゃんとまたクッキー焼くね」

胸の痛みが倍増しになった。この子には真実を知ってほしくない。けれど知ることと知らないことはどちらが不幸なことだろう。形容しがたい感情を呑み込んで、ありがとうと微笑んだ。またねと振られる小さな手を、いつまでもいつまでも見ていたかった。

義父たちが帰ったあと、処置室にはこれ以上ない重い沈黙が満ちた。

「まあ一咲ちゃんに会えてよかったよな。ラッキーラッキー」

あははと笑う隼人の足を、美寿々が蹴《け》っ飛《と》ばした。

「なにがラッキーよ。娘におじちゃんって呼ばれたんだよ。これ以上つらいことないでしょう。青子さんや三上さんのこともあるのに、隼人くん、無神経すぎるよ」

「だからってみんなで落ち込んでどうするんだよ。幸せと不幸は交互にやってくる。だったら、こんなどん底の次はすごいラッキーがくるってことだろうが」

「だとしてもTPOを考えろって言ってんの」

「考えなくていい。なにやっても駄目なときってのはある。そういうときは神経を鈍くさせて、嫌なことには目をつぶって自分を守るんだよ。見た目だけでもいいから毎日楽しいウェーイってインスタに上げんだよ。他人だけじゃなくて自分も騙すんだ」

なあ和久井さん、といきなり話を振られた。

「一咲ちゃんと会えてよかったな。向こうの親も飯食おうって言ってたし、すごい進歩じゃん。これからいいことたくさんあるよ。ほらウェーイ、美寿々もやれ」

隼人が親指と人差し指と小指を立てる。隼人に急かされ、美寿々も渋々《しぶしぶ》同じポーズでウェーイと小さく言う。ほらほらとうながされ、和久井も重い腕を持ち上げ、見よう見まねでウェーイとやった。そうそうと隼人が大袈裟に笑う。

「今夜からきっと、いいことばっかだよ」

そうだねと笑顔を作る。無理やりだったのに、少し気が楽になったような気がした。問題はなにも解決していないが、二十四時間三百六十五日、がむしゃらにエンタテインメントを追い続ける業界人らしく、人の心のどうしようもなさを知っている。

「和久井さん、病室の準備ができたんで行きましょうか」

看護師がやってきて、またお見舞いくるねとふたりが帰ろうとする。とんでもないことに巻き込んでごめんと謝ると、そろってウェーイと返された。

「じゃあ、病室に向かいますね」

お願いしますと頭を下げ、暗い病院の廊下を車椅子で押されていく。

「ふたり部屋で、一緒に運ばれてきた斉藤さんと同じです」

「央二の具合はどうですか？」

「少し煙を吸ってて、あと右手を火傷《やけど》されてます。それほど深刻じゃないし、意識もはっきりしてます。念のための入院なんで心配しなくても大丈夫ですよ」

連絡通路を通って入院病棟へ入ると、夜の静けさが深まった。消灯時間が過ぎた暗い廊下を押され、病室へと案内される。和久井は手前のベッドで、奥のベッドはカーテンが引かれている。豆電球の弱いオレンジだけが人がいることを伝えている。なにかあればナースコールを押してくださいねと言い置き、看護師は出て行った。

身体が重く、病院が貸してくれたパジャマに着替えるのもおっくうだった。ひどく疲れているのに、神経が高ぶっていて眠れそうにない。病院から借りた薄っぺらなスリッパを履いて、隣のベッドのカーテンの前に立った。

「入っていいか？」

うんと聞こえ、カーテンをそろそろとめくった。ベッドにはおかしな短髪になり、右手から肘へと包帯を巻かれている芥がいた。

「頭どうした」

「後頭部あたりが燃えてたみたいでカットされた」

「火傷は右腕だけ？」

「あちこちヒリヒリするけど、ひどいのは右腕だけ」

「とんでもない目に遭わせたな」

「座れば？」

視線でうながされ、和久井はベッドサイドにある丸椅子に腰を下ろした。

「央二、助けにきてくれてありがとう」

とにかく一番に礼を言った。

「助けてくれたのは消防士だ」

「一番はおまえだ。なんの装備もないのにきてくれた」

「俺が入ったときは、まだそれほど燃えてなかったよ。あんなに早く火が回るとは思わなかった。正直、ちょっと後悔した。すみれ荘って薪《まき》でできてるの？」

痛々しい姿とは裏腹、いつもと変わらない淡々とした物言いに小さく笑った。

「さっき警察がきて、青子さんのことを訊かれたよ」

「ぼくを殺そうとしたって告白したそうだ」

「どうするの？」

「知らないで押し通す。一咲を巻き込みたくない」

「だろうと思った。俺もなにも知らないって言っておいたよ」

「ありがとう。おまえには迷惑ばかりかけてるな」

ふう、と芥は鼻から息を吐いた。

「これからも、あんたはいろんな人につけ込まれるだろうな」

「その予言は九割の確率で当たりそうだ」

「でも、あんたに救われる人もいるんだろうな」

「そんな間抜けな人がいるのかな」

苦い笑みを浮かべた。

「放火の犯人、例のアバンギャルドな老人だって?」

「まだ決まったわけじゃないけどね」

「決まりだろう。あんたのお母さんにすごく執着してた」

驚く和久井に、芥は当然という顔をしている。

「あの人、やたらあんたを邪魔者扱いしてたじゃないか。親切とお節介の皮を被《かぶ》って、あんたと青子さんをまとめようとしてた。あんたが結婚して落ち着くまで、あんたのお母さんはぼくのプロポーズを受けてくれないって言ってたし」

「そうだっけ」

「のんきすぎる。あんたのお母さんが心配する気持ちわかるよ」

「央二、『あんたのお母さん』は、おまえのお母さんでもあるよ」

気にしないようにしていたが、三度続くと無理だった。

「いいや、あの人はあんただけのお母さんだよ」

「おまえが母さんを親と認められない気持ちはわかるよ」

芥はわずかに眉を動かした。

「母さんは、おまえに恨まれてるって言ってた。ようやくその理由がわかった。ぼくたちはおまえに恨まれて当然だ。ぼくは父さんが死んだことすら知らなかった」

「知る必要のないことを知らなかった。それだけのことだ」

いやみには聞こえなかった。それが余計に痛くて、膝の上できつく手を組んだ。

「おまえは、なんであんな必死にぼくと一咲を助けようとしたんだ」

「なんでって？」

「ぼくは謝ることしかできない。でも謝ってもなにも取り戻せない。なあ央二、ぼくはどうしたらいい。おまえの気がすむようにしてほしい」

「なにもしなくていい」

「でも」

「俺はつらい思いなんてしてない」

それは妙にあっけらかんと響いた。おそるおそる視線をやると、的外れな人を見るような目で芥はこちらを見ていた。どう言えば伝わるのだろうと思案する顔。

「俺は、つらいとか悲しいとかが、よくわからない」

芥は溜息まじりに言った。

「あんたとあんたのお母さんが出て行ったあと、父さんはぼろぼろだったよ。自分のことで精一杯で、俺の面倒をみる余裕はなかったんだ。手入れされなくなった庭がどんどん枯れていくみたいに、父さんも、家の中も、枯れていった」

枯れた家の中で、芥は愛情にも食べるものにも飢えるようになった。そのうちお腹が空いたとしか考えられなくなり、それ以外の感情がどんどん削がれていった。喜び、怒り、悲しみ。そうしてなにも感じなくなったころ、新しい母親が家にきた。

新しい母親はなんの光ももたらさず、空腹に加えて暴力を芥に与えた。日毎《ひごと》に服の下で増えていく痣《あざ》に誰かが気づいてくれることもない。けれど小学六年生のとき、いつものように殴られる中、足が滑って義母を巻き込んで床に倒れ込んだ。芥が馬乗りになる恰好になった一瞬、義母の顔に怯えが走った。

「今だ、と思った」

気づくと、義母を殴っていた。今まで数限りなく芥を殴り続けた義母は、たった一発で悲鳴を上げて泣き出した。そうして、ようやく自分の身体が大きくなっていることに芥は気づいた。力も強くなっている。殴られたら反撃することができる。

「解放されたと思った」

けれど勝利感も安堵も喜びも、芥の中には湧かなかった。顔を覆って泣いている義母を見下ろしながら、感情のメーターはぴくりとも動かなかった。

義母が父親を刺したときも、芥の目には事実だけが映り、それが心になにか影響を及ぼすことはなかった。警察官に事件当日のことを訊かれたときも、起きたことをありのまま伝えた。女性の警官が、悲しいわよね、かわいそうにと涙ぐんだが、どうして悲しいのかと訊き返したら、今度は気味悪そうな目で見られた。

実の母親が迎えにくると聞いていたが、芥は一時預かりの児童相談所から養護施設に移された。母親が引き取りを拒否したのだと知ったときも、そうかと思っただけだ。あの人は兄の母であり、自分の母ではない、というただの事実が残った。

「なにも感じないのは楽だ」

そう言うと、引き取られた先で出会った牧師は困った顔をした。キリスト教系の養護施設で、そこでは日曜礼拝が義務づけられていた。

牧師は言った。神さまは人にとって無駄なものはなにもお与えにならない。冬が長く続き、きみの心は植物の種のように眠っている。けれどいつかふたたび芽を出す。それまで、神さまが慈しんで作ったきみのすべてを大事にしなさいと芥を抱きしめた。

「牧師さまは、俺に愛情をかけてくれた唯一の人だ」

けれどやはり芥の感情は、のっぺりと平坦《へいたん》なままだった。他者への共感性も低いまま、施設を出て就職してからも他人とうまく縁を結べず、友人も恋人もおらず、休日にひとりこもって書いた小説が入賞し、幸運にもそれで暮らすことができた。こんな自分にも生きる術を与えてくれていたのかと、芥は生まれて初めて神に感謝した。

友人も恋人もいないが、たまに牧師と会って話をするだけで充分だった。なぜ世の中が『ひとり』イコール『独《ひと》り』と定義するのかもわからなかった。『ひとり』を寂しいとは少しも思えず、逆に集団に交じったときのほうが居心地の悪さを感じた。

その牧師が春先に病気で亡くなった。安らかに目を閉じている牧師に百合の花を手向けながら、じっと心が動くのを待った。けれど駄目だった。

「俺に優しくしてくれた、たったひとりの人だったのに」

筋道だった思考ならいくらでもできる。今の自分は悲しむべきだ。なのに、そうできないのはなぜなのか。初めて自分に苛立《いらだ》った。自室のベッドに寝転がって考え、しかし答えは出ないまま、芥は思い切って自分をリセットしてみることにした。

「自分が喜怒哀楽を感じていたころに戻ってみようと思いついたんだ。それはいつだって考えたら、あんたと暮らしてたときのような気がした。五歳だったからあんまり覚えてないけど、俺はあんたのことを『にいたん』って呼んでた。一緒に風呂場で遊んだろう。おやつを持ち込んで、アヒルのおもちゃがあった気がする」

「ああ、ああ、ぼくも覚えてる」

和久井は思わず勢い込んだ。同じ記憶を共有していたことに希望が見えた。あとでふやけたスナック菓子が見つかって母親に叱られたなと笑った。

「俺はぶたれたよ」

「え？」

「お兄ちゃんは身体が弱いのに、なんで水遊びなんてしたのって。詳しくは覚えてないけど、それを見た父さんが母さんを怒って、夫婦喧嘩になってたと思う」

　和久井はぽかんとした。そんな記憶はないし、でもここまできて芥が嘘をつく理由もないので事実なのだろう。しかし母親がそんな理由で五歳の我が子をぶった？　あの優しい母親が？　自分の知っている世界はどこまで裏返るのだろう。

「離婚したあと、酔った父さんがいつも言ってた。あいつは一悟さえいればいい、他は夫でも実の子でも邪魔なんだって。父さんの愚痴も子供みたいだったよ。息子のあんたと妻の愛を取り合うなんて、なんていうか、気持ち悪かったな」

　美寿々が言っていたことを思い出し、さわりと肌が粟立つ。そしてもうひとりの実の息子である芥が完全に蚊帳の外に置かれている状況に胸を衝《つ》かれた。

「三上さんと会ったとき、父さんに似てると思ったよ。だから三上さんが放火犯かもって聞いても驚かなかった。三上さんも、父さんも、二番目の母さんも、青子さんも、俺には理解できない濃い感情が渦巻く世界で生きてるんだろうなと思うだけだ」

　芥は見えないものを見るように、カーテンに向かって目を凝らした。

「あんたに会えば、俺もそういう気持ちを思い出せるかもと思った。愛しいとか、憎いとか、殺したいとか、負の感情でもなんでもよかった。なにか感じることができれば、俺は牧師さまのために泣くことができる気がしたんだ」

「でも、なにも感じなかった？」

問いながら、自分へのふがいなさにうつむいた。

「なにもってことはないけど、肩透かしを食った気がした」

てっきり幸せに暮らしていると思っていたのに、再会した兄は穏やかだが、生気が薄くやる気のなさそうな男だった。身体が弱く、妻を亡くした過去を持ち、笑っているのにすべてを諦めた影のような男は、どこか自分に似ているとすら思った。

「ほんとに兄弟なんだなって妙な納得はできたけど」

灰色の上に、同じ灰色を塗り重ねただけの認識だったのだろう。

「じゃあ、どうして今夜うちにきた。ぼくにがっかりして出て行ったんだろう？」

「その前に、どうして青子さんに会った？」

珍しく責めるような目つきにどきりとした。

「あ、それは……会うつもりはなかったけど、その、ちょうど母さんがおまえの家に入ってくのを見て、なんでふたりで会ってるのかわからなくて、つい……」

事情を知っていそうな青子に連絡してしまった。あれだけ痛い目に遭ったのに、芥からもう会うなと言われていたのに、結果はこれで馬鹿としか言いようがない。

「あんたの母さんは謝りにきたんだよ。小さいころ俺を置いていったことや、父さんの事件のとき俺を引き取らなかったこと。ひどいことをした、恨まれて当然だって」

そうだったのかという驚きと、時間は巻き戻せないというやりきれなさと、それでもここからもう一度家族としてやり直すことはできないかというわずかな期待が湧いた。

「だから、あんたにもう近づくなって言われた」

「え？」

「自分が全部悪いから、なんでもするから一悟には近づかないで、なにもしないでって言いにきたんだよ。あの人が大事なのはあんただけだ」

鋭い刃でぷつりぷつりと心を細かく断たれているように感じた。和久井を守ろうとするその手で、母親は芥を切った。一度、二度、今回で三度目だ。

「あの人は昔からそうだったし、いまさらなにも思わない。ただ喜怒哀楽がないってやっぱり楽なんだなと改めて思った。そういうとき、普通はいろいろあるんだろう？」

絶望的な内容を淡々と語られ、和久井は深くうなだれた。どんな言葉も自分にはかけられない。口にした途端、すべて薄っぺらい紙みたいに吹き飛ばされるだろう。

「でも、ケーキがあったから」

芥の口調がかすかに丸みを帯びた。

「あの人を見送ったとき、ドアの横にケーキの箱が置いてあるのに気づいた。中を見たら

『央二くん、おめでとう』ってチョコレートのプレートに書いてあって」

状況も知らず、最悪なタイミングだと自分に対して絶望した。

「幼稚園のころ、誕生日ケーキの蠟燭を吹き消したこと思い出したよ。多分、楽しかったと思う。そんなことずっと忘れてたのに、だからもう一度だけあんたに会おうかなって思ったんだ。会わないでってあの人には言われたけど、俺には関係ない人だから」

あっさりとした答えに、芥と母親の間にはもうなんの糸もかかっていないのだと思い知った。青子や三上の言葉が複雑なマーブル模様となって胸に広がっていく。

——人間同士だから相性があって、ほんの多少なりとも差は出てくるの。

——うちの両親はわたしよりも桜子をかわいがってた。

——愛情なんて元々身勝手で不平等なものなんだ。

——だから世の中事件が絶えない。

「神さまは人にとって無駄なものは与えないって牧師さまは言ったけど、こう次々トラブルが起きるなんて、そもそも人って欠陥品なんじゃないかな」

そうかもしれない。なによりも尊いとされている愛ゆえに子を捨て、愛ゆえに子を虐待し、愛ゆえに夫を刺し、愛ゆえに毒を盛り、愛ゆえに無理心中を図り、愛ゆえに火をつける。毎日、毎日、世界中で愛ゆえのトラブルが起き続けている。

けれどそんな欠陥品である愛を、自分はどうしても手放せない。これまでもこれからも愛ゆえの間違いを重ねていくだろう。愚かだと思う。思うけれど――。

「央二、しばらくおまえの家に住まわせてくれないか」

きょとんとされた。初めて見る表情だ。

「どうしたの。いきなり」

「おまえがうちにきたときも急だったろう。すみれ荘は燃えたし、今度はおまえのアパートにぼくを居候させてほしい。家賃と生活費は折半。おまえの右手は火傷でまたしばらく不自由が続くだろうし、掃除や食事作りはぼくがする。必要なら口述筆記も」

「それは助かる。でもあんたのお母さんは反対するんじゃない？」

「反対されても、もういいだろう？」

膝の上でにぎりしめていた手を、なんとなく開いてみた。

ゆっくりと、ふんわりと。花が咲くように。

「誰がなにを言おうと、ぼくたちは兄弟なんだから」

芥はじっとぼくを見つめる。

「本当にそうなのかな」

それは血という意味の問いかけではなかった。

「そうだよ」

自分は兄で、芥は弟。親や親しい人たちのいろいろな顔を知り、住む家も失った。焼け野原のような現実に、それでも動かしがたい事実がころりと転がっている。

「あのとき、おまえはなにを考えてた？」

「いつのとき？」

「自分も死にそうだったのに、ぼくと一咲を助けようとしてくれた」

芥は首をかしげた。そのまましばらく考える。

「さあ、覚えてない」

命の危機を経《へ》ても特に感動的な展開にはならず、笑みがこぼれた。嬉しい、悲しい、なんでもいいから喜怒哀楽を知りたくて自分に会いにきたのだと芥は言った。その芥が自分と一咲を必死で守ってくれた。あれが芥の心の芽だと思うのは、自分にとって都合がよすぎるだろうか。けれど自分も牧師の言葉に縋ってみたかった。

――神さまは人にとって無駄なものはなにもお与えにならない。冬が長く続き、きみの心は植物の種のように眠っている。けれどいつかふたたび芽を出す。

今はまだ、その芽にはなんの名前もついていないけれど。

「退院したら、ケーキを買って生還祝いをしよう」

少しの沈黙をはさんで、いいよ、と芥が答えた。

「あ、でもあんたのケーキ、台所に置きっぱなしにしてきた」

「……それはちょっと」

九月になってもまだまだ暑い。生クリームなので腐るのも早いだろう。和久井は虫退治が得意ではない。なんとなく視線を交わし合うと、芥は口の端を引きつらせた。

それが弟の笑い方なのだと、もう知っている。

不条理な天秤　母の告白

芥は二日で退院したが、和久井は十日ほどを要した。

いくつかの検査で、和久井の身体からは青子の証言どおりアルカロイド系毒物が検出されたが、これで人を殺すのは無理という量だった。青子の告白に沿って警察からいくつか質問を受け、和久井は自分が知っている事実を答えた。今のところ罪に問うのは難しいというか、犯罪自体成立しないということだが、それでいいと和久井は思っている。

母親は毎日見舞いにくる。連続放火の犯人は三上で確定し、母親は一番の関係者として何度も警察から聴取を受けている。愛する女性を独占したいがため、女性と親しい人たちの家に火を放ち、一番邪魔な息子を殺そうとした。昨今多い老人の事件として週刊誌やワイドショーで取り上げられ、周囲の厳しい目に母親は相当参っている。

それでも気落ちした様子は見せないのが母親らしい。和久井が退院するまでに一緒に暮らせるマンションを探すと言われ、同居はしないと答えた。

「じゃあ、どこに住むのよ」

「央二と暮らす」

母親はわずかに目を見開き、なにかを言おうと口も開き、けれど言葉は出てこないまま口を閉じた。なにかをこらえるように目を伏せ、そう、と言った。

「理由は訊かないの？」

「訊かなくてもわかるから」

母親は見舞いに持ってきた青紫のリンドウを花瓶に生けはじめた。

「どうしてそんなに央二を嫌うの？」

母親は思いも寄らないという顔で和久井を見た。

「あの子を嫌ったことなんて一度もないわ。息子なのよ？」

「でも」

「ただ、あなたを守りたかっただけなのよ」

母親はこちらを見ずに、リンドウを意味なく整えながら話した。

「あなたは生まれたときから小さくて、わたしはずっと気が気じゃなかった」

それに比べて、央二はあなたの分まで吸い取ったように健康な子だった、と母親は小さく息を吐いた。元気な央二と遊んでいると、あなたはよく怪我をしたし調子を崩した。央二が振り回した手足が当たって痣を作り、真夏の庭で遊んで日射病で倒れ、冬は風邪をひいて熱を出した。そのたび、わたしは、本当に――と母親は宙を見上げた。

はらはらする母親を尻目に、父親は元気な央二をかわいがった。男の子はこうでなくらやと央二が褒められるたび、母親は身体の弱い和久井を余計に不憫に思った。左右にひとりずつ子供を載せた心の天秤が、少しずつ一方に傾いていったのだ。

「そのたび自分に言い聞かせたわ。ふたりともかわいいいわたしの子よって」

父親にもそれとなく、ふたりを平等にかわいがってほしい、央二ばかり贔屓しないでほしいと頼んだ。どっちもかわいがってるよと、父親は笑って取り合わなかった。小さな塵《じん》のようなモヤモヤは音もなくゆっくり降り積もり、そのうちわずかな振動でもぶわりと粉《ふん》塵が舞い上がるようになった。そして、あの夏の日、爆《は》ぜた。

幼い兄弟は両親が出かけている間に、風呂場で水遊びをした。おもちゃのアヒルを浮かべ、水鉄砲で互いを撃ち、浴槽の中でスナック菓子を食べた。風呂掃除に入った母親がふやけたスナック菓子を見つけたとき、和久井はもう熱を出していた。

「一度だけ、央二をぶったの」

お兄ちゃんは身体が弱いのに、どうして水遊びなんかしたの。叱るべきは幼い弟ではない。もしくはふたり平等に叱るべきである。理性ではわかっているのに、積もり積もった不満がたったひとつ、央二という出口めがけて迸《ほとばし》ったように感じた。自分の手のひらがやわらかな頰を打ち、火がついたように泣き出した央二を見て、母親は自分のしたことが怖くなってその場に座り込んだ。父親がすぐにやってきて母親を怒った。

――まだ幼稚園の子にわかるわけないだろう、一悟の自業自得だ。

わかっていることを言われ、かっとして喧嘩になった。今までの不満もすべてぶちまけると、今の話と関係ないだろうと言われた。いいえ、関係はあると母親は詰め寄った。あなたは央二ばかりかわいがって一悟に冷たい。父親はあきれた顔をした。

――子育てはおまえの仕事だろう。俺に責任転嫁するな。

父親は泣いている央二を抱き上げた。

「央二と散歩に行ってくるから、少し頭を冷やせと言われたわ。おまえは俺ばかり責めるけど、おまえは央二に冷たすぎる。それでも母親かとも言われた」

父親が出かけたあと、母親は子供部屋に戻り、和久井の脇にはさんだ濡れタオルを泣きながら交換した。それでも母親かという言葉がぐるぐる頭の中を回っていた。母親自身が一番自分を責めていた。なぜわたしはふたりを平等に愛せないのだろう。父親に向かって投げた言葉は何倍もの威力を持って、ブーメランのように母親に返った。

公平であるはずの母性の天秤は、もうずっと長い間ゆらゆらと揺れ続けていた。左右の秤《はかり》の上にあらゆる感情を載せ、あの日、それががくりと大きく傾き、崩れたバランスは二度と元には戻らなかった。母親は和久井だけを連れて家を出た。

「央二を愛さなかったわけでも、嫌いだったわけでもないの。でも、ひとつ覚えてることがある。あなたの看病をしているときに央二がやってきて、ご本を読んでとねだられたのよ。あとでねと言ったけど央二はきかなくて、わたしの服を引っ張った。最後は熱を出してるあなたの布団を引き剝《ひは》がそうとした。そのときわたしは――」

母親は自らのうちを探るように、リンドウをじっと凝視した。

「とっさに布団に覆い被さってあなたを守った。そして言ったの。あなたはお父さんのほうに行ってなさいって。央二にはあの人がいるけど、あなたを守れるのはわたししかいないと思った。央二がどんな顔をしたかは覚えてないわ。あなたに覆い被さってたから見ていなかったのか、それとも覚えていたらつらいから忘れたのかしら」

別れた夫が二度目の妻に刺されて死んだと聞いたとき、驚きと、恐怖と、奇妙な納得が胸に迫った。二度目の妻の中にも自分と同じような、うまく言葉にできないものが積もっていったのだろう。それらは積もって、積もって、ゆっくりと、自らを取り巻く景色を変えていく。そうしてある日ふいに気づくのだ。ああ、もう無理だ、と。

「だから三上さんが放火犯だと知ったとき、ショックを受けながら心のどこかで納得もしたのよ。今度はわたしが三上さんの胸に、目に見えないなにかを積もらせたのかって」

母親はふっと病室の白い壁に目をやった。

どうしてこうなる前に気づけないのかしらね。

でも、そういうものなんでしょうね。

自分だけは大丈夫、そう思いながら巻き込まれていくのね。

そうやって、毎日、いろんな事件が起こるのね。

「帰るわ」

唐突だった。母親は切り落としたリンドウの葉や茎を包装紙でくるんでいく。一本ずつ惜しむような丁寧な手つき。なにか言わなくてはいけないと思った。母親の心を救うなにかを。焦る和久井に、母親はよく見知った優しい顔で微笑んだ。

「そろそろ秋ね」

言葉の意味を洩らさないよう、和久井は耳と心を澄ませた。

「あなた、季節の変わり目は必ず調子を崩すんだから気をつけなさい」

そう言い残し、母親は帰っていった。ひとりになってから、リンドウの濃い青紫が目に入らないよう、和久井は仰向けのまま両手で顔を覆った。

エピローグ　ファミリアII

シャツのボタンを上まで留め、髪も適当にムースをつけて整える。

買って二年が経ったムースは火事で処分したので、先日新しいものを買った。

変質者だと思われないよう、和久井なりに見た目の努力をしているのだが、それでも三十四歳の男が女児用のおもちゃコーナーにひとりでいると妙な目で見られる。

「きちんとするほど怪しく見える人っているよね」

「今日はおまえがいるから怪しさが二倍になってるんだと思う」

央二は自分の恰好を見下ろした。火事以降伸びた髪をハーフアップにして、襟元のよれたTシャツにモッズコートを羽織っている。だらしないのかおしゃれなのか、判断する者のセンスを試すような外見は再会したころと変わらない。

「これなんか不細工でいいんじゃない?」

央二が棚からカエルのぬいぐるみを取る。いかにも適当な手つきだった。

「六歳の女の子がこれを喜ぶかな」

ふたりで吟味していると、横合いからふいに小さな手が伸びてきた。

「これ」

おかっぱ頭の四、五歳の女の子が棚を指さした。女の子が指さす先にはおままごとセットがあった。レンジ台をメインに小さな鍋やフライパン、プラスチックの包丁や野菜などがついている。和久井はこの光景に既視感があった。

「こういうの、好き？」

女の子はこくりとうなずき、じゃあこれにしようと和久井は箱を手に取った。

「俺のセレクトは散々迷ったのに？」

「あの子には実績があるんだ」

会計をすませて店を出て、駐車場に停《と》めていた車に乗り込む。次はスーパーで九人分の食材を買い込む。予約しておいた寿司《すし》とピザを引き取り、あとはケーキ屋だ。やはり車を買ってよかったと言いながら和久井は助手席に乗り込み、央二がエンジンをかける。

あの火事から一年が経った——。

薪でできていると央二に言わしめたほど老朽化したすみれ荘だったが、火災保険で全面リフォームをして新築と見まごうほど見事な復活を遂げた。水回りや床暖房など最新式の設備を整え、住環境としても格段の進歩を遂げた。

火災保険で足りないところは三上からの示談金で補った。事件が発覚したあと、三上の親族はすぐに弁護士を通して、被害に遭った家に示談を申し込んできた。中でも、和久井家にはとんでもない金額が提示された。けれど和久井は当然だと思った。

母親は好奇の視線が渦巻くこの町には住めなくなった。今は他県のシニア向けケアマンションでひとり暮らしをしている。母親が失ったものを思えば怒りが収まらなかったが、母親が法外な示談金にさらなる上乗せを要求したときは驚いた。

――一悟のこれからのために、お金はいくらあっても邪魔にならないわ。

その親心がありがたく、それ以上に胸に刺さった。子供のためなら母親は菩薩《ぼさつ》にも鬼にもなる。ある意味正しく、一方ではその正しさが刃になる。あれ以来、母親は央二のことは一切口にしない。央二も口にするときは『あんたのお母さん』と言う。血は水よりも濃いというけれど、その濃さゆえに、相容れないときは徹底的に弾き合う。

すべての母親は無条件に子供を愛する、母性とはそういうものだという意見をよく見かける。素晴らしい。理想的だ。けれど行きすぎれば現実のほうが居場所をなくす。聖母像からはみ出した母親が石を投げられない場所が、どこかにあればいいと思う。

すべての家が示談に応じたことで三上は実刑を免《まぬが》れ、今は母親と同じように他県で暮らしているそうだ。詳しいことは親族が隠しているので誰も知らない。

青子は仕事を辞めて実家で過ごしている。犯行方法に威力がなさすぎることと、被害者の和久井が処罰を求めなかったことで、傷害事件として立件すらされなかった。

「あんたは馬鹿がつくほどのお人好し、いや、ただの馬鹿だ」

央二からはあきれられたが、一咲の伯母を犯罪者にしたくなかった。正しい判断ではないとわかっている。自分が理想から遠く離れた不完全な親だと、そして親ゆえの愚かさや過ちは単純な正にも負にも収まらないのだと痛いほど突きつけられた。

それらを経て、今日はすみれ荘の再スタートを祝ってちょっとした会が開かれる。桜子の両親と一咲もくる。青子の件が落ち着くのを待っていたので、一咲に会うのは火事のとき以来だ。プレゼントはもちろん一咲のために買った。

――これから、少しずつ親子として慣れていきましょう。

――青子のことは本当にすまなかった。胸に納めてくれてありがとう。この先、一咲がきみとの暮らしを望むならそうしても構わない、それが本来の筋だった。

義父と義母からそう言われたとき、ああ、この人たちも不完全な親だったのだと納得できた。桜子のために和久井を憎み、青子のために和久井を赦す。そんな手のひら返しに理不尽を感じながら、自分は喜びに嗚咽《おえつ》した。もうなにが正しくて、なにが間違っているのかわからない。だったら当事者がよければそれでいいじゃないか。すべてを清廉にすることができないのなら、濁ったまま、それでも少しでも良いほうに進んでいきたい。

今日の会にはすみれ荘の新旧住人も参加する。帰還第一号となったのは、火事以降アンディのアパートに居候をしていた美寿々だった。なにがアンディの心の琴線を揺さぶったのかは知らないが、今ではアンディのほうが美寿々にベタ惚《ぼ》れだという。

「あの子、馬鹿だけど威張ったりしないし、ＰＭＳでくたばってるときはコンビニ弁当ふたり分買ってきてくれるし、ヘッドホンで音消して静かにゲームしてるし、特別いたわってもくれないけど、自然な感じが一緒にいて楽ちんなの。なんかびっくりした」

同棲《どうせい》もうまくいっていたのに、なぜすみれ荘に戻ってくるのかと訊いた。

「あたしには、あたしの稼ぎだけで成り立ってて、他人に侵害されない、不条理に奪われない、誰にも気兼ねせずに安心してくたばれる場所が必要なの。冬眠中のクマの巣穴みたいなものかな。それは恋とか愛とは別の次元の話なの」

一ヵ月の半分を死んだように生きながらも、美寿々は自らの人生の手綱を自分の手にしっかりとにぎり続けようとする。そんな彼女の巣穴にすみれ荘が選ばれたことを光栄に思い、和久井は新たな入居申込用紙を受け取った。アンディからも入居を希望されたのだが、カップルは受け付けていないので断った。

次に隼人の紹介で、二十四歳の男の子と二十歳の女の子が入居してきた。隼人は火事のあと新たにマンションを借り、フリーの制作マンとして独立した。ふたりは隼人のアシスタントだ。昔の隼人のように夢を持ってテレビ業界に飛び込んできたのだという。

「夢なんてすぐ木っ端微塵《こっぱみじん》になるだろうけど、少なくともすみれ荘にいれば栄養失調と鬱の危険性は低下するだろ。俺を支えてくれた場所だから信用してるよ」

ああ言えばこう返す、大人らしさとは無縁の毒舌家だった隼人が、よろしく面倒みてやってくださいと和久井に頭を下げた。途切れるものもあれば、形を変えてつながっていくものもある。こちらこそと和久井も頭を下げた。

最後に二階の一室に央二が入ったが、軽い悶着《もんちゃく》があった。この一年、央二のアパートに居候し続け、その間、むさ苦しい以外の問題が起きなかったので、新しいすみれ荘にも家族として越してくるとごく当たり前に和久井は思っていたのだが――。

「すみれ荘はあんたのお母さんの家だ。俺が身内として暮らすわけにはいかない」

「前は強引にきたじゃないか」

「あのときは間借り人として入った」

「じゃあ、また間借り人として入る？」

「それなら問題ない」

常に飄々《ひょうひょう》として、なにごとも受け流すように見えていたが、央二には央二なりのこだわりがあり、それは強烈なものであると今は知った。そういえば昨日、他県で暮らす母親から祝いの花とメッセージカードが届いた。最後に一言添えてあった。

『ふたりとも、季節の変わり目なので体調には気をつけて』

ふたりとも――という文字に央二はなんの反応も見せなかった。これから少しずつでも関係が修復されていけばいいと思うけれど、無理かもしれない。それは別にいい。世の中の人すべてが理解し合い、許し合えるなんてのは幻想だ。だからといって希望を捨てることはない。世界にも、心にも、グレーゾーンというものがあっていい。

「あ、ここ、おまえが当たり屋をやったところだな」

通りを走りながら振り返った。央二はシートにだらっともたれ、雑な手つきでハンドルを操作している。バックミラー越しに過ぎていく景色をちらっと見る。

「あんたの自転車に轢かれたとき、すごく痛かった」

「平気そうに見えたけど?」

「なわけないだろう。ほんとに骨にヒビが入ったんだから」

話す間にも車は進み、風景はどんどん変わり、過ぎ去っていく。人生もこんなものかもしれないなとふと思った。一生忘れないと誓った喜びも、一生忘れられないと刻まれた悲しみも、すべて押し流し、洗い流し、最後はどこへ辿り着くのだろう。

「兄さん」

機嫌がいいとき、央二はたまに和久井を兄さんと呼ぶ。

「なに?」

「ケーキ屋、通り過ぎたけどいいの?」

淡々と問われ、よくないよ、と慌てた。

「気づいてたなら、通り過ぎる前に言ってくれ」

「通り過ぎてから気づいたんだよ」

央二が雑にUターンをしようとする。クラクションを鳴らされ、和久井はフロントガラス越しに頭を下げた。央二はお構いなしに悠々とターンしている。

気づかず通り過ぎ、気づいて振り返り、慌てて戻る。

間に合わないことのほうが多いが、間に合うこともいくつかはある。

そうして今日という日が流れ、過ぎ去り、また明日がくる。

あとがき

今、目の前にいる『この人』は、何用の『この人』だろう。

仕事用、知人用、友人用、恋人用、身内用、自分専用、同じひとりの中に、いろんな『この人』がいるんだろうなと、つい想像してしまう。裏を知りたいと言うと悪趣味だけど、裏が悪いものだとは限らないし、それが裏だとも限らない。

いつも朗《ほが》らかで場を和《なご》ませる人が、家に帰ると不機嫌を隠しもしないでソファで力尽きているかもしれない。わたしが恋人だったら、一日中酷使されたハンカチみたいに皺《しわ》くちゃになった姿を愛《いと》しいと感じるだろう。でも愛が冷めてしまっていたら、うんざりして目を逸《そ》らしてしまうだろう。

誰もが持つ様々な顔。ある人からは表で、別の人からは裏に見える。曖昧《あいまい》で、安定性は皆無で、瞬間的に強くて、なのにほんの少しの衝撃で折れることもある。そんな不可解な人の心を、わたしはずっと書き続けている気がします。

二〇一八年の夏に刊行された物語ですが、加筆修正して講談社タイガさんで出し直してもらうことになりました。巻末に旧版にはない「表面張力」という短編が収録されています。一悟と芥が出てきますが、それぞれに暮らしを営む『普通の人たち』のお話です。とはいえ普通ってなんでしょう。よく使う言葉なのに、その正体は不明。考えるほど曖昧になっていく。本編とはやや毛色の違うお話なので、少し離して入れることになりました。楽しんでいただけますように。

暮らしのほうでは、春先に引っ越しをしました。

それまで住んでいた街から、歩いて一時間ほどの隣の街へ。近所に個性の違う食料品店が三つあって、日用品店も充実していて、少し歩いたところに大きな池があります。俳句や和歌にも詠《よ》まれる観月の名所なので、ポケットにお菓子を忍ばせてぶらぶらお月見がしたいです。反対方向の近所にあるお蕎麦《そば》屋さんの店先には、クラフトビールあります、というカラフルな旗が立っていて、こちらは〆切りを乗り越えた昼間に行きたくてタイミングをはかっています。お蕎麦とアルコールの組み合わせは、やるべきことをやった暇な昼下がりが似合うので。

嵐のような二〇二〇年が終わって、今年はようやく新しい物語を書きはじめる予定です。すごく楽しみで、すごく怖くて、がんばりたいけど、逃げ出したい。どれも表で、どれも裏で、きっとわたしもすみれ荘の住人なのでしょう。

二〇二一年　四月　凪良ゆう

表面張力

《管理人》

東向きのアパートは午後になると日が射さず、昼寝をするのに具合がいい。座布団をふたつに折って頭の下に敷《し》き、弟はずっと目を閉じている。涅槃仏《ねはんぶつ》のように安らかないい顔をしているが、さっきからずっと弟のスマートフォンが着信を示す光を放っている。

――〆切を破っている状況で、よく昼寝ができるなあ。

弟の職業は作家である。今回はプロットという原稿を書き出す前のあらすじが浮かばないそうだ。素人《しろうと》からすれば、あらすじすら浮かばないなんて職業的危機ではないかとハラハラするが、最終的に刊行予定月に本が出ればよいのだと弟は言う。

「央二《おうじ》、着信続いてるぞ、編集さんだろう。出てあげれば？」

「出たってアイデアは浮かばないから無意味だ」

「怒って仕事もらえなくなったらどうするんだ」

「困る。俺には会社勤めは向いてない」

そう言いながらも頑《かたく》なに電話に出ようとしない。実は意外と焦っているのかもしれないと思ったとき、今度は自分の携帯が鳴った。スマートフォンではない古い型だ。知り合いの工務店の親方の番号が表示されている。工事の進捗だろうとすぐに出た。

「お世話になってます。取り壊しのほうは順調ですか」

『それがさあ、ちょっと変なもんが出てきちゃって』

「変なもの?」

ざっと説明を聞いて、とりあえず現場を見にいくことになった。「暇だから」と弟もついてくる。「暇じゃないだろ」とは言わないでおいた。兄の優しさだ。

電車に乗り、少し前まで暮らしていた実家へと向かった。実家は長らく『すみれ荘』という下宿を経営していたのだが火事を出してしまい、老朽化が危ぶまれていたこともあり現在は取り壊し工事中で、一度更地にしたあと建て直しを計画している。

「これなんだけどさあ」

工事をお願いしたのは地元で古くからつきあいのある工務店。お爺ちゃんといってもいい親方について二階へと上がった奥の一室に、『変なもん』はあった。

「え、なにこれ」

南側の壁一面に御札が貼られていた。

「剝《は》がれた壁紙の下から出てきたんだよ。どう見ても曰《いわ》くありげだろう?」

親方は気味悪そうに壁に視線をやる。言いたいことはわかる。御札と言っても一般的に神社でもらう家内安全や厄除《やくよけ》開運などのものとはあきらかに違う。まずなんと書いてあるのか読めない。これは字なのか、模様なのか。首をかしげていると弟がつぶやいた。

「種字《しゅじ》だ」

古代インドのサンスクリット語が起源となっている文字であり、この不気味な模様に見えるものは一文字でなんらかの神さまを表しているのだと言う。

「ありがたいもんなんだな」

親方が雑にまとめてくれた。

「で、これどうすりゃいいんだい。引っぺがしちまってもいいのかい?」

「わからない。なにを祀ってるかで意味も変わる」

「じゃあ御建《みたち》さんにでも見てもらうか」

親方がスマートフォンを取り出し、懇意《こんい》にしている地元の神社に電話をかける。工務店では、工事前に施主《せしゅ》と共にお祓《はら》いをすることが多い。土地の持つ穢《けが》れを浄化し、水回りは鬼門を避け、悪鬼除けのため柊《ひいらぎ》や南天《なんてん》を植えたりもする。理屈では説明できないものへの対応がマニュアル化しているのがおもしろい。

「ああ、国見《くにみ》さん、ちょっと見てほしいもんがあるんだけどさ」

親方がビデオ通話に切り替えて画面を壁に向ける。

「これなんの御札かわかるかい。え？　管轄違い？」

少しのやり取りのあと、親方はしかめっ面で通話を切った。

「この御札は管轄じゃないからわからんってよ」

「どういうことです？」

「さあね。あっこも親父さんが引退したあと息子が神主を継いだんだが、通信販売で資格を買ったとか噂があって、胡散臭いっていうか、とんと頼りにならねえんだよ」

「神主の資格って通信販売で買えるものなんですか？」

「最近はなんでもツーハンツーハンだからな」

「買えない」

弟がぼそりと言った。

「通販で神職の資格は買えないし、通信教育で資格を取得したということが間違って伝わってるんじゃないかな。管轄違いというのも、梵字は密教系で多く使われる文字だし、密教は仏教と密接に結びついているものだから寺に訊けって意味じゃないの？」

「へえ、詳しいねえ。一悟《いちご》くんの弟さんは宗教関係かい？」

「弟は作家なんです」

「そりゃまた頭が良さそうだ」

そうなんです、と兄として鼻が高くなった。

「けど、これどうするかねえ。祟《たた》られても嫌だし。一悟くん、これ貼った人になんの御札なのか訊いてくれよ」

「と言われましても」

年季の入った下宿だったので店子《たなこ》さんの数も相当になる。けれど御札を貼ったのは青池《あおいけ》ほのかという女性だと思う。古い部屋を少しでもかわいくしたいと薄いサーモンピンクの壁紙に貼り替えていた。それ以前の壁には御札などなかった。

「ずいぶん前の店子さんだし、連絡先のファイルも火事で焼けてしまって」

「心霊現象でもあったのかねえ」

そんな話はついぞ聞いたことがないが、わからないまま工事を進めるのを嫌がる親方の気持ちもわかる。どうしたものか思案していると、もうひとり職人がやってきた。前の現場が終わったので手伝いにきたと言い、壁一面の御札を見て眉をひそめた。

「なんですか、これ」

「わかんないから困ってんだよ。あ、おまえ確か坊さんの友達がいたな」

「寺の息子だけど、普段は幼稚園の先生ですよ」

「なんでもいいから、ちょっとこれなにか訊いてくれよ」

はいはいと職人はスマートフォンで御札の写真を撮り、その友人に送ってくれた。返事はすぐにきた。画面を見て、ぷっと職人が噴き出した。

「恋愛成就の札だって」

全員がぽかんとし、次に脱力した笑いが洩れた。

「なんだい。こんなおどろおどろしい御札の正体が恋愛成就かい」

「でも思い出しました。ほのかちゃん、占いやおまじないが好きな子だった」

「女ってそういうの好きですよねえ。にしても、ここまでやるか」

職人が壁一面に貼られた御札を気味悪そうに見る。弟は特にコメントはせず、なにかを考えるように腕組みで室内を歩き回っている。

「下宿の女の子なら、惚《ほ》れられてたのは一悟くんの可能性もあるねえ」

親方がにやにやとこちらを見るので、ないないと首を横に振った。

「特別美人ってわけじゃないけど、おっとりしてて男の子に人気のある子でしたよ。仲のいいグループでよく試験勉強してたけど、グループの男の子たちはみんなほのかちゃんが好きな感じで、ああ、でも困った騒ぎもあったっけ」

「騒ぎ?」

「休日とか大学からの帰り道とか、ほのかちゃんを尾《つ》ける男がいたんですよ」

「ストーカーってやつか」

「警察に相談するのを勧めたんですけど、逆恨《さかうら》みされるのも怖いから大袈裟《おおげさ》にしないほうがいいって、友達の男の子たちがボディガードをかって出たんです。一ヵ月くらい男の子たちが送り迎えして、それ以降は尾け回しはなくなりましたけど」

「昔も今も、惚れた腫れたで物騒な事件ばっかだよ」

そう言ったあと、親方がしまったという顔をした。ここ『すみれ荘』が焼けたのも、様々な人の感情が絡んだ事件の結果であることはご近所中が知っている。

「まあとにかくアレだな。取り壊す前に一応お祓いを頼むかい」

親方がさりげなく話題を変え、そうですねとうなずいた。じゃあ今回のお祓いは寺に頼めばいいのかねえと訊いてくる。まずは相談が先となり、今日の工事は中断された。みんなで一階に下りていくが、弟がついてこない。振り返ると、弟は室内に残って壁一面の御札をスマートフォンで撮影していた。

《園長》
三月の卒園式を控え、お別れ会、親子会食、卒園生を送るバンビ組の合唱などの準備に時間が取られる中、園児の間でインフルエンザが流行《はや》り、ついに先生もふたり罹《かか》ってしまった。家に帰ってもシフト表とにらめっこが続く中、スマートフォンが鳴った。
飛びつくように取ったが、着信画面には『実家』と出ていて気落ちした。出ると母親からで、父親の還暦祝いの件だった。
『せっかくだから、ちょっといい仕出しを頼もうと思うんだけど』

「いいんじゃない。でも母さん、その日、瑶子《ようこ》が仕事なんだ」

『日曜日よ?』

「えらいさんのお供で地方に出張なんだよ」

沈黙が落ちた。

『そんなに忙しくて、身体《からだ》は大丈夫なの?』

心配する言葉とは裏腹に、鼓膜に苦みがじんわりと広がるような口調だった。

母親は寺の三女として生まれ、別の寺の跡継ぎ息子だった父親と結婚し、兄とぼくを産んだ。母親は一度も外で働いたことがない。しかし寺の嫁として地域の行事や檀家《だんか》とのつきあいをこなし、共働きの奥さんよりよっぽど忙しいわが口癖の人だ。

『日曜に奥さんが家にいないなんて、あなたもゆっくりできないでしょうに』

「共働きなんだから、普段から家事は半々だよ」

『男と女じゃ責任の重さが違います』

「社会人なんだから同じだよ。それに瑶子は営業一課初の女性次長だよ」

『じゃあ将来子供を産んでも、瑶子さんは仕事を続けるつもりなの? うちの幼稚園は仏さまの教えに則《のっと》って情操教育に力を入れてるのよ。その園長の奥さんが仕事ばっかりして家や子供を顧みないなんて、親御さんや檀家さんたちにどう説明するの』

このあたりで反論はあきらめ、うん、そうだね、ちゃんと考えるよと相槌を打つだけになる。母親は兄を寺の跡継ぎとして、弟のぼくを寺の附属幼稚園の跡継ぎとして育て上げたことを誇りに思っている。人と人のつながりを大事にし、まずはその最小単位である家族を人生の最優先事項に置いて生きてきた。その考えは間違っていないし、兄もぼくもなに不自由ない子供時代を送れたことに感謝している。しているけれど――。

『まあでも、あなたは昔から自由な考え方をする子だったわね。次男だからかしら。これからの時代、あなたのような人じゃないとお嫁さんの来手がないのかもね』

おとなしく聞いていると母親も落ち着いてくる。

『逆にお兄ちゃんが昔気質《むかしかたぎ》なのは長男だからかしら。ちょっと不器用なところはあるけど、昔からあるものを尊《たっと》ぶ姿勢は住職としていいところよ』

「ああ、寺は兄貴、幼稚園はぼく。適材適所だ」

『本当にそうね。瑶子さんがお兄ちゃんのお嫁さんだったら大変だったわ』

母親がおかしそうに言う。機嫌が直ったのはよかったが、これはこれで頭の痛い問題を含んでいる。兄の嫁は母親の考えを鏡に映したような人で、面倒な檀家とのつきあいもそつなくこなし、常に兄と両親を立てて夫婦仲も嫁姑《よめしゅうとめ》仲も円満だ。

『瑶子さんも少し見習ってくれればねえ』

最後にチクリと刺され、通話を切るとどっと疲れた。母親は愛情深く、かけた手間の分だけ期待もかけてくる。それがプレッシャーとなり、昔から母親とは正反対の女性とばかりつきあってきた。それは果たして『自由な考え方』と言えるのだろうか。

ふたたびスマートフォンが鳴った。今度こそかと勢い込んだが、工務店に勤めている友人からだった。待っている連絡ではなかったことに落胆しながらメッセージを開き、ぎょっとした。壁一面に貼られた御札が目に飛び込んでくる。

【なんの御札かわかる?】

【取り壊し予定の建物から出てきたんだけど】

古い建物だとたまにあることだった。曰くありげな品が出てきたときなどは、お焚《た》き上げをしてほしいと実家の寺にもよく持ち込まれてきた。しかしこれは——。

【恋愛成就の御札だと思う】

考えた末、問われたことにだけ短く答えた。

寺の息子として仏教系大学を出て、本山で修行もした身なので知識はある。この御札には愛染明王《あいぜんみょうおう》の種字が書かれている。仏教の中で唯一愛欲を肯定している神であり、御札の御利益としては恋愛成就となる。画像なのでよくわからないが、一枚ずつの微妙な差異から察するに直筆だろう。うちの寺だと特別な祈禱《きとう》を必要とする強力な御札で、すごい執念を感じる。

「なあに、これ」

ふいに後ろから覗き込まれ、びくりと肩が揺れた。

「瑶子か。驚かすなよ」

「難しい顔でなに見てるのかなと思って。それなんなの」

壁一面に貼られた御札の画像に瑶子が眉をひそめる。

「なんだか気持ち悪い」

「貼り方がおかしいんだ」

御札は神仏を宿しているので丁重に扱わなくてはいけない。太陽が輝く南向き、もしくは太陽が昇る東に向けて、見下ろすことにならないよう、目線よりも上に貼る。けれど送られてきた画像では、室内の日の射し具合から見て南側の壁に貼られているようだ。つまり御札の正面が北になり、太陽に背を向けている。しかも壁全面に貼られているので足下の御札は見下ろすことになる。効力が半減どころか、仏罰を心配するほどだ。

「貼り方を間違えただけでばちが当たるの？」

「ばちっていうより、間違った貼り方をすることで札の力がひっくり返るんだよ。下手《へた》したら幸せを祈っているのに厄災を呼び込むこともある。その効果を狙った呪《のろ》いがあるくらいだ。なまじ強力な護符ってのは怖いんだよ」

「これも誰かを呪ってる御札なの？」

「どうかな。単に知識がなかっただけかもしれない」

普段なら一言忠告するところだが、取り壊しが決まっている建物の壁から出てきたのなら、もういいだろうと判断した。事情がわからない人間が余計なことを言い、過去に遡《さかのぼ》って波風が立っても困る。

「そうね。厄介ごとに巻き込まれるのはごめんだわ」

すぱりと言い切り、それよりも、と瑶子は声をひそめた。

「お義父《とう》さんの還暦祝い、どうなった？」

「仕事だから行けないって伝えておいたよ」

「お義母《かあ》さん、怒ってたでしょう」

「いいや。身体は大丈夫なのかって心配してた」

嘘ではない。しかし瑶子も鈍感な女ではない。

「また減点されちゃったわね」

「気にするな。仕事してたらこういうこともある」

瑶子がなにか言いたげに口を開いた。

――でもお義母さんはお勤めの経験がないから。

――寺の嫁として、勤め人よりもすごい仕事をしていると自負しているから。

それらの言葉を飲み込み、まあそうねと瑶子は笑った。口にしても波風が立つだけのことは言わず、夫の言葉に騙されたふりで好きに働いている。

最初はそうではなかった。結婚当初は瑶子なりに気を遣い、休日はまめにうちの実家に顔を出してくれていた。けれど実家を訪れるたび兄嫁と比較され、いつしか無駄な努力をやめてしまったのだ。

——あの人と比べたら、誰だってできそこないね。

実家からの帰り、瑶子が苦笑いでつぶやいたことがある。同期の出世頭として着実にキャリアを積み重ねている瑶子にとって、ことあるごとに使えない人間扱いされるのは、生き方そのものを否定されるような屈辱だったろう。

自分を駄目にするものからは距離を取ればいい。けれど身内ではそうもいかず、血は煮詰まれば業《ごう》となる。世の中に肉親絡みの事件が多いのは当然の帰結だろう。泥沼にはまる前に瑶子はスタンスを変えた。彼女の頭のよさを尊敬しているし愛している。

「でもせっかくの還暦祝いだものね。プレゼントだけは今度の休みに持っていくわ」

「悪いな。そうしてくれると親父たちも喜ぶよ」

「どういたしまして。ああ、そうだ。明日わたし遅いから夕飯頼んでもいい？」

「いいよ。なにが食べたい？」

「遅いし野菜メインでお願い。接待続きで太ったの」

「ちょっとくらいふっくらしてるほうが女はかわいいよ」

「それセクハラ。職場では気をつけて」

ぴしゃりと言い、瑶子は部屋を出ていった。ぱたりとドアが閉まると同時、スマートフォンが震えて画面にメッセージが浮かんだ。今度こそ都《みやこ》からだ。

【連絡遅くなってごめんなさい。今度の金曜日ＯＫです】

反射的に口角が上がった。都は園の先生で、仕事の悩み相談に乗っているうちにそういう仲になった。

【最近疲れてるから、都の部屋がいいな】

返信し、なんとなく背後を振り返った。さっきはいきなり後ろから覗かれて驚いた。都からのメッセージを見ているときだったらと思うとぞっとする。

【わかった。ご飯作って待ってるね】

続けざまに送られてきたハートを抱いたうさぎのスタンプを見ながら、ぼんやりと考えた。ぼくは瑶子を愛しているし、瑶子のような女を愛せる自分でいたい。男女は平等であるべきだし、同権であるべきだ。ぼくたちの世代が当たり前に獲得せねばならない感覚だと、あの母の子として生まれたからこそ、余計に思う。

なのに、たまに疲れてしまう。ふいに、そうではないものに惹かれてしまう。どこか垢抜けず、ぼくがいくと狭い台所に立ち、たいしておいしくもない料理をかいがいしく作ってくれる都といるとホッとしてしまう。ぼくは、ぼくに、失望している。

《彼女》

候補を何点かに絞ってからが長かった。お義母さんのお供でデパートのメンズフロアを何周もして、結局は一番最初に見たワインレッドのカシミヤのセーターに決まった。

「やっぱり派手じゃないかしら」

「落ち着いた渋い赤ですし。お義父さんに似合うと思います」

「でも檀家さんの目もあるし」

「還暦祝いですし、みなさんご理解ありますよ」

朝から似たようなやり取りをしている。違う。ここ数日ずっとしている。そのうちランチが運ばれてきて、お義母さんの意識がようやく移った。

「炒飯《チャーハン》だけは家じゃおいしくできないのよね」

「火力が違いますから」

パラパラとした黄金《こがね》色の炒飯に、紅白の海老《えび》が映えている。翡翠餃子《ひすいギョーザ》の薄い緑色。薄味で上品な中華はお義母さん好みだ。疲れたのでビールで一息つきたいけれど、昼間からお酒なんてお義母さんにはとんでもないことだ。

お寺に嫁《とつ》ぐと言ったとき、友人たちからは心配された。しきたりやつきあいが多いのは当たり前として、最近はお寺の経営も大変なのよというのが理由だ。けれどうちのお寺は檀家さんがしっかりついていて、地元では名士扱いで経済的にも裕福だ。

ランチのあとは地下で夕飯の買い物をした。半端な時間に食べてしまったので夜は軽めにしたい。酒蒸しにしましょうかとお義母さんが新鮮なイトヨリに目をやる。いいですねとうなずくわたしの隣で、若い女性が鯖《さば》の味噌煮をカゴに入れていった。

「煮魚くらい家で作ればいいのにね」

帰り道、電車に揺られながらお義母さんが言った。

「魚は扱いが難しいですから」

「湯引きして氷水で丁寧にぬめりを取るのがコツね。あとはお酒を使うこと」

「お義母さんに教えてもらってから、わたしも少し魚料理が上達しました」

「ふっくらと仕上がるでしょう?」

「はい。少しの手間でこんなに変わるんだって」

そうなのよ、とお義母さんの声の調子がワントーン上がる。お義母さんはお寺で料理教室を開いている。人に教え、誰かの役に立つことを歓びとする人なのだ。そうすることで自分も元気になると言う。素晴らしいとわたしは思う。中には知っていることもあるけれど、わたしは黙って聞いている。そうなんですねとあいづちを打つ。

「あの人にも教えてあげたんだけど」

お義母さんが苦笑する。わたしの夫の弟、お義母さんにとっては次男のお嫁さんのことだ。わたしたちは最初から同居が当然だったけれど、次男夫婦は駅からすぐのマンションで暮らしている。会社員の義妹《いもうと》のために、少しでも通勤に便利な場所を選んだのだと話す義弟《おとうと》を、義妹は誇らしそうに見つめていた。

義妹は以前はよくうちに顔を出していたけれど、お義母さんとそりが合わず次第に訪れが減っていった。忙しい義妹は料理でも家事でも合理的にやる。お義母さんが蒸し器を使うところ、義妹は電子レンジを使う。畳が傷むからと箒を使うお義母さんに対して、ルンバが相棒の義妹。どちらも間違っていない。スタイルが違うだけ。

厄介なのは、お互いに引かないタイプだということ。お義母さんがお料理のコツを教えてあげると、次にくるとき義妹はお取り寄せしたお土産《みやげ》を持ってくる。便利なものはどんどん使って自分の時間を確保したほうがいいですよと率直に意見を述べる。

「あの人はアレでいいのよね。次男のお嫁さんだから責任もないし」

悪口にならない程度に、お義母さんは義妹のことをこぼし続け、わたしは曖昧《あいまい》なうなずきを返す。わたしは義妹が嫌いじゃない。義妹だけでなく、昔から特に誰かを嫌ったことがない。誰かを嫌うというのは心の負担になる。嫌いなら見ないふりをすればいいだけなのに、みんなよくそんな疲れることをするものだといつも不思議に思う。

最寄《もよ》り駅で電車を降り、改札を出て西口へと下りていく。次男夫婦が暮らすマンションは東口にある。便利だけれどごみごみとした東口とは逆に、西口は住宅地で一区画がゆったりと大きい。手入れの行き届いた庭を眺めながら歩いていると、道の向こうまで長く続く白塀が現れる。うちのお寺だ。この時間、平日なら敷地内にある附属幼稚園から子供の声が聞こえる。たくさんの小鳥のさえずりのようでかわいらしい。今日は静かだ。

帰宅すると、疲れたから夕飯まで横になるとお義母さんは寝室に引き上げていき、わたしは寺務所にお茶を淹れにいった。お義父さんは出かけていて、夫がひとりで事務作業をしていた。休日なのにおつかれさまとデパートで買ってきたお菓子を出した。

「三浦《みうら》さんとこの法事、ぼくが行くことになったよ」

夫が菓子の包みを開けながら言った。

「お義父さん、なにかご用事？」

「三浦さんとこ、今年に入って店を娘さんに継がせただろう。それで家のことも覚えてもらうことにしたそうだ。今後のこともあるから、これからは若い世代同士でって」

今後とは親世代が死んだあとのこと。先祖代々のお墓を任せていただくとは、そういうことなのだ。

「これから、どんどんそうなっていくんだろうな」

夫は目を伏せた。気が重そうな様子が透けて見える。穏やかで優しい人だけれど、やや口下手で、檀家さんたちからは言葉が足りないと思われている。

「少しずつ、ゆっくりでいいじゃない」

夫の湯飲みにお茶を注ぎたしながら言った。

「きみが檀家の奥さんたちとうまくやってくれてるから助かるよ」

テーブルの上で、夫の手がわたしの手に重なる。

「わたしの手柄じゃないわ。お義母さんたちがなにかと引き立ててくれるからよ」

夫の目が細くなり、両手で優しくわたしの手を包み込む。不器用な人だけれど、わたしへの愛情表現は惜しみない。結婚当初から変わらず大事にしてくれる。

寺務所を出て、休んでいるお義母さんを起こさないよう夕飯の準備にかかった。メインが魚の酒蒸しだから副菜はお肉を使おうと算段しながら、ふと実家の父を思い出した。

――女の子は小賢《こざか》しくものを考えなくていい。

――黙って相手の話を聞ける女の子になりなさい。

幼いころからそう躾《しつ》けられて育った。母も父の隣で黙ってうなずいていた。反発した時期もあったけれど、今となっては父の言うとおりだったと感謝している。

友人、恋人、義理の両親、檀家さん、みんな話を聞いてもらいたがる。本当の自分を理解されたがる。わたしは父の教えどおり、黙って話を聞く。みんな、わたしといると落ち着くと言ってくれる。

わたしはたまに自分を花瓶のように感じる。みんな、わたしの中に自分という名の花を生けたがる。わたしは沈黙の器になる。わたしはなにも考えない。

夫とは講話を聴きにいったお寺で知り合った。昔からスピリチュアルなものが好きだったので、お寺の跡継ぎでそれらの知識が豊富な夫とはすぐに親しくなった。お互い入学生だったこともあり、将来や恋愛の相談まで気安くするようになった。

夫は他の男の子たちと違った。相談をすると、たいていの男の子は矢継ぎ早に実践的アドバイスをくれる。わたしのためというより、頼りになる自分の発表会みたいに。

夫はただじっくりわたしの話を聞いて、うまくいくときもあれば、いかないときもあるよと、のんびりと無駄話につきあってくれた。あのとき、この人はわたしと似ていると感じた。夫は、わたしという花を生けてくれた初めての花瓶だった。

夫は開運の御札を作ってあげようと提案した。だったら恋愛成就の札がいいとわたしは答えた。いかにも若い女の子っぽくて、振り返ると少し恥ずかしい。

渡されたのは愛染明王の種字を用いた本格的な御札で、夫は丁寧に貼り方を教えてくれた。わたしは下宿に帰ってから教えられたとおりに部屋の壁一面に御札を貼った。

頭の中では、女の子は愛されて望まれるのが幸せだという父の言葉が巡っていた。あのとき、すでに夫がわたしに好意を寄せていることには気づいていた。

父の教えは正しく、今、わたしはこれ以上なく幸せだ。不器用だけれど優しい夫、婚家は由緒あるお寺で地元の名士、義理の両親も良い人たちだ。四季の移ろいが美しい広い庭のある環境で子供を育てていける。結婚の報告をしたとき心配してくれた友達は、今はわたしを勝ち組という。そんな言い方は好きじゃない。

「お母さん、ただいまあ、お腹《なか》へった」

遊びに出ていた子供たちが帰ってきた。お兄ちゃんは今年小学校に上がり、妹は幼稚園のバンビ組。テーブルのお菓子に目をやったので、先に手を洗いましょうねと洗面所に連れていく。子供たちが口ずさむ手洗いの歌と清らかな水音が洗面所に響く。

なんて満ち足りた風景。わたしはこれを守りたい。だから目も耳も塞ぐ。夫がしたあんなことやこんなこと、弟さんのこと、あれも、それも、どれも、見ないふりをする。

子供たちの歌声に交じって父の教えが繰り返される。

――女の子は小賢しくものを考えなくていい。

ああ、まるで仏さまの声のよう。

《作家》

今週中に次作の打ち合わせをというメールが何度もくる。時の流れに身を任せるのも限界にきている。しかしこれといったアイデアがいまだ浮かばない。

「央二、大丈夫か?」

座布団を折って枕にし、いつもの場所で寝転んでいると兄が声をかけてきた。目を開けると、正座で心配そうにこちらを覗き込んでいる兄がいた。

「なにが?」

「こんな本ばかり借りて、〆切のプレッシャーが相当きついんじゃないのか」

こんな本と兄が目をやったのは『日本の呪い事典』、『真言密教の歴史』、『呪いと信仰』、『仏の教え〜心の平安を求めて〜』すべて図書館から借りてきた本だ。

「小説は手伝ってやれないけど、話くらいなら聞けるから」

兄は真剣な顔をしている。いつも的外れで、そこがまた憎めない人だ。

「釈迦《しゃか》の蜘蛛《くも》の糸っぽいなにかは垂れてきてるんだけど」

「アイデアが湧いたってことか?」

「湧いたかもしれないような気がしてるけどどうかなあって感じ」

「……本当に大丈夫なのか?」

「どうだろう」

心配顔から目を逸らし、なにもない宙を見つめた。窓から射し込む午後の光に、浮遊する埃がきらきらと光っている。その中に、目には見えない物語の糸を探す。

「御札には正しい貼り方があるんだ。あれは間違ってた」

「え?」

「知らなかったのか。知っててわざと間違えたのか。わざとだとしたら理由はなんだ。間違えたのは誰か。貼った人か。貼れと言った人か。それとも無関係の誰かか」

頭の中に幾筋もの糸が垂れてくる。どれかは正解。どれも正解。あるいはどれも不正解。どれを引こう。身体を起こし、借りてきた本をぺらぺらとめくっていく。ぺらぺらぺらぺらひたすらぺらぺらぺら——すっと兄の手がページの合間に入ってきた。

「散歩に行こう」

いい提案だった。気分転換がてら電車に乗って隣市へと足を延ばし、庭が有名な寺にお参りをした。白壁に囲まれた大きな寺で、敷地内に附属幼稚園がある。落葉した木立が簡素に美しく、静かな境内《けいだい》を散策していると頭の中が澄んでくる。

「おみくじ引いてくる」

兄が言った。

「正月に引いたのに？」

「あれは神社だった。ここはお寺だから別カウントでいいと思う」

今年の正月、俺は中吉で兄は凶だった。お正月に凶を入れるなんてひどいと兄は落ち込んでいた。去年、兄は災難続きだった。今年こそはと意気込んでいただけに気の毒だった。

「呪いを打ち消すために、もう一度引く」

神を仏で成敗するのってどうなんだろう——と思ったが口には出さず、兄につきあっておみくじを引いた。俺は中吉で変わらず。兄はと見れば。

「……大凶」

この世の終わりのような顔をしている。

「交換する？　俺はこういうの信じてないし」

「おみくじは自力で引かなくちゃ意味がないんだ」

「じゃあ他の寺に行って、もう一回引く？」

「もういい。どうか勘弁してくださいって絵馬《えま》を書いてくる」

力なくつぶやき、兄はふたたび寺務所へと歩いていった。しばらくそっとしておこうとひとりで石碑に彫られた由来などを読んでいると、向こうから二組の男女が歩いてきた。僧衣の男性がいるので寺の関係者だろう。

「じゃあ、そろそろ父さんも引退か。来年あたり晋山式《しんさんしき》かな」

「ぼくにはまだ荷が重い」

「檀家さんたちにも評判いいし大丈夫だって」

「評判がいいのはぼくじゃなくて奥さんのほうだよ」

「ごめん、兄さん。それは否定できない」

茶化した肯定に四人が笑う。晋山式とは住職が代替わりをするときに行われる式のことなので、僧衣の男がこの寺の跡継ぎ、もうひとりは弟か。それぞれ女性を伴っている。並んで歩く姿の収まりがいいので妻だろう。

「それに比べて、わたしったら」

弟の妻が溜息をついた。

「還暦祝いは出張で顔を出せないし、せめてプレゼントだけでもと思ってきたらお義父さんとお義母さんはお留守だし。ほんと間が悪すぎ」

「急な不幸じゃしかたない。誰も悪くない」

「そうよ。それにお仕事で忙しいのに、ちゃんとお祝いを持ってきてくれるんだから偉いわ。わたし、お勤めしてたころなんて日曜は疲れてぐったりだったもの」

肩を落とす弟の妻に、兄の妻が声をかける。

「ありがとう。ほのかさんがいつも庇ってくれるから救われるわ」

耳が引っかかった。例の御札を貼った女性の名前は青池ほのかといった。

「ほのかさんは檀家さんにも評判がいいって、お義母さんがいつも褒めてるわ」

「兄さんみたいな朴念仁が、どうやってほのかさんみたいな人を捕まえたの」

「おまえは言いたい放題だな」

しかめっ面をする兄の横で、兄の妻が微笑《ほほえ》む。

「よくあるきっかけよ。そのとき好きだった人の恋愛相談に乗ってもらったの」

「兄さんが恋愛相談？」

「恋愛成就の御札も作ってくれて、がんばってくれたのよ」

「なのにその恋は実らず、結局は兄さんと結婚したのか。うちの寺の御利益にかかわりそうだから、それはあんまり言わないほうがいいな。檀家さんが減るかもしれない」

遠ざかっていく四人をちらりと振り返ると、兄夫婦のほうの夫が妻の腰に手を回していた。境内という場所、僧衣をまとった者の振る舞いとして違和感を覚えた。

「あれ、ほのかちゃん？」

兄が帰ってきた。視線が歩いていく四人へと向いている。

「やっぱりあの人が御札の人？　この寺の奥さんみたいだけど」

「へえ、お寺の奥さんかあ。しきたりやつきあいが大変そうだけど、昔からよく気がつく子だったから、きっとうまくやってるんだろうな」

兄は目を細めてうなずいている。隣で俺もうなずいた。

「なるほど」

なにが、という顔で兄がこちらを見る。

「ネタはあちこちに埋まってるものだなと」

灰色の冬空から幾本もの透明な糸が垂れている。これらの糸をより合わせて物語ができあがる。多分。おそらく。そうであってくれ。でないと無職になってしまう。

「アイデアがまとまったのか？」

兄が顔を明るくさせる。

「どんな話？」

「まだわからない。でも兄さんが出てくるよ」

「ぼくが？　どんな役？」

「下宿の管理人」

「まんまじゃないか。せっかくだし、もっと見栄えのする役にしてほしい」

「わかった。努力する」

「ああ、ぼくもがんばって大根の調理法を考える」

「まだ残ってるの？」

思わず訊いた。先日、兄が道の駅で大根を買ってきた。いくら安かったとはいえ三本も買ったのはどうかと思う。おかげで連日大根責めだ。鶏手羽と大根の煮物、みぞれ鍋、大根ステーキ、大根カレー、大根シチュー、大根サラダ、大根餅、各種漬物。

「あとは……天ぷらとか？」

「いいんじゃない」

「え？」

自分から提案したくせに兄は驚いた。

「大根の天ぷら、好きなのか？」

「食べたことがないからわからない。食べられればなんでもいい」

「ぼくは気が進まない」

「じゃあなんで言ったの?」

「なにも思いつかなくて」

わかる。自分も追い詰められるとトリッキーな展開に走ってしまい、担当編集者から「無理があります」と駄目出しをされる。自分から提案したのに「まあ、そうだろうな」と納得するし、逆にOKが出ると困る羽目になる。

「お互いがんばろう」

兄が言い、無言でうなずき返したとき、びゅうっと二月の寒風に頬を切られた。ふたり並んで肩をすくめた次の瞬間、あ、と兄がつぶやいた。

「おでん」

兄は天啓を受けたかのように冬空を見上げた。

「どうかな?」

「かなりいい」

「よし、スーパーに寄って帰ろう。昆布、こんにゃく、すじ、はんぺん」

兄は足取りも軽く歩いていく。置いていかれた気持ちになっていると、スマートフォンが震えて担当編集者からの催促メールを伝えた。もう猶予がない。

《編集者》

担当作家のプロットがやっときた。いつも遅れる人で今回も遅れた。これで売り上げもさっぱりなら縁も切れようものだが、大ヒットはしなくとも、そこそこ固定読者がついているので数字が読みやすく、毎回確実に利益を出してくれるのでありがたい。

ポケットからミントタブレットのケースを取り出して、白い粒を口に入れた。鼻腔《びこう》から脳へと爽快さが走り抜け、さてと添付のデータを開いたと同時にメールが届いた。別の担当作家から原稿が進まないという泣き言で、【一度お話ししましょう】と返信した。

気を取り直して添付データに集中した。今回は取り壊しの決まった建物の壁紙の下から現れた御札からはじまる物語のようだ。なかなか不穏な出だしに興味を惹かれたが、あらすじは冒頭だけで、あとは人物設定しか書いていない。

——そういえば、この人、いろいろ雑なタイプだったな。

作家には詳細にプロットを詰めるタイプと、本文を書きながら詰めていくタイプがいる。ついでにこの人は無口で、直接の打ち合わせでもあまり情報を得られない。つまりこの雑で詳細不明のプロットから物語の輪郭や方向性を捉えなくてはいけない。

《登場人物①》……御札が出てきた建物の管理人。意志薄弱。
《登場人物②》……寺の附属幼稚園の園長。自己認識に歪みあり。
《登場人物③》……御札を貼った女の子。自我の欠如。
《登場人物④》……御札を製作した寺の坊主。執着気質。

誰が主人公とは明記されていない。ぱっと思いつくのは、御札を軸に登場人物の狡《ずる》さが絡み合う連作短編。普通の人々によるイヤミスは人気ジャンルなのでいい。問題は、うちがライトノベルレーベルということだ。読者層とのミスマッチは否めない。

では連作短編ではなく、誰か主人公を据えての長編。暗いニュースが目立つ今の時代に、読者受けがいいほっこりハートフル系、もしくは感動号泣系でまとめてほしいが、人物設定的に無理か。それに、この人はかなり殺伐《さつばつ》とした作風だった。

作家の持ち味とレーベルカラーを活かすなら、御札を作った坊主と御札を貼った女子をメインに据えた密教系サイキックアクションもの、もしくはオカルトミステリ。全体の雰囲気としては和風ダークファンタジーにまとめるのが王道か。本人は無口なのに小説になると蘊蓄《うんちく》が増えるので、密教ネタなんて嬉々として書きそうだ。

確か先日出た新刊がそんな内容だったとネット検索してみると、美人姉妹が殺し合いを繰り広げるダークなアクション復讐劇だった。しかも重版がかかっている。電子書籍が伸びてきて、紙書籍での重版が厳しい昨今に素晴らしい。この流れにぜひ乗りたい。

そのために、もうひと味なにか加えられないだろうか。ミントタブレットを二粒口に放り込み、腕組みで編集部の天井を見上げた。刊行予定月のラインナップがシリアスに偏っているので、一冊くらいキュン系がほしい。恋愛成就の御札なのだからやり過ぎない程度のラブ要素を……あの人にラブを求めるのは酷だろうか。重版どころか、せっかくついている固定読者が離れるかもしれない。

いや、あの人のファンは謎に熱いから大丈夫だろう。そこはファンを信じて、編集者としてはよい流れに乗り、新たなファン層を獲得するチャンスと捉えるべきではないか。ぼくも担当としてフォローしよう。よし、とスマートフォンを取り出した。

「もしもし、芥《あくた》さん、お世話になってます」

『どうも』

相変わらず素っ気ない人だ。

「プロット、大変楽しく拝読しました。密教系呪術を駆使して敵を調伏《ちょうぶく》するお坊さんと、占い好きな霊感美少女コンビが立ち向かう和風ダークなオカルトホラーミステリアクション恋愛事件簿。とてもおもしろそうです」

最初の勢いが大事だと一息に言い切った。

沈黙が漂う中、パソコン画面の端《はし》にメールを知らせるマークが出た。さきほどの原稿が進まない作家からで、【では今日！】と悲鳴のような一行が目に飛び込んできた。切羽詰まっているなあと思い、【遅くなってもいいですか？】と返した。

『そんな話だったかな』

送信したと同時、こちらの作家がつぶやいたので意識を戻した。

「ぼくはそのように受け止めました」

ふたたび言い切ると、さらなる深い沈黙が漂った。ここからだ。作家のやる気を削《そ》がないようにこちらの要望を伝える。編集者としての腕の見せどころだ。

『ふうん、じゃあその方向で書いてみます』

――いいの？

腕を見せるまでもなく話がまとまってしまった。頑《がん》として編集からの提案を受け入れない作家も多く、それは書き手の個性にもつながるので介入のさじ加減には気を遣うのだが稀にこういう作家もいる。手間はかからないが、作家としてそれでいいのかと微妙な気持ちになる。同時にパワハラを仕掛けたような罪悪感にも襲われる。

「本当にいいんですか。無理はしないでくださいね。ラブですよ？」

『恋愛要素はちょっと入れようと思っていたので』

「えっ、芥さんが恋愛を？」

『なにか問題でも？』

「いいえ、ありません。やはり坊主と御札の女の子の？」

『いや、①と③で』

そういうところです、と内心でツッコんだ。そういうふうに登場人物を番号呼びでコマのように扱う人が自発的に恋愛を書くというから驚いたんです、と。

「①と③というと、建物の管理人と御札を貼った女の子の組み合わせですか」

どう考えても坊主と御札の女の子の組み合わせのほうが盛り上がるだろう。それをなぜ管理人となのか。センスがない。しかしここまでほぼ譲ってもらっているので、ここでも否定するのははばかられる。

「管理人が実はすごい人という設定ですか?」

『普通のおじさんです。病弱で気も弱い』

「そんなおじさんのどこに御札の女の子は惹かれたんでしょうか」

『人の良さとか?』

「ちょっと弱いかなあ」

言葉を濁したとき、連続してメールが届いた。一通はさっきの作家で【何時でも構いません】とある。ぼくは構いますと思いつつ【わかりました。では夜に】と返す。

もう一通は本のカバーを頼んだイラストレーターからのラフだった。データを開くと、ヒロインの制服のスカート丈が膝下になっていた。これは膝上にしてほしい。ぼく個人ではなく小説家側の意向だ。しかし売れっ子のイラストレーターなので言葉には気を遣う。まずは褒める。【素晴らしかったです。ラフの段階でありながら世界観がしっかりと伝わってきました。現段階で充分なのですが――】

「ぼくはやはり順当に坊主を推します。御札の女の子とコンビを組んで事件解決の経過でラブが芽生える、という自然な展開で説得力も出ると思います」

芥さんに提案をしつつ、別の作家にメールを打つ。隣の席の編集者も打ち合わせの電話をしながら手元では色校正にチェックを入れている。ぼくたちはとにかく忙しい。

『そうですか。わかりました。兄から頼まれたんで努力したんですけど』

「お兄さん？」

『見栄えのいい役にしてくれと言われたんで』

なるほど。この無味乾燥な人にも家族愛はあるわけだ。そう考えると微笑ましい。というか、この人がプライベートなことを話すのは珍しい。

「お兄さんは設定どおりの方なんですか？」

『ええ、実家の下宿屋で管理人をしてます。取り壊し中だけど』

「じゃあ御札の話も事実とか？」

冗談だったが、そうですね、と返ってきて驚いた。

『人物設定は想像ですけど』

「まあ、そうですよね。登場人物みんなちょっと怖いし」

『そうかな』

「え？」

『普通そうにしてても、みんな、誰にも見せない顔がある』

返事に詰まり、ぼくは落ち着かない気分になった。

「ええ、そうかもしれません」

打ち合わせは滞りなく進み、通話を切ったあと、途中だったイラストレーターへの返事を書いた。充分に褒めたあと、あくまで提案ですがと修整を切り出す。

送信すると、もう次の打ち合わせが迫っていたので慌てて編集部を出た。駅へと向かいながら、今夜の算段をする。今から会う作家はとにかく酒好きで、時間に関係なく飲み、酔うと攻撃的になる。普段は温厚な人なだけにギャップに驚くし、正直こちらはかなり消耗する。けれど今夜はそこで力尽きるわけにはいかない。切羽詰まった作家がぼくからの連絡を待っている。こちらは泣き言の嵐だろう。考えただけで疲れてしまう。

今月に入って一度も妻と夕食を共にしていない。リビングの本棚に『損をしない離婚のススメ』という本を見つけた。わざとらしいアピールをするなよと、悲しみよりもしらけた気持ちが湧いた。妻にではなく、そんな自分自身に対してだ。

ふいに足が止まった。なんだろう。唐突に途方に暮れてしまった。待ち合わせの時間が迫っていて、ぼくはポケットからミントタブレットのケースを取り出した。

——普通そうにしてても、みんな、誰にも見せない顔がある。

そのとおりだと、白いミントの粒に紛れている青い錠剤を一粒口に入れた。半年前、友人からお遊びとしてもらったのがきっかけだった。こんなもの栄養ドリンクのちょっとすごい版だ、いつでもやめられるんだと雑踏の中で遠くを見た。三十分もすれば気分が高揚してくるだろう。さあ前に進もう。ぼくは一歩を踏み出した。

《夫》

朝のお勤めを終えて家に戻ると、母親と妻が朝食の支度をしていた。

「来月の三浦さんの法事だけど、そろそろ娘さんに段取りの連絡をしておいて」

「はい、お義母さん」

「娘さんが仕切るのは初めてだから、恥をかかないよう教えてあげて。さりげなくよ」

「わかりました、お義母さん」

「そうそう、いつも三浦さんが仕出しをお願いしてるとこ味が落ちたのよ。店を変えるなら相談にのりますって言っておいて。ああ、お店にも失礼にならないように」

「はい、お義母さん」

息子のぼくでも口うるささに閉口する母親なのに、妻はゆったりと聞いている。なにかと面倒の多い寺の嫁として日々立ち回り、幼い子供の育児と家事。気苦労も多いと思うのに、おっとりとした少女のような雰囲気は昔と変わらない。

彼女と出会ったのは大学生のときだ。他大学との交流という名目での苦手な飲み会に数合わせのためだけに呼ばれ、端で縮こまっていたぼくに彼女だけが話しかけてくれた。ぼくはひとめで恋に落ち、帰り道、彼女を尾けて住んでいるところを突き止めた。

少しでも彼女のことを知りたくて、大学、下宿先、ぼくは彼女を見つめ続け、同じように彼女に想いを寄せている連中に捕まりそうになった。なんて物騒な連中に囲まれているのだろう。ぼくは一刻も早く彼女を救い出すことに決めた。

飲み会でスピリチュアルに傾倒していると話していたので、知人を介してうちの寺の説法を聴きにくるように根回しをし、当日は彼女を意識して僧衣を着た。それが功を奏したのだろう、彼女はぼくに興味を抱き、自然と親しく話すことができた。ぼくが飲み会で出会ったさえない大学生だと彼女は気づかなかった。

当時、彼女は下宿先の管理人に片想いをしていた。ぼくは彼女の恋の相談に乗り、御札を作ってあげようと提案した。彼女は疑うことなく、ぼくが教えたとおり間違ったやり方で御札を貼り、知らずに好きな相手を呪った。現在、彼女の運命の輪は正しくぼくとつながれている。すべて仏のご加護だろう。ぼくは感謝と共に生きていた。

半年ほど前、弟が女性と歩いているのを見かけた。女性は附属幼稚園に勤めている先生で、ただならない雰囲気に動揺するぼくの隣で、彼女はゆったりと笑った。

「見なかったことにしましょう」

揺らぎのない笑みに、彼女は知っていたのだと悟った。

さわさわと背中を撫《な》でられるような感覚の中で、ある疑惑が頭をもたげてくる。

もしや彼女は、ぼくが大学時代に彼女を尾け回していたことも、間違った御札の貼り方を教えたことも、すべて知っていたのではないだろうか。知った上で、ぼくと結婚したのではないだろうか。まさか。いいや、そうだ。ふたつの考えが入り混じる。

ぼくは呆《ほう》けたように彼女の横顔を見つめた。彼女はこんな顔だったろうか。自らの意思などないような、それゆえ安定している様子は恐ろしくも美しくもあった。

「あなた、ご飯ができたわよ」

朝の光の中で、妻がぼくに微笑みかける。

あの日言ったとおり、彼女は弟の秘密について一言も口にしない。ぼくの罪も、弟の罪も、世にあふれる清も濁も、彼女の姿をした空《から》の器に飲み込まれ、そのうちぼく自身も飲み込まれていくのではないだろうか。すべてを包み込み、赦《ゆる》し、揺らがない。それは虚《うつ》ろであり、悟りでもあり、畏《おそ》れにも似た安堵を感じる。

ぼくが娶《めと》ったのは果たして、仏なのか、鬼なのか――。

本書は二〇一八年に『すみれ荘ファミリア』（富士見L文庫）として刊行されたものに、全編にわたり著者が加筆修正をしたものです。「表面張力」は『すみれ荘ファミリア』の後日譚として、「小説現代」二〇二一年二月号に掲載されました。

作中、『聖書　口語訳　1995年改訳』（日本聖書協会）より一部引用させていただきました。

〈著者紹介〉
凪良ゆう（なぎら・ゆう）
京都市在住。2007年に初著書が刊行されデビュー。BLジャンルでの代表作に'21年に連続TVドラマ化された「美しい彼」シリーズなど多数。'17年に『神さまのビオトープ』を刊行し高い支持を得る。'19年に『流浪の月』と『わたしの美しい庭』を刊行。'20年『流浪の月』で本屋大賞を受賞。同作は'22年5月に実写映画が公開された。'20年刊行の『滅びの前のシャングリラ』で2年連続本屋大賞ノミネート。最新長編『汝、星のごとく』で第168回直木賞候補になり、二度目の本屋大賞を受賞。

すみれ荘《そう》ファミリア

2021年5月14日　第 1 刷発行　　定価はカバーに表示してあります
2023年7月19日　第10刷発行

著者……………………凪良《なぎら》 ゆう

発行者……………………鈴木章一
発行所……………………株式会社 講談社
〒112-8001 東京都文京区音羽2-12-21
編集03-5395-3510
販売03-5395-5817
業務03-5395-3615

KODANSHA

本文データ制作…………講談社デジタル製作
印刷……………………株式会社ＫＰＳプロダクツ
製本……………………株式会社国宝社
カバー印刷………………株式会社新藤慶昌堂
装丁フォーマット………ムシカゴグラフィクス
本文フォーマット………next door design

ISBN978-4-06-523485-3　N.D.C.913　348p　15cm

講談社タイガ

凪良ゆう

神さまのビオトープ

イラスト
東久世

うる波《は》は、事故死した夫「鹿野《かの》くん」の幽霊と一緒に暮らしている。彼の存在は秘密にしていたが、大学の後輩で恋人どうしの佐々《ささ》と千花《ちか》に知られてしまう。うる波が事実を打ち明けて程なく佐々は不審な死を遂げる。遺された千花が秘匿するある事情とは? 機械の親友を持つ少年、小さな子どもを一途に愛する青年など、密やかな愛情がこぼれ落ちる瞬間をとらえた四編の救済の物語。

講談社タイガ

芹沢政信

吾輩は歌って踊れる猫である

イラスト
丹地陽子

　バイトから帰るとベッドに使い古しのモップが鎮座していた。「呪われてしまったの」モップじゃない、猫だ。というか喋《しゃべ》った⁉ ミュージシャンとして活躍していた幼馴染《おさななじみ》のモニカは、化け猫の禁忌《きんき》に触れてしまったらしい。元に戻る方法はモノノ怪たちの祭典用の曲を作ること。妖怪たちの協力を得て、僕は彼女と音楽を作り始めるが、邪魔は入るしモニカと喧嘩はするし前途は多難で⁉